漱石「文学」の黎明

神田祥子

青簡舍

目次

はじめに

一、「文学」の出発

作家としての夏目漱石を考える上で、明治三十八年一月は非常に重要な時期となる。それまで「文学」を主に研究し、また鑑賞する立場であった漱石は、このとき「吾輩は猫である」第一回を「ホトトギス」に、そして「倫敦塔」を「帝国文学」に発表することによって、こののち「文学」を創作する立場としての、己の歩む道を本格的に切り開いていくことになるからである。

とはいえ漱石の処女作と言われて、一般的にまず名前があがるのは「吾輩は猫である」の方であろう。漱石の創作開始時期における問題意識を分析する際には、常にこの作品が重要な手掛かりとして俎上に上せられてきた。だがその陰に見過ごされがちであるとはいえ、同時並行で相次いで執筆され、後に『漾虚集』としてまとめられる、「倫敦塔」から「趣味の遺伝」にいたる七つの作品群もまた、漱石の重要な出発点として位置付けることができよう。あるひとりの作家の、全ての作品に通底するものの根が処女作にあるというのならば、これらの作品群から「吾輩は猫である」に劣らぬ、漱石の作家的出発に関る痕跡を見出すことは十分可能であろう。

明治の批評家であり、登山家としても知られる小島烏水は『漾虚集』が刊行された直後、「諸家と其作品」(1)において〈『吾輩は猫である』は漱石の片面を十二分に示したり、『漾虚集』は、彼の全体を瞬間的に瞥見せしむるに足る〉と評価している。〈然れども、『漾虚集』は『猫』ほどには、歓迎せられざるべし、彼が如くに世に阿ねらざればなり、今少しく真面目なればなり〉と烏水は続けるが、この評にあらわれている通り、諷刺性やユーモアを前面に押し出した「吾輩は猫である」に対して、『漾虚集』はロマンティシズムや暗さといった漱石の内面を表出しているというイメージが形成され、また現代にいたるまで根強く共有されてきた。

確かに多くの支持や共感を得ようとする意識よりも、自らの個人的な主観を強くストレートに反映させた『漾虚集』は難解であり衒学的ですらある。だが、それゆえに職業的作家となった後には失われざるを得なかった表現方法や表現内容、そして「文学」に対して彼が期待した可能性の源泉をそこから探り当てることもまた可能であると考える。

『漾虚集』の諸短編については、烏水の評価の以後も、昭和十三年の小宮豊隆による、醜悪な現実への嫌悪と軽蔑から、漱石自身の美的な内面世界を防護するための詩的世界を創造する営為であったとする位置付け[2]から出発し、「吾輩は猫である」の補完・発展・相対化であるとする論[3]、漱石の現実拒否や夢・幻想への逃避意識を読取る論[4]、漱石の冷静な現実直視の延長上にある超現実的思考を読取る論[5]、漱石の深層心理的・内面的な暗部の表出であるとする論[6]、現実と夢が相反することの諦念を前提とした上での、両者の相互の往還を描くものとする論[7]などが提出されている。いずれにせよ、近年の研究はこれらの論の延長線上にあり、漱石の執筆当時の心理的内面が作品に反映されているという考え方は現在でも根強い。

こうした論からは、たとえば江藤淳の提示する「暗い漱石」から苦悩する知識人としての漱石像が浮かび上がるように、一人の人間としての彼の姿に迫る解釈が多く提示された。作家もまた時代の子であり、近代化する明治日本と共に生きた一人の人間の姿を探り出すことが有意義な試みであることは言うまでもない。しかし同時に、この時期から「文学」の創作者として特化され始めた漱石の意識を、『漾虚集』の諸短編から拾いだし、精製していくこともまた、初期漱石作品を考える上での重要な課題といえる。実際、それまで漱石が先行する作品から抽出・分析したさまざまなモチーフや創作手法を積極的にこの七編に取り入れていることをふまえ、文学作品の創作技術を追求する意識に基づいた実験的性格をもつものとして『漾虚集』を位置づける論は少なくない。

ただ、『漾虚集』の諸短編に関しては近年に至るまで、他の作品の膨大な研究史に対して研究は比較的少なく、雑多な習作の寄せ集めというイメージが先行してしまった感がある。個別の作品を全体の漱石作品史の中に積極的に位置づけようとする視点もまた、それほど多くはなかった。特に、この創作開始期において「文学」の自明性を問い返そうとする意識が漱石にあったことは多くの指摘があるにもかかわらず、この漱石独特の「文学」という概念については、従来、明治四十年にまとめられた講義録『文学論』（明治四十年刊、講義は明治三十六〜三十八年）の分析を通して触れられることがほとんどであった。具体的な個別の作品を通しての分析や考察がなされる場合、『文学論』で紹介される創作技法が反映されていることを指摘するものが中心であり、包括的な概念としての「文学」自体がどのように反映されているかを論じるものはあまり多いとはいえない。

この漱石が『文学論』の中で、「文学」として想定した概念は、〈F＋f〉として数式化され、〈Fは焦点的印象又は観念を意味し、fはこれに附着する情緒を意味す〉と漱石は述べている。この〈F〉〈f〉〈F＋f〉として非常に客観的かつ帰納的に「文学」を把握しようとする意識は、様々に読み解かれ、また多くの論点を提起してきた。しかし本書では、この「文学」という概念が、いわゆる小説や随筆、詩歌などのジャンルに分化することなく、非常に包括的に捉えられているという点にもっとも注目したい。漱石は〈f〉という記号で表現される〈情緒〉という要素の有無によってのみ、「文学なるもの」と「文学ならざるもの」の区別をたてている。『文学論』自体にも先行する多くの文学作品が引用されているが、その範囲は英文学作品を主として、一部『春秋左氏伝』などの漢文学までに及び、しかも詩と小説や、韻文と散文など、多くの場合に設けられるであろうジャンルの区別がほとんどなされることはない。この態度は同時期の講義である「英文学形式論」（大正十三年刊、講義は明治三十六年）や『文学評論』（明治四十二年刊、講義は明治三十八〜四十年）などでもほぼ同様である。

いわば漱石には、ジャンルの区別を超越したさらに大きなカテゴリーとしての「文学」という概念を想定しようとする意識があったといえる。むしろそれはジャンルを超越するというよりも、ジャンルに分化する以前のより根源的な概念である。漱石が職業作家として本格的に活動を開始する「虞美人草」（明治四十年）以後の代表作は、ほぼすべてが小説としてカテゴライズされるのが一般的であるが、作品史の上には時折『永日小品』（明治四十二年）や『硝子戸の中』（大正四年）のように、随想とも小説とも判別し難い小品群が出現している。それは初期にもっとも顕著であり、『漾虚集』の諸短編もまたジャンルを特定するのが難しい作品群といえよう。さらに〈筋のない〉小説と呼ばれる「草枕」（明治三十九年）、〈小説を書いたのではない〉と韜晦にも似た「小説」否定を繰り返す「坑夫」（明治四十一年）を書く際の意識も、こうした「文学」概念と同根であるように思われる。

この「文学」概念を考えるためには、やはり絶対的な必須要素とされる〈f（＝情緒）〉を主軸に据える必要があるだろう。〈f〉を喚起し「文学」を成立させるためには、何を表現できるかという「対象」をまず第一に考えねばならず、続いてどのように表現できるかという表現「方法」について考えを進めねばなるまい。これらは漱石の中で常に、先行する外国文学作品や、また「文学」以外の多くの領域――特に科学や歴史学、美術――との関わりの中で選び取られていったものである。本書では、主に『漾虚集』に収録された諸短編と、それに続く初期作品の分析を通し、こうした他領域との関わりの中で、「文学」概念がどのように漱石の中で精製され、その可能性を発揮していくかを明らかにしたい。またこれらの模索を経て、職業作家としての道を歩み始める漱石が、表現者としてこの二つの問題点をいかにして作品のなかに結実させようとしたかを考察する。各章の見通しについては、次節から概観していきたい。

二、表現対象の模索 ――「科学」との関わりの中で

一般的に、文学と科学はあたかも水と油のように相容れない対立要素として捉えられる傾向にある。前者が個人的かつ主観的なものであり、後者が普遍的かつ客観的なものであるというイメージは、多くの場面で共有されているものであろう。また近代という時代が、西洋由来の科学的な合理性や客観性に強く支配された価値観に支えられながら発展してきたという背景をそこに重ね合わせると、この二項対立は単なる文学と科学だけの問題に留まらず、他の多くの対立項と結びつけられながら、より強いイデオロギーを形成していく要素として解釈し得ると考える。

折しも、漱石が創作を開始した時期には、科学万能主義の限界が叫ばれはじめていた。これは勿論狭義的な意味での科学に留まらず、社会や学問分野を覆う科学的客観性や合理性を含めた意味での「科学」に対するものである。特に、科学万能主義がもたらす齟齬は、精神的な面から提出されていった。漱石が『漾虚集』最後の短編となる「趣味の遺伝」を発表した明治三十九年一月の「帝国文学」には、片山孤村が「霊魂と国家」という論題で、科学万能主義否定論を展開している。

吾が謂ふ所の精神修養とは、霊魂の脱獄の企也。因果の法則より脱がれて、絶対の自由と独立とを得むとする努力也。(中略) 然るに吾人が因果律を意識するは、同時に宇宙には因果律に支配せられざるもの在りて存するを

意識すれば也。科学の対象たる物質界に於ては、因果律を仮定すること無くしては、科学は成立すること能はず。故に物質を以て因果律に支配せられたる不自由のものとすれば、霊魂は因果律に支配せられざる自由のものならざることを得ず。自由意志也、自我也。故に曰く、「我れ思考す。故に我れ在り」と。

片山孤村「霊魂と国家」

ここには、科学の合理的な〈因果律〉に対し、それらでは把握できぬものとして〈霊魂〉という精神的な存在を捉えようとする意識が現れている。また少し遡るが、大町桂月は「文芸と人生」（「太陽」、明治三十七年一月）で次のように論じている。

常識に富みて、賢明なる日本の人士は、三百年来、儒教の素養あり、加ふるに、科学上の知識ありて、不幸にも、今のあらゆる宗教に安立を得る能はざる也。（中略）科学は、たゞよろづの法則を発見して、知識の要求を満足せしむるだけの事也。安立とは、別問題也。（中略）宗教は、その基礎に情を求めたりしが、迷信失すると共に、無用の長物とならむとす。哲学は、渇したる者に、水を与へずして、塩を与ふ。科学之に代りて、人の知に満足を与へむとするも、情に向つては、風馬牛也。されど、失望すること莫れ、吾人は別に文芸を有する也。

大町桂月「文芸と人生」

桂月もまた、科学は〈知識の要求を満足せしむるだけ〉であって、〈情〉には何ももたらさないと述べる。むしろ〈迷信〉という宗教的な〈安立〉までも破壊してしまった科学は、人間の〈情〉を渇えさせていくだけのものとして否定的に捉えられる。ここに現れているように当時の科学批判は、科学が全てを（特に精神的なものを）裁量しえないという点と、科学がむしろ精神的な拠り所を侵犯し脅かすという点の二つを根拠として展開される。

だがこうした批判が逆説的に露呈させているのは、科学が全てを合理的に裁量し、精神の絶対的な拠り所となり得るはずであったという、かつて存在し、やがて裏切られるに至った期待の高さであろう。行きづまった科学的合理主義の中にあって、精神性を心霊学などの面から科学の側に回収しようとする試みが何度も提起されつつも、結果としてさらなる逸脱を招くということが繰り返され続け、やがて文学においては最後まで侵犯されない領域として称揚されるに至る。明治三十六年の藤村操入水事件をめぐる言説の数々、それと前後する催眠術・千里眼ブームもまた、これらと根を同じくするものであろう。

こうした状況で、いかに精神の〈安立〉や〈精神修養〉を得るかということが模索され、そのために〈文芸〉（＝芸術）の力を求めようとする動きが表れ始めていく。大町桂月の言う〈文芸〉は、絵画彫刻、文学、演劇を総称した意味で用いられている語である。こうして人間の精神性を救済し得る「文学」と、それを侵犯しようとする「科学」の対立は、ますます強まっていくことになる。

漱石の中にも、この二つを対立項として捉えようとする意識は根強く存在していた。『文学論』は、根源的には個人の〈好悪〉という主観的な問題に帰着せざるを得ないはずの「文学」を、一つの数式へと帰納的に収斂しようとする科学的な発想に基づいているが、それゆえの破綻やジレンマは、『文学論』の理論的有効性を否定する論調の根拠となり、結局両者の溝を再確認するにとどまったという評価を与えられがちである。また、科学と文学を対照させながら、「文学」の特徴を抽出しようとする漱石の意識は、その後しばしば表明される近代文明への懐疑と結び付けられ、科学への嫌悪、また科学がもたらす近代への嫌悪へとつなげられていく傾向にある。

しかし漱石が「科学」との関わりの中に「文学」を見つけ出そうとした意識は、単に「文学」を称揚し、科学を否定しようとするような優劣の問題として捉えられるべきではない。むしろこの二つの要素がせめぎ合い、互いに作用しあうことによって生まれる「二十世紀」的な〈情緒〉をそこから掬いあげ、「文学」の新たな可能性を切り開こうという意識がそこにはあったのではないか。本書では、まず科学と対比されることで見えてくる、漱石の「文学」の性質を明らかにしていきたいと思う。

こうした科学と文学の間にある問題が、最初に顕著な形で現れるのは、「文学」が何を表現対象とし得るのかという点においてであろう。漱石は『文学論』の中で、「文学的内容」という要素を取り上げ、多くの紙幅を割いて重点的に論じている。特に第一章の第三編ではその「価値的等級」が論じられているが、そこで漱石は「超自然的要素」が〈強烈の情緒を引き起す〉が故に、非合理的であっても〈文学的材料たるの資格〉を持つのだと力説している。こうした留保が必要となるのは、〈不合理なるを以て開明の今日文学の一要素たる値なし〉という当時の風潮を意識してのことであろう。

こうした意識が、科学的合理性では把握しきれない事象に漱石の目を向けさせることになり、それが近代文明を色濃く反映したロンドンでの生活をとおして獲得された題材と結び付きながら、「倫敦塔」（明治三十八年一月）や「カーライル博物館」（同）といった作品に結実したといえる。この二つの作品は、非合理的な伝説や想像、また個人的かつ些細な記録といった、客観的になりようがないものを、実証や歴史から逸脱するという名目で抹消していく近代の科学的合理性から救済しようとする意識を明確に表現している。

だが同時に、科学的な合理性を重んじる「二十世紀」が、非合理的な要素を排除しようとするからこそ、それらは一層、迫害され、忘却され、滅びゆくものとしてのロマンティシズムを強めていくという逆説的な構図が生まれることにも、漱石は充分に意識的であったと考えられる。「倫敦塔」が、不条理に命を奪われる中世の囚人たちの姿を追いながら綴られ、「カーライル博物館」が実証的な近代史学から敬遠され、また世間からも「偏屈」「頑固」のレッテルを貼られて時代に取り残されていく歴史学者の姿に焦点を当て続けるのは、こうした構図がもたらした結果であろう。

この科学との関わりの中で模索されていく表現対象の問題は、本論の前半で中心的に扱うことにする。第一章では「倫敦塔」の分析を中心に、また第二章では「カーライル博物館」の分析を中心に、科学的客観性・合理性だけでは把握しきれぬ〈情緒〉の内実を、漱石がどのような点に求めていたかを明確にしたい。そしてこれらをふまえ、こうした科学的合理性の称揚が、やがて「科学」が世界を合理的に知悉できるという、信仰にも似たイデオロギーへと発展していく上で、あらたに生まれ得た「二十世紀」的な〈情緒〉が何であったかを考察する。第三章では、「琴のそら音」の分析を出発点に、やがて「行人」へと結実する「科学」への信仰が、どのようなロマンティシズムを喚起したかを分析し、後期作品へと繋がる視点を得たい。

また、科学との関わりの中で獲得された「文学」の可能性は、時間という概念を通して、表現方法を模索することへと展開されていく。それは美術（造形芸術）と比較されることによって、より豊かな文学表現を生み出すことになる。この点については次節にゆずりたい。

三、表現方法の模索――「美術」との関わりの中で

漱石は『文学論』第三編第一章で「断面的文学」という概念を提唱している。これは、科学と文学の違いを、含み

こまれる「時間」の幅から解き明かそうとする意識に基づいて、形成されていったものである。

まずこの第三編第一章の冒頭で、漱石は有名な一節を述べている。すなわち、〈科学は“How”の疑問を解けども、“Why”に応ずる能はず〉というものである。この一節は『文学評論』でも繰り返され、次のように詳述されている。

> 科学は如何にしてといふこと即ちHowといふことを研究する者で、何故といふこと即ちWhyといふことの質問には応じ兼ねるといふのである。仮令ば茲に花が落ちて実を結ぶといふ現象があるとすると、科学は此問題に対して、如何なる過程で花が落ちて又如何なる過程で実を結ぶかといふ手続を一々に記述して行く。然し何故（Why）に花が落ちて実を結ぶかといふ、（然かならざるべからずといふ）問題は棄て丶顧みないのである。一度び何故にといふ問題に接すると神の御思召であるとか、樹木が左様したかつたのだとか、人間がしかせしめたのだとか所謂Will即ちある一種の意志といふ者を持て来なければ説明がつかぬ。（傍点原文）
>
> 『文学評論』第一編

科学では〈如何にして〉という〈原因結果〉に重点をおき、時系列に即してすべての事象の生起を追って行かねばならない、と漱石は強調する。そして“How”を極めようとすればするほど、その現象自体がなぜ生起するのかという問題には答え得ない科学の限界を露呈してしまうことになる。またこの性質ゆえに、漱石が『文学論』で述べるところの〈科学者の研究には勢ひ「時」なる観念を脱却すること能はず〉という問題が常につきまとう。

しかし文学においては、もちろん時系列に即した事象の生起を追う〈“How”の分子なきにはあらず〉ということになるのだが、〈科学と異なるところは文学にありては其あらゆる方面に“How”なる問題を提起するの必要あらざることなり〉と漱石は述べる。すなわち、時系列に従った長い時間軸を設定してもよいし、そのような因果関係から任意に離脱した断片的な時間軸を設定しても構わないということになる。漱石はこうした時間の概念から、「断面的文学」を導き出していく。

世に存する物象の相は動にして静止するものあることなし。（中略）さりながら文芸家は此終局なき連鎖を随意に切りとり、之を永久的なるかの如くに表出する権利を有するものなり。即ち無限無窮の発展に支配せらる丶人事自然の局部を随意に切り放ちて「時」に関係なき断面を描き出すの特許を有す。かの画家、彫刻家の捕ふる問題の如きは常に此「時」なき断面にして、これより以外に出づること能はざること明かなり。而して文学は「時」を含有し得るの点に於て画、彫刻よりも範囲広きものなれども、一方に於て「時」を閑却する一時的叙述、或は即座の抒情詩的発動等に於いて画、彫刻と類を同じくするところあれば、文学者のＦは科学者のＦの如く、常に"How"なる好奇心のため、附き纏はらる丶ものにあらず。

『文学論』第三編第一章

ここで「断面的文学」は画、彫刻と結び付けられ、〈文学者は画を描かむとす〉という表現で〈物の生命と心持ちを本領とす〉る「文学」の本質を漱石は示そうとする。含みこまれる時間によって、「文学」概念を構築しようとする意識は、科学の因果律にまつわる問題だけではなく、たとえば十八世紀ドイツの劇作家レッシングが芸術論『ラオコーン』（一七六六）で示したような造形芸術における表現方法にも根ざしているのである。

レッシングは、造形芸術と言語芸術を、表現に含みこまれた時間によって区別し、前者を静止した一瞬を表現するもの、後者をたえず変化する長い時間を表現するものとして定義する。漱石はこれに自らの解釈を加えて再構築し、造形芸術の時間は表現された一瞬に前後の時間軸を凝縮（コンデンス）したものとしてとらえる。いずれにせよ、造形芸術は、もっとも美しく望ましい時間を凝縮した一瞬を不変のものとして永続させることが可能なのであり、また表現されるのが一瞬であるがゆえに、必ずしも時間の流れと共に生起する因果律に束縛される必要はない。この二点が漱石をもっとも惹きつけた特徴であった。様々な時間軸においてその頂点となりうる焦点〈F〉を抽出し、それを「文学」の中核としてとらえることを提唱する『文学論』での文学定義も、こうしたレッシング由来の理論に重なり合うものであったといえよう。

これらを「文学」へ応用しようとしたこころみが「断面的文学」という概念であり、漱石が〈一時的の消えやすき現象を捉へて快味を感ずる人は文学者にありても彫刻家、画家に近きものなり。吾が邦の和歌、俳句若くは漢詩の大部分の如きは皆此断面的文学に外ならず〉と述べたように、限られた少ない字数で表現され、表現の中にさほど長い時間を含みこまないことの多い言語芸術にそれはもっとも顕著に現れる。こうした含みこまれる「時間」とは、単なる物理的な時間の長さではなく、当然そこで生起する現象と不可分であり、これらは「筋」と漱石が呼ぶものと同義である。

漱石は初期において、「筋」のみにこだわらないということを積極的に標榜する。しかし、それは単に「筋」を生起させる長い時間を完全に排除し、そことは関わりのない任意の断片だけに注目を集めようとするものではない。一つの作品の中に、意識の焦点〈F〉を抽出しうる様々な時間の幅を設定し、全体から抽出しうる〈F〉と共存させようとするものである。すなわち全体を通して味わうこともでき、作品全体の「筋」と必ずしも結びつかぬ部分的な断片を味わうこともできるという「文学」の創作を漱石は目指していたといえるのである。たとえば「筋」のない小説と呼ばれる「草枕」に、それでも全体として筋が存在するという矛盾も、また彼が「低徊趣味」と名付けた、作品の中で必ずしも本筋には関わらない詳細な描写の存在なども、こうした意識に基づいたものであるといえよう。「断面的文学」的要素を多用した表現法は、初期作品において特に顕著であり、また職業作家としての出発点となった「虞美人草」を特徴づける美文描写も、こうした意識から生まれ出たものであるといえる。美術の表現法から文学の表現方法を模索することで、漱石は造形芸術と言語芸術の互換性を探り、「筋」の生起のみに重点を置こうとする近代的な「小説」概念だけでは計れない「文学」の可能性を求めようとしていた。

美術との関わりの中から模索される表現方法の問題は、本書の中盤で中心的に扱うこととする。第四章では、登場人物たちが「夢」という美的なものと一体化するために、〈画〉（＝造形芸術）と〈詩〉（＝言語芸術）のジレンマの中で表現方法を追求していく過程を寓意的に描き出した「一夜」の分析を中心に、初期の漱石作品で対比される〈画〉と〈詩〉をめぐる問題を考えることにする。また第五章では、もっとも美しい理想的な時間を一瞬に凝縮し、不変のものとする〈画〉の世界に一体化しようとする願望を描き出した「幻影の盾」「薤露行」の分析を中心に、漱石の求める〈画〉の世界の内実がどのようなものであったかを明らかにしていく。そして第六章では、「草枕」の分析を中心に、レッシングの『ラオコーン』との影響関係を改めて確認した上で、漱石がこうした〈画〉との関わりのなかから見い出された「断面的文学」をどのように作品として結実させているかを示したい。

このように、「文学」が表現しうる対象と、また「文学」において可能な表現の可能性を探ってきた漱石は、この直後に教職を辞し、職業作家としての活動に専念することになる。その際これまで自らの中で形成してきた「文学」の可能性を最大限に発揮させようとする意欲は、当然漱石の中にあったと思われるが、余技的な活動としての創作ではなく、専業の作家としての創作――また新聞を媒介とし、より多くの読者に向けて作品を発表するという行為――

は、漱石に予期しきれない外的な影響を及ぼしたであろう。

ここまでに論じてきた二つの問題意識は、職業的作家となるに当たって、漱石の中でどのように結び付き、発展していったか。また漱石が新たに獲得した問題意識とは何であったのか。本書の後半では、こうした点を中心に考察していくことになる。次節では、この問題に関する概観を述べることとしたい。

四、表現者としての模索――「社会」との関わりの中で

漱石は明治三十九年五月に『漾虚集』を上梓してからも、「坊っちゃん」（明治三十九年四月）、「草枕」（明治三十九年九月）、「二百十日」（明治三十九年十月）と、旺盛に創作活動を続けていった。これと前後して、読売や国民、朝日といった大手の新聞社が、こぞって漱石に原稿の依頼を開始し、入社と専属作家への道筋をほのめかすようになる。明治三十九年後半は、まさに職業作家としての漱石の進路が、現実的なものになりはじめた時期であった。

この前後から、漱石の言動には小説家としての社会的な役割についての言及が目立つようになっていく。文学者が〈幾分でも文学を以て世道人心に裨益〉（「文学談」）しているというエクスキューズにも似た主張を、漱石は様々な形で表明し始める。たとえば、明治三十九年九月に発表した談話「文学談」では、次のように述べている。

扨て茲に長編の一小説を草するとすると、作者は作中の事件に就いては黒白の判断を与へ、作中の人物に就いては善悪の批評を施さねばならない、作者は我作物によつて凡人を導き、凡人に教訓を与ふるの義務があるから、作者は世間の人々よりは理想も高く、学問も博く、判断力も勝ぐれて居らねばならないのは無論のことである。

（中略）世の中では小説家を以て教員とか、官吏とか商人とかと同じ様な単純なる職業だと思つてゐる。相互道徳上の交渉、問題に付いては自分と小説家は同程度の批判力しかないと考へて居る。夫は間違つてゐる。小説家も夫で甘んじてはならん。（中略）吾人が世の中にある立脚地やら、徳義問題の解決やら、相互の葛藤の批評やら、凡て是等は小説家の意見を聞いて参考にせねばならん。小説家も其覚悟がなくてはならん。

「文学談」

同時期の断片にも、同じような内容が散見されるが、そこでは〈文学者〉〈学者〉の語が右記の〈小説家〉とほぼ同じ意味に用いられ、経済的・地位的な権力と対置される。そしてこうした経済的・地位的に社会で優位とされる人々は〈下劣ナ趣味〉を備えたものであり、彼等に道徳的な啓蒙をおこなうのが〈文学者〉の使命であると漱石は主張する。金銭的な問題に対して、こうした〈文学者〉ないし〈学者〉は無力であるが、〈然しそれが人生問題である道徳問題である。社会問題である以上は貴様等ハ最初からして口を開く権能ハないものと覚悟をして絶対的ニ学者の前ニ服従せんければならん〉と殊更に語調荒く書きつける漱石の筆致は、意欲という以上に〈文学者〉〈小説家〉としての社会的な役割とその価値を再確認せねばならないという強迫観念すら漂わせている。

また、こうした〈文学者〉の社会的役割は、漱石にとって〈文学者〉自身の内面的道徳や倫理観を表出することと不可分にある。〈文学は好悪をあらはすもので、普通の小説の如き好悪が道徳に渉つてゐる場合には是非共道徳上の好悪が作中にあらはれて来なければならん〉（「文学談」（傍点原文））と述べる漱石は、新聞小説家となるにあたって何らかの形で「文学」の中に自身の倫理観を示さねばならないという考えがあった。それは明治末にあって未だ社会的地位の低かった「小説」を職業とする上での、社会に対する弁明であり、また何よりも自分自身にとっての弁明であったと思われる。

しかし、こうした問題は漱石の個人的な意識の問題にとどまらず、時代からの要請によるものでもあったと考えられる。日清戦争後の明治三十年代前半において、高山樗牛、内田不知庵らによって時代精神論が叫ばれ、作家と社会との関りに対する関心が高まったが、直後の日露戦争もまた、それをさらに助長する役割を果たした。当初の時代精神論は、時代精神とは何ぞやという議論を繰り返した後に〈自から創作上の事実に於いて、前掲作家と実世間との関係論と一致し、実政治上、社会上、宗教上等の問題を材料にするといふ結果を来した。前に所謂漠然たる意味にての政治小説、社会小説の要求といふのが、即ちそれである〉(8)という帰着を示した。これは明治三十四年に高山樗牛の「美的生活を論ず」の中でニーチェ論の援用によって補足され、〈意味ある人生を描くといふ義になつた〉(9)とされる。だが、当初持たれていた〈作家は宜しく一層世間に接近し、中流以上の社会、たとへば政治界、宗教界、学者紳士の社会に於ける、成るべく多数の人に興味を感ぜしむべき人物、事件、思想を描写することを力むべし〉(10)というニュアンスも依然として根強く、日露戦争開戦の気運が高まるにつれ、その顕著な表明としての戦争芸術の必要性は何度も強調された。

実際に日露開戦の後に雑誌「文章世界」や「文芸倶楽部」が、相次いで「文士」の戦争観を示すエッセイや、戦争に関わる文学の募集を行ったのは、文学者たちが何らかの形で時局に対する態度を表明し、社会において果たしうる役割を提示して見せるべき存在として認識されていたからといえよう。とはいえ実際に表明された彼らの言説を見るに、それはむしろ積極的に要請に応じたというよりも、むしろ果たし得る役割を明確に提示できないものの存在を許容しない眼差しへの対抗（あるいは防御）であったようにも思われる。こうした時代の風潮が、まさに小説家としての自己を意識しはじめた漱石にも多少ならず作用した可能性は充分に考えられる。

ともあれ、有名な鈴木三重吉宛書簡に見られる〈苟も文学を以て生命とするものならば単に美といふ丈では満足が出来ない。丁度維新の当士《ママ》勤王家が困苦をなめた様な了見にならなくては駄目だらうと思ふ。間違つたら神経衰弱でも気違でも入牢でも何でもする了見でなくては文学者になれまいと思ふ。文学者はノンキに、超然と、ウツクシがつて世間と相遠かる様な小天地ばかりに居ればそれぎりだが大きな世界に出れば只愉快を得る為めだ抔とは云ふて居られぬ進んで苦痛を求める為めでなくてはなるまいと思ふ〉[11]という勇壮な決意は、こうした漱石の内外から生まれた意識の所産だと読みとられてきた。しかしこれをもって、漱石が自身でいうところの〈閑文字〉と決別し、倫理的な啓蒙のみを「文学」の主眼としたとは考えにくい。むしろ倫理的な要素を志向しつつも、『漾虚集』から「草枕」へと受け継いできた、この〈美〉を追求する「閑文字」的要素を決して手放そうとしなかったところに、漱石の職業作家としての出発点の重要な意義を見出すべきであろう。

　本書の後半では、第六章までに検証した漱石の「文学」概念における「対象」「表現」の要素が、「社会」という視点を加えられた際にどのように融合させられ、また変容していったかを考察したい。「科学」との関わりから発した「文学」の「対象」の問題は、科学の合理性・客観性が社会的な要素と結びつき、やがて倫理観に及ぼした影響へと敷衍されていく。それは日露戦争という題材を直接に扱いながら、その中で自己の社会的位置をさぐる「文士」の姿を戯画的に描く「趣味の遺伝」(明治三十九年一月)に、道筋の一つを見出すことができよう。この問題は第七章で扱う。

　そしてこの近代的な合理的価値観と、個人の内面的な倫理観の関係は、漱石が個人的に抱いていた近代文明への違和感と重ねられることによって、観念的な対立の図式を漱石の中で生みだしたように受け取られることが多かった。漱石の職業作家としての出発を飾る「虞美人草」(明治四十年)への評価は、こうした視点を多かれ少なかれ含みこんでいる。しかし、それは「美術」との関わりから漱石が編み出して行った「文学」の「表現」――それは漱石の言う

「閑文字」的要素とも密接に関わるものであろう――を、この内容的な要素と接続することを試みた過程であるとも考えられる。第八章では、「勧善懲悪」的内容と「美文」的文体をもつ時代錯誤な作品として読みとられてきたこの「虞美人草」において、漱石がそれまで練り上げてきた「対象」と「表現」に対する見解をどのように結実させようとしたかを考察していく。さらに第九章では、その後の「三四郎」（明治四十一年）において、「虞美人草」に引き続き、「対象」と「表現」の調和に向けて、漱石が初期作品以来の試みをどのように彫琢していったかを考察し、締め括りとしたい。

なお、本書で扱う漱石の作品については、初出時の本文を適宜参照しているが、誤植等がかなり多く、また際立った改変等は少ないため、引用に関しては特に断らない限り、岩波書店版『漱石全集』（全二十八巻、一九九四～一九九九）に依るものとする。また表記に関しても、旧字を適宜新字に改め、ルビ等も原則として省略した。また『漾虚集』収録の七短編については、明治三十八年一月から明治三十九年一月にかけて異なる雑誌上に個別に発表され、明治三十九年五月に大倉書店から一括刊行されている。本書で七編を総称する場合は便宜的に『漾虚集』として表記するが、「倫敦塔」から「趣味の遺伝」までの執筆期間に当たる明治三十七年末から明治三十九年初頭という時代性との関りを重視し、基本的には個別に発表された七つの短編として扱うことにする。

〔注〕

（1）「文庫」、明治三十九年七月

（2）小宮豊隆『夏目漱石』（初出、一九三八）、（岩波書店、一九五三）

（3）内田道雄「『漾虚集』の問題」（「文学」、一九六六）、竹盛天雄「『吾輩は猫である』と『漾虚集』と」（「国文学」、一九八五～九〇）など。
（4）内田道雄氏前掲論文（3）
（5）相原和邦「『漾虚集』の性格」（「日本文学」、一九七二）
（6）江藤淳『決定版夏目漱石』（新潮社、一九七四）
（7）佐藤泰正「「漾虚集」――夢と現実の往還」（「国文学」別冊『夏目漱石必携』、一九八〇）
（8）「彙報・小説界（三十一年～三十四年）」（「早稲田文学」、明治三十九年一月）
（9）「彙報・小説界（三十五年～三十九年）」（「早稲田文学」、明治三十九年二月）
（10）「彙報・小説界（三十一年～三十四年）」（「早稲田文学」、明治三十九年一月）
（11）鈴木三重吉宛書簡、明治三十九年十月二十六日

第一章　「文学」という救済――「倫敦塔」

一、はじめに

「倫敦塔」（明治三十八年一月）は、一般的に漱石の処女作とされる「吾輩は猫である」第一章とほぼ時を同じくして発表された。やはり同時期に発表された「カーライル博物館」と合わせて、漱石の創作活動の開始を告げる作品の一つといえる。

「倫敦塔」は、後に『漾虚集』に収録されることになる七編のうち、ジャンルを特定するのが難しい作品の一つである。この作品は紀行文風の体裁をとっており、また漱石の経歴とも重なる部分の多い〈余〉によって語られるという構成である。同時代の読者が〈余〉と漱石と重ね合わせ、観光記の延長として読んだ可能性も充分考えられよう(1)。また「倫敦塔」に対する同時代の評価は、筋や構成よりもその文章ないし文体に関するものがほとんどを占める。松岡譲は〈『倫敦塔』『カーライル博物館』といふのは研究物でもなく、と云つて小説でもなく、中庸を行つた一つのスケツチとして非常に特異のもの、特色のあるものであつて、日本の今までの文学の中にさういふ新しい色彩を持つて行つたあれだけの作品といふものはさう沢山はないと思ふ(2)。〉と回想している。このように、小説に近い文学作品であることだけは間違いないが、ジャンルが何であるかをひとつに特定できない、という印象が、この作品が持つ一般的なイメージであるように思われる。

この時期の漱石に、文学というものの自明性をもう一度問い直そうとする意識が見られることは夙に指摘されている。それは小説、文、詩歌といった各ジャンルを前提とし、それらを包括するものとしてではなく、むしろ未だ各ジャンルに分化し得ない根源的な概念として捉えられていたのではなかったか。「文学」とは、漱石にとっては『文学論』（明治四十年）でいうところの〈F＋f〉、すなわち「情緒を附随する焦点」なのであり、そこには「文学」とそうでないものの区別しか立てられていない。そしてその区別は、この〈情緒〉の有無にのみにかかっているのである。

形式を云々するよりも前に、漱石の前には「文学」という大きな未分化のカテゴリーがあった。その「文学」はどのような可能性を持つ――何を対象とし、またどのように表現できる――ものであるのか。「倫敦塔」は、その問題意識のもとに創作された作品のひとつであり、漱石が「文学」の必須要素とした〈情緒〉の内実を具体的に浮び上がらせているのではないか。すなわち〈二十世紀〉という時代が科学的合理性・客観性を重んじるがために排除抹殺していくものを、その〈情緒〉のゆえに救済しうる「文学」の可能性。それは、科学と合理性への信仰と逆説的に比例する、まさに〈二十世紀〉ならではの問題であったとも考えられる。

二、死に向かう人々へのまなざし

「倫敦塔」は、〈余〉を通して、ロンドン塔に残された史跡の数々から、歴史にまつわる幻想が想起されるという場面を多く含む。それは徹底して、かつてロンドン塔に囚人として収監され、「死」という結末に向かった人々に対するまなざしを通して進められていく。それらの人々を見つめるうちに、〈余〉の意識は次第に第三者的な立場から、自身が当事者となる状況へと追い込まれ、この変化を通して、ロンドン塔における悲劇が、〈余〉を含みこんだ根源的・普遍的な生と死の問題へと拡大される。そこには先行する数々の文学作品や絵画から着想を得ている部分が多くあり、「倫敦塔」研究史においては主に比較文学の視点から、これらとの比較検討が行なわれてきた。

ロンドン塔の深奥へと進む〈余〉の歩みは、かつて同じ道順をたどって収監されていった罪人たちのそれと重ねられ、彼らの悲劇は、「死」が近づく段階を追って描写される。まず〈余〉は鐘塔と中塔をくぐり、かつてそこにあった鐘が鳴らされた情景を想像する。逃れられぬ「死」を予告する鐘である。続いて逆賊門の脇を通った〈余〉は、まずこの死地への一歩を踏み出した罪人たちの様子に思いを馳せるのである。

逆賊門とは名前からが既に恐ろしい。古来から塔中に生きながら葬られたる幾千の罪人は皆舟から此門迄護送されたのである。彼等が舟を捨てゝ一度び此門を通過するや否や娑婆の太陽は再び彼らを照さなかつた。テームスは彼等にとつての三途の川で此門は冥府に通ずる入口であつた。彼等は涙の浪に揺られて此洞窟の如く薄暗きアーチの下迄漕ぎ付けられる。口を開けて鰯を吸ふ鯨の待ち構へて居る所迄来るや否やキーと軋る音と共に厚樫の扉は彼等と浮世の光りとを長へに隔てる。彼等はかくして遂に宿命の鬼の餌食となる。明日食はれるか明後日食はれるか或は又十年の後に食はれるか鬼より外に知るものはない。此門に横付につく舟の中に坐して居る罪人の途中の心はどんなであつたであらう。櫂がしわる時、雫が舟縁に滴たる時、漕ぐ人の手の動く時毎に吾が命を刻まるゝ様に思つたであらう。白き髯を胸迄垂れて寛やかに黒の法衣を纏へる人がよろめきながら舟から上る。是は大僧正クランマーである。青き頭巾を眉深に被り空色の絹の下に鎖り帷子をつけた立派な男はワイアットであらう。是は会釈もなく舷から飛び上る。はなやかな鳥の毛を帽に挿して黄金作りの太刀の柄に左の手を懸け、銀の留め金にて飾れる靴の爪先を、軽げに石段の上に移すのはローリーか。

「倫敦塔」

これらの想像は意識的になされており、〈クランマー〉〈ワイアット〉〈ローリー〉の三人について、服装から立ち居振舞いまでを、〈余〉はかなり具体的に思い描いている。彼らはいずれもそのまま釈放されることなく塔内で処刑された人々である。[3]

次に〈余〉は血塔へと進む。この血塔の場面から始まる二人の王子をめぐる想像は、後書で触れられているとおり、シェイクスピアの『リチャード三世』（一九五二〜五三）に登場するものであるが、他にもドラローシュの絵画『ロンドン塔の二王子（エドワードの息子たち）』（一八三一）との関連[4]、キャッセル版『図説英国史』（刊行年不明）との関連が指摘されている。[5]

漱石がこの二王子たちのエピソードに関心を寄せていたことは、手沢本への書き込みからも窺える。シェイクスピアの『リチャード三世』が収録された本は、漱石の蔵書に三冊あるが、うち『リチャード三世』に対して唯一書き込みがなされているキャビネット版のもの[6]には、王子たちを殺害したティレルの述懐部分（第四幕第三場冒頭）や、王子の母エリザベスの嘆く場面（第四幕第四場）に下線や書き込みが見られる。[7] エインズワースの小説『ロンドン塔』（一八四〇）の中でもこの二王子に関する記述がいくつかあるが、漱石手沢本[8]にはそのうち、彼らの名前が登場する部分と、その死の記述の二ヶ所に傍線が引かれている。

二人の王子の様子は、前述のドラローシュの絵画『ロンドン塔の二王子』が参考にされている。『ロンドン塔の二王子』の画中では、画面の左下にスパニエル犬が戸口に向かって身構える様子が描かれており、これが刺客の接近を暗示しているとされる。一方「倫敦塔」の方ではタペストリが動くことで刺客の接近がほのめかされるが、このタペストリはドラローシュの画中には見当たらない。これは漱石がエインズワースの『ロンドン塔』から得たイメージであるように思われる。エインズワースの作品中ではしばしば部屋の壁に〈the arras〉（壁掛け）があり、その後ろに隠し扉や隠し通路があるという設定がなされる。また二人が交わす言葉は、キャッセル版『図説英国史』の記事が参考にされており、同じ部分にドラローシュの『ロンドン塔の二王子』が挿絵として収録されていることと合わせて塚本利明氏の指摘がある。(9) ただし、これは兄の〈命さへ助けて呉るゝなら伯父様に王の位を進ぜるものを〉という部分に関してのみであり、弟の言葉、そして兄が読んでいる本に関しては出典が明らかになっておらず、この部分は漱石の創作とされる。

わが眼の前に、わが死ぬべき折の様を想ひ見る人こそ幸あれ。日毎夜毎に死なんと願へ。やがては神の前に行くなる吾の何を恐るゝ……（中略）朝ならば夜の前に死ぬと思へ。夜ならば翌日ありと頼むな。覚悟をこそ尊べ。見苦しき死に様ぞ恥の極みなる。……　「倫敦塔」

松村昌家氏によれば、〈苛酷非道な迫害の犠牲者としての清純無垢な子どもの憐れな境遇は、ロマン主義時代から十九世紀中葉に至るまでの、最も重要な芸術的関心の一つであった〉とされる。(10) 兄の読む本は、自らの死を常に自覚し、備えておくべきであるという心構えを強調する。だが、それを読む兄は〈命さへ助けて呉るゝなら〉と、おぼろげに死が迫っていることを感じ取りながらもまだそれを甘受するには至らず、幼い弟に至っては己の運命が死に向かいつつあることすら具体的には理解できていない。彼らの子どもらしい心情は、彼らにやがて訪れるであろう不条理な運命をすでに知る〈余〉の目を通して相対化されることにより、前述の松村氏の指摘にあるような、清純無垢な子どもが犠牲となっていく悲惨さを浮き彫りにしつつも、死の持つどこか感傷的な美しさを浮び上がらせるのである。

この後、王子たちの母が牢守にわが子への面会を拒まれる場面を経て、やがて空想は時計の音と共に破れ、〈余〉はまた歩を進める。白塔ではリチャード二世の譲位と最期を〈余〉は思い描く。ここで強調されるのは、刺客に斬殺されたにせよ、自ら餓死したにせよ、悲惨なる最期を遂げたであろうことだけは確実ながら、その〈運命は何人も知る者がなかつた〉という王の姿である。惨事の真相は曖昧になり、事実は悲劇的な伝説へと変貌をとげる。

〈余〉はボーシャン塔に入り、ふたたび塔の歴史を想起し始める。そこで登場するのが壁の題辞である。漱石が、この題辞が登場する部分の構想に、ディックの『ボーシャン塔素描』[11]というガイドブックを利用したことは、すでに明らかになっている。塚本利明氏は、「倫敦塔」に利用された題辞と、『ボーシャン塔素描』の詳細な照合をしている[12]が、「倫敦塔」に引かれている題辞は、ディックの分類番号によれば、1番、3番、9番、8番、11番、12番、14番である（「倫敦塔」に登場する順による）。

このうち、14番にあたるジョン・ダッドレーに関してのみ、実際に塔内で獄死した事実が分かっている[13]。だが、これは後にジェーン・グレイとの関連で示される題辞であって、この段階で登場するものに関しては、実際に作り手やその素性が解明されていないものばかりである。1番のパスリュについては、「倫敦塔」で〈千五百三十七年に首を斬られた〉となっているが、この題辞を実際に彫ったとされるパスリュとは別人である[14]。3番の〈デツカー〉も素性は分からず、9番の〈T.C.〉は、ディックによれば〈I.C.〉である[15]。8番もペヴァレルという人物の彫ったものとされているが、この人物も収監後どうなったかは不明とされている。11番はウィリアム・ティレルという人物、12番は作り手が不明であるが、いずれもその後の運命は分かっていない。

塚本利明氏は、「倫敦塔」における題辞の取り上げ方について、〈実在感をもった人物と彼の残した言葉との描写に始まって、人間像を次第に希薄化し、転じて壁に刻まれた図案そのものに移り、最後に文字の実例に戻るといった構想〉があるとする。[16] それは〈多くの囚人の心理そのものに思いを馳せるのではなくて、彼らがこの密室で営んだ行為〉（傍点原文）に注目するためであるという。

題辞の取り上げ方に、もう一つ漱石の意識を読み取ろうとするならば、むしろ故意に具体性を喚起しないような書き方をしているということが言えよう。ここに挙げられた題辞を書いた人物たちの運命は、意図的に具体性や史実を判然とさせないように書かれている。そして最初の題辞にだけ、あえて〈一五三七年に首を斬られた〉と、断片的ながらはっきりと結末を示すことによって（しかもそれは完全な創作である）、後に続く題辞にも同じような不運のイメージを付加している。後に続く題辞は、その作者の結末について確実な結論がつかない分、より曖昧かつ不吉な印象を与える。即ち、その作者が限りなく死に近い場所に置かれていながらも、はっきり死んだとも生きたとも分からないという状況――死と生との間に宙吊りのまま放置されるという状況――がそこに示され、強調される。それがこの場面に続く〈所在のない〉という最大の〈苦しみ〉へと繋がっていくのである。

題辞の場面から、〈余〉はロンドン塔にまつわる囚人たちの境遇を、自らに引きつけて想像するようになる。それと同時に、ロンドン塔における囚人たちの苦痛は、その固有性から次第に離れて、根源的な人間の生というものへの連想に広げられていく。

> 斯んなものを書く人の心の中はどの様であつたらうと想像して見る。凡そ世の中に何が苦しいと云つて所在のない程の苦しみはない。（中略）此壁の周囲をかく迄に塗抹した人々は皆此死よりも辛い苦痛を嘗めたのである。忍ばるゝ限り堪へらるゝ限りは此苦痛と戦つた末、居ても起つてもたまらなく為つた時始めて釘の折や鋭どき爪を利用して無事の内に仕事を求め、太平の裏に不平を洩し、平地の上に波瀾を画いたものであらう。彼等が題せ

る一字一画は、号泣、涕涙、其他凡て自然の許す限りの排悶的手段を尽したる後猶飽く事を知らざる本能の要求に余儀なくせられたる結果であらう。（中略）凡ての人は生きねばならぬ。此獄に繋がれたる人も亦此大道に従つて生きねばならなかつた。（中略）一度び此室に入るものは必ず死ぬ。生きて天日を再び見たものは千人に一人しかない。彼等は遅かれ早かれ死なねばならぬ。去れど古今に亘る大真理は彼等に誨へて生きよと云ふ、飽く迄も生きよと云ふ。（中略）斧の刃に肉飛び骨摧ける明日を予期した彼等は冷やかなる壁の上に只一となり二となり線となり字となつて生きんと願つた。壁の上に残る横縦の疵は生を欲する執着の魂魄である。

「倫敦塔」

それまで〈余〉が想起していた、囚人たちをめぐるエピソードは、「過去の出来事」として時間的に隔てられたものであり、さらに現実世界から随意な〈想像〉によって構築される架空の世界にすぎなかった。それらを舞台上で上演されている芝居のように見物する観客の位置に置かれている〈余〉自身は、彼らの過酷な運命と直接の交渉を持たないでいられるはずであった。

だがこの題辞の場面で、囚人たちの苦痛が、その固有性を離れて〈余〉を含めた人間一般の根源的な苦悩――〈生きねばならぬ〉という〈大道〉と〈死ぬべき運命〉のはざまにあって葛藤する〈凡ての人〉の苦悩――とへと敷衍され、〈余〉とは全く無関係の事象ではなくなってくる。迫り来る死は普遍的な恐怖であり、またそれにも関わらずどこか人を惹きつける甘美さを持つ。生きている限り、人はこの恐怖と誘惑を同時に感じざるを得ず、それゆえに生と死の狭間にあって苦悩せざるを得ない。ここから意識的な〈想像〉によって構築されていたはずの架空の世界は、傍観者であった〈余〉を否応なくその内部に当事者として巻き込む形で展開されていくのである。

この場面から始まる断頭吏の場面と、ジェーンの処刑場面において、〈余〉の語りの中に〈覚えず〉〈驚いた〉〈思はず〉〈忽ち〉〈茫然〉〈忽然〉と言った言葉や、「～できない」というような、自分の意志に反して行動を制限されるような表現が頻出するのに注意したい。これらの語は、ここで〈余〉に見えているものが、〈余〉の意識的な想像の産物ではないことを示している。断頭吏の会話から始まるジェーン処刑の光景は、それまでとは異なり、意志を超えて〈余〉に迫ってくるものとして書かれる。根源的で普遍的な人間の生と死の問題を手掛かりに、過去の事柄から――それも正確な「歴史」としては認識され得ない出来事の中から――〈二十世紀〉の人間である〈余〉に、漱石は自らの問題として切実に迫りくる共通点を見つけ出させる。それは客観的「事実」のみを「歴史」として抽出する〈二十世紀〉の合理性から取り零されざるを得ない、生と死の〈情緒〉が、「文学」のうちに掬い上げられた瞬間ではなかったか。

この断頭吏の登場からジェーンの処刑にかけての、ジェーン・グレイをめぐる一連の場面は、〈余〉が壁から滲む血に指先を染められる場面で始まり、ジェーンの首から飛び散った血が〈余〉の〈洋袴〉に迸る場面で終わる。〈余〉は生と死をめぐる囚人たちの苦悩を想像することによって、壁の題辞が単なる〈線〉や〈字〉ではなく、〈生を欲する執着の魂魄〉であることを悟る。ロンドン塔の悲劇は、自らに無関係な単なる過去の出来事ではなく、〈余〉にとっても実感をともなった生と死の問題となる。だからこそ、題辞はただの壁に刻まれた痕跡ではなくなり、生々しい血を流す傷口へと変化するのである。

三、ジェーン・グレイの死

題辞の場面に続いて、断頭吏の会話からジェーンの処刑にかけては、エインズワースの『ロンドン塔』が踏襲されている。漱石の蔵書中にある『ロンドン塔』には、決して多いとは言えないが、傍線や下線も含めて約五十七ヶ所に及ぶ書入れが見られる。その中でも、いくつか注目すべきではないかと思われるのは、次のような部分である。

物語の冒頭で、戴冠式を終えロンドン塔に向かうジェーンに、老婆ガノラが彼女を待ち受ける不吉な運命を予言し、即位を取りやめるよう忠告する場面には右脇に傍線が引かれ、〈Gunnora omen〉と書き込みがある（第一部第一章）。また、ロンドン塔内の礼拝堂でジェーンが黒衣の怪しい人影を見、さらに断頭吏の使う斧の切っ先が自分に向けられて落ちているのを発見する場面にも下線があり、それを己れの運命の前兆ではないかとジェーンが疑う場面（第一部第四章）にもやはり下線が見られる。

また、ジェーンの夫ギルドフォード・ダッドリー卿が処刑前に〈I will be with her on the scaffold.〉（私は（妻の処刑時にも）彼女と共に処刑台に立つだろう）という言葉を残す場面と、実際にジェーンが血塗れになった夫の姿を処刑台で見る場面（共に第二部第四十二章）にはそれぞれ「感応」という書き入れが見られる。この箇所は「『文学論』ノート」にも〈Dudleyガexecuteセラル、トキ人ニ托シテJane Greyノ死スルトキ共ニscaffoldノ上ニ見ント云　Jane Grey executeセラル、トキDudleyノ血ダラケノ姿ヲ見ル〉と引用されている。(17)

『ロンドン塔』に関しては、漱石が「倫敦塔」の後書部分において参考にしたことを明言しているが、それは〈断頭吏の歌をうたつて斧を磨ぐ〉場面についてのみであり、他の部分は〈一切趣向以外の事は余の空想から成つたもの〉であるとしている。研究史でも〈漱石はこのようなエインズワースの物語性には、なんらの関心をも示していない〉[18]という論が中心である。二つの作品の関連は、〈ジェーンの処刑に収斂させるという骨組み[19]〉という構造上でのヒントを得ている、もしくは『ロンドン塔』のいくつかの場面からイメージを得ているというようなものに留まり、物語の筋そのものとの影響関係を指摘する論はほとんどない。とはいえ、書き入れの有無だけを以って、漱石の関心の有無と直接に結び付けることは出来ないが、漱石が『ロンドン塔』を読んだ際、このような不吉な予言や、運命の前兆、精神の感応といったものに注意したということは指摘できよう。「倫敦塔」に盛り込まれたのは、死に向かう不吉な運命についての部分であり、意に反して他者に生命を断たれるという不条理な運命をいかに人間が受け入れていくのかという問題を漱石は「倫敦塔」で執拗に追っていく。

「昨日は美しいのをやつたなあ」と髯が惜しさうにいふ。「いや顔は美しいが頸の骨は馬鹿に堅い女だつた。御蔭で此通り刃が一分許りかけた」とやけに轆轤を転ばす。シユ〱〱と鳴る間から火花がピチ〱と出る。磨ぎ手は声を張り揚げて歌ひ出す。

　切れぬ筈だよ女の頸は恋の恨みで刃が折れる。

（中略）「あすは誰の番かな」と稍ありて髯が質問する。「あすは例の婆様の番さ」と平気に答へる。（中略）「婆様ぎりか、外に誰も居ないか」と髯が又問いをかける。「それから例のがやられる」「気の毒な、もうやるか、可愛相になう」といへば「気の毒ぢやが仕方がないは」と真黒な天井を見て嘯く。

「倫敦塔」

「倫敦塔」で取り上げられる断頭吏の場面は、エインズワースの作中で断頭吏モウガが斧を磨ぎながら歌う歌をモチーフに漱石が創作したものとされている。しかし「倫敦塔」では、エインズワースでの断頭吏の会話にあるような固有名詞や個人名は一切取り除かれ、〈美しい女〉にしても、〈婆様〉や〈例の〉人物にしても、具体的に誰をさすのかはあえて不明確になっている。ここでも題辞の場面に続いて、人物たちの固有性から脱しようとする意識が見られ、漠然とした死へ向かう運命の暗さを強調すると共に、具体的な人物たちの運命にとどまらない普遍的な問題としての「死」を描くことに繋げられている。

その後、〈余〉はジェーンの名前が彫られた題辞を見る。それがきっかけとなって、〈余〉の目の前には「倫敦塔」のクライマックスとでもいうべきジェーン処刑の場面が広がる。

女は白き手巾で目隠しをして両の手で首を載せる台を探す様な風情に見える。首を載せる台は日本の槙割台位の大きさで前に鉄の環が着いて居る。台の前部に藁が散らしてあるのは流れる血を防ぐ要慎と見えた。背後の壁にもたれて二三人の女が泣き崩れて居る、侍女でゞもあらうか。白い毛裏を折り返した法衣を裾長く引く坊さんが、うつ向いて女の手を台の方角へ導いてやる。女は雪の如く白い服を着けて、肩にあまる金色の髪を時々雲の様に揺らす。（中略）女は漸く首斬り台を探り当てゝ両の手をかける。唇がむつ〳〵と動く。（中略）やがて首を少し傾けて「わが夫ギルドフォード、ダッドレーは既に神の国に行つてか」と聞く。肩を揺り越した一握りの髪が軽くうねりを打つ。坊さんは「知り申さぬ」と答へて「まだ真との道に入り玉ふ心はなきか」と問ふ。女屹として「まことゝは吾と吾夫の信ずる道をこそ言へ。御身達の道は迷ひの道、誤りの道よ」と返す。坊さんは何も言はずに居る。女は稍落ち付いた調子で「吾夫が先なら追付う、後ならば誘ふて行かう。正しき神の国に、正しき道を踏んで行かう」と云ひ終つて落つるが如く首を台の上に投げかける。

「倫敦塔」

塚本利明氏はエインズワース『ロンドン塔』のジェーン処刑の場面と、漱石「倫敦塔」の同じ場面を詳細に比較しているが、漱石「倫敦塔」にはジェーンの〈屹と〉した面を特に強調しようとする意図があるとしている(20)。彼女の姿に先だって現れる〈ジエーン〉の題辞が、その他の〈滅茶苦茶に書き綴られた模様だか文字だか分らない〉中にあって〈正しき画〉とされていることも、ジェーンの毅然とした態度をより強調するイメージの補強と言えよう。

今まで〈余〉が思い描いてきたロンドン塔にまつわる想像は、迫り来る不条理な運命――その極限状態としての死――に向かう人々の姿勢を一貫して追っていた。逆賊門では、死地への道を一歩踏み出す人々の姿が描かれ、二人の王子の場面では、近づいて来る死をおぼろげに自覚しながらも、まだ運命を受け入れ得ぬ段階が描かれる。続く題辞の場面では限りなく死に近いところまで追いやられつつも、いまだ生と死の間に不安定なまま留められる苦しみが描かれていた。そして断頭吏が死の訪れを確実にすると、ジェーン処刑の場面で、いよいよ最終段階としての、今まさに死に臨む人間の姿が描かれる。

ジェーンの死は「倫敦塔」のクライマックスとして、もっとも印象的に描かれている。ここでは、前の場面までに漂っていた死への恐怖や苦痛がほとんど捨象され、死はむしろ己が命にかえても守るべき信念を完結させるものとなる。他の囚人たちと同様に不条理な運命としての死を迎えつつも、ジェーンは眼の前に迫りくる死を従容として受け入れる。

断頭吏の場面に続いて、ジェーンの処刑される光景もまた〈余〉の意図を超えて働きかけてくる現象となっている。〈余〉にとって、囚人たちの姿を見つめることは、自らにも訪れうる不条理な運命を受け入れることができるかという問題を負うことにもなる。その問題に直面するほどに、〈余〉はロンドン塔の悲劇に当事者として向かい合わざるを得ない。〈余〉にとって、ジェーン・グレイの姿は、自らも同じ状況にあればそうありたいと望む、理想化された、美化された死の姿である。〈毎日の様〉に処刑を行い、〈職業の平気さでもっていかがわしい戯歌〉(21)を歌いながら斧を磨ぐほどに「死」の意味が日常化し軽くなってしまっている断頭吏らの場面に対置されることで、ジェーンの死はより一層の荘厳さと痛ましさを持って迫ってくる。しかもそれは徒らに死を美化するものではなく、〈生きねばならぬ〉と「それでも死なねばならぬ」という運命の間において葛藤した末の「死」であるがゆえに美化されねばならない。他者によって強要される運命であっても、ただ無意味に流されるのではなく、そこに自分にとって何らかの抜き難い意味が存在するのでなくてはならないのである。

この創作活動の出発期に漱石が「死」の意味、それも処刑という意に反して他者に生命を断たれるという「死」の形に執着した理由は何であったかを考えてみたい。あるいはこの時漱石が執着したのは、このような「死」に象徴される運命の不条理であったともいえる。このような点に漱石の意識が向いたのは、執筆時期が〈大量の死が日常化〉(22)するような日露戦争の只中であったことと決して無関係ではない。しかし何よりも「死」が、それも理不尽にもたらされる「死」が最も強い〈情緒〉を我々に喚起することを漱石が感じていたからに他ならない。理不尽な「死」が喚起するものはまずその悲惨さであり、恐怖であるが、同時にある種の感傷的な陶酔や、甘美さをもたらすことは否めない。「死」を主題に、それがもたらす甘美や陶酔を美しいものとして表現しようとする傾向は、「倫敦塔」に引かれたエインズワースやドラローシュらの属するロマン主義から世紀末芸術に至るまでの時期に、随所に見られる。

「倫敦塔」において理不尽な「死」は、囚人たちの恐怖と絶望をめぐって描写された末に、ジェーン・グレイの死において見られるような恐怖や絶望を捨象し、理想化された英雄的な「死」へと昇華される。死が喚起する即物的な恐怖や絶望は、死にゆく者への同情と憐みを強め、また潔く死を受け入れる者の英雄性を強調するからであり、生命を惜しむ思いとあえて死を受け入れようとする思いが交錯するところに生に対する真摯さが生れるからである。「歴史」や「記録」は死という事実を伝えても、そこに付随する恐怖や絶望、そして死を受け入れる陶酔や甘美さを表現しえない。こうした生々しい〈情緒〉こそが、漱石にとってロンドン塔での出来事から受け取るべき要素であり、これを表現することによって「倫敦塔」は観光「記録」から「文学」たり得ていると認識したのである。

「倫敦塔」以降の漱石作品において、不条理な運命への執着は『漾虚集』を最後にそれほど強く前面に押し出されることはない。漱石は「倫敦塔」を書き終えてのち、不条理な運命がもたらす「死」の悲劇性よりも、むしろうつろう時間から「美」を解放するものとしての「死」に関心を向けていく。例えば「薤露行」（明治三十八年十一月）においてエレーンの恋を完結させるように、「草枕」（明治三十九年九月）や「虞美人草」（明治四十年六～十月）において水死するオフィーリアに擬せられた那美の「憐れ」や、死せる藤尾の「美くしい」姿が「絵」として留め置かれるように、「死」は頂点に達した「美」を、劣化をもたらす時間の経過から切り離し、永遠に不変たらしめる装置として捉えられていく。それは「倫敦塔」においてジェーン・グレイの「死」が理想化された「美」の頂点として、ドラローシュが描く「絵」の光景の中に見出された瞬間に、深く根ざすものであろう。

四、「二十世紀」と「文学」

ロンドン塔における〈余〉の体験には、超自然的現象を担う存在として〈怪しい女〉が登場している。この女は、当初〈余〉にとって自分と同じ現実に属する存在であると考えられていたが、彼女は見えぬはずの鴉の数を言い当てたり、読みにくい題辞をすらすらと読んだりすることで〈余〉に〈怪し〉さを覚えさせ、最後にジェーン・グレイとして〈余〉の意識を超えた想像の中にまで登場する。この〈怪しい女〉をめぐって、〈余〉は自分の置かれている位置が現実のものか、そうでないのか分からない状況に追い込まれていく。

最後の宿での場面において、主人に打ち壊される〈空想〉という言葉は、〈怪しい女〉に関る部分と、題辞が本当に囚人たちの書いたものか否かという部分のみを指すものとなる。〈余〉が主人に話したのは、〈壁の題辞の事〉と〈美しい婦人に逢つた事と其婦人が我々の知らない事や到底読めない字句をすら〳〵読んだ事〉だけである。逆賊門を通る囚人たちや二人の王子は〈余〉が意図的に想像したものであるが、意識を超えて目に浮んだ光景――断頭吏たちやジェーンの処刑、ガイ・フォークスらが見えたことや、壁から血が出るといった現象は、そこから省かれている。また〈怪しい女〉に関しても、処刑されるジェーンが彼女と同じ顔をしていたということも、女の〈怪し〉さからは省かれている。「そこにあるはずのないものを見た」ということは〈自分ながら少々気が変だ〉と思うことで、〈余〉としては一応の説明がついているのである。

漱石は「マクベスの幽霊に就て」（明治三十七年一月）で、幽霊のような超自然的現象に対して、〈幻想〉と〈幻怪〉という二つの言葉を使って議論している。漱石の用法としては、〈幻想〉はいわゆる〈妄想より捏造せられたる幻影〉であって、これは〈科学の許す〉ものであり、〈幻怪〉は〈科学の許さざる〉ものである。つまり〈幻想〉は思い込みなど心理的なものによって幻覚や錯覚を起した結果目にするものであり、〈幻怪〉とは本当に超自然的なものが存在しているために目にするものであるということになる。

〈余〉の見た光景は、この二つの言葉において考えれば客観的に説明のつく〈幻想〉ということもできる。意識的に行った想像ではないにせよ、題辞にまつわる悲惨さを思い浮かべたり、〈怪しい女〉を不思議だと思う心情が〈余〉に壁から血が流れる様子や、断頭吏の会話、〈怪しい女〉の顔をしたジェーン・グレイの姿を、白昼夢のうちに見させたと考えることも可能である。だが、〈怪しい女〉がなぜ鴉の数を言い当て、ダッドレー家の題辞をすらすらと読めたのかということを、いまだ〈余〉は客観的に説明できぬままであり、それが出来ぬうちは、例えばこの女をジェーン・グレイの幽霊であるとするような、〈幻怪〉としての解釈もまた可能になってしまうのである。宿の主人に不思議な体験を相対化されていく場面で、〈怪しい女〉が題辞と共に〈余〉の〈空想〉を支えるものとして書かれるのは、この〈怪しい女〉の立つ位置こそが〈余〉にとって〈科学の許す幻想〉と〈科学の許さざる幻怪〉とを分かつものであったからといえる。

無我夢中に宿に着いて、主人に今日は塔を見物して来たと話したら、主人が鴉が五羽居たでせうと云ふ。おや此主人もあの女の親類かなと内心大に驚ろくと主人は笑ひながら「あれは奉納の鴉です。昔しからあすこに飼つて居るので、一羽でも数が不足すると、すぐあとをこしらへます、夫だからあの鴉はいつでも五羽に限つて居ます」と手もなく説明するので、余の空想の一半は倫敦塔を見た其日のうちに打ち壊はされて仕舞つた。余は又主人に壁の題辞の事を話すと、主人は無造作に「えゝ、あの落書ですか、詰らない事をしたもんで、切角奇麗な所を大なしにして仕舞ひましたねえ、なに罪人の落書だなんて当になつたもんぢやありません、贋も大分ありまさあね」と済ましたものである。余は最後に美しい婦人に逢つた事と其婦人が我々の知らない事や到底読めない字句をすら〳〵読んだ事抔を不思議さうに話し出すと、主人は大に軽蔑した口調で「そりあ当り前でさあ、皆んなあすこへ行く時にや案内記を読んで出掛けるんでさあ、其位の事を知つてたつて何も驚くにやあたらないでせう、何頗る別嬪だつて、倫敦にや大分別嬪が居ますよ、少し気を付けないと険呑ですぜ」と飛んだ所へ火の手が揚る。是で余の空想の後半が又打ち壊はされる。主人は二十世紀の倫敦人である。

「倫敦塔」

だが主人の言葉によって〈怪しい女〉は案内記を読んでいたという説明がつけられてしまい、その〈怪し〉さを失ってしまう。女が案内記を読んでいたとなると「ダッドレー家の紋章に詳しい」ということは、ジェーンと〈怪しい女〉を結び付ける根拠たりえなくなり、〈余〉の見たものは全て〈科学の許さざる幻怪〉ではなく〈科学の許す幻想〉となる。

同時に主人の〈贋〉の〈落書〉という説明によって、囚人の〈生を欲する執着の魂魄〉であったはずの題辞からも、血が滲み出してくるような凄絶さは失われてしまう。〈科学の許す〉客観的かつ合理的な説明は、〈余〉をその内部にまで巻き込んで行ったような豊饒な〈空想〉と〈想像〉の世界を〈打ち壊は〉し、無味乾燥なものに堕してしまうのである。

この「倫敦塔」末尾における宿の主人とのやりとりは、まるで落語の落ちのように、〈余〉と、その眼を通してその不思議な体験を追ってきた読者に、最後のどんでん返しをしてみせる。ロンドン塔という史跡と、そこに伝えられる英国の歴史のうちから、これほどにまで豊かに展開された情緒の世界は、なぜここで一度相対化されなければならないのか。この部分が書かれた意図を考えてみたい。

これを、しばしば読み取られて来たように、〈空想〉〈想像〉的なものを相対化する〈二十世紀〉の人間としての意識として読み取ることも一応可能であるように見える。〈夫からは人と倫敦塔の話しをしない事に極めた。又再び見物に行かない事に極めた〉という末尾での〈余〉による宣言も、〈二十世紀〉の人間にあるまじき非科学的・非客観的な〈空想〉〈想像〉に捉われた自分を恥じた自戒と取れなくもない。そしてそのような〈余〉の姿を描く漱石の姿勢に、空想やロマンティシズムから脱して現実を志向する意識を読み取ることもまた可能である。だが、このような決意を表明していながら、〈余〉は留学を終えたのちに改めて〈倫敦塔の話し〉を語り始める。〈余〉は何のために語り、また誰に向けて語るのか。

語り始めにおいて〈余〉は、末尾の〈又再び見物に行かない事に極めた。〉と呼応する形で、〈一度で得た記憶を二返目に打壊はすのは惜い、三たび目に拭ひ去るのは尤も残念だ。「塔」の見物は一度に限ると思ふ〉と述べる。〈空想〉の世界が、〈科学の許す〉客観的かつ合理的説明によって打ち破られることは、〈余〉にとって安堵や満足に繋がるものではなく、〈惜い〉ことであり、〈尤も残念〉なことなのである。やはりここには〈二十世紀〉的に、すべてを客観性の中に意味付けしてしまうことのできぬ〈余〉の姿があると考えたい。

だがなぜ〈余〉はロンドン塔に再訪問することができないのか。たとえ宿の主人が幻想を拒絶する〈二十世紀〉の人間であるとしても、〈余〉が〈空想〉をあえて否定しない立場を断固として取れるというのなら、〈余〉は〈再び見物に行かない〉決心をする必要はなかったであろう。

だが自らもまた、ひとたび客観的かつ合理的な説明がついてしまったものを不可思議なままに留め置くことは出来ず、一度目の訪問で得た豊饒な〈空想〉の世界が現実の再訪では二度と得られないことを〈余〉はすでに悟っている。再度、再々度と実際にロンドン塔を訪ねれば、〈余〉も宿の主人と同じように、ボーシャン塔の題辞を〈贋〉の〈落書〉ではないかと疑うことになるであろうし、歴史上の人物の化身であるかのようにロンドン塔について語る人間を、案内記の受け売りをしているとしか見られなくなるであろう。〈余〉もまた、まぎれもない〈二十世紀〉の人間の一人なのである。

だがそれでもなお、「倫敦塔」が〈二年の留学〉を終えた後の〈余〉によって語られたことに注意したい。〈余〉は、宿の主人に自分の幻想を打ち砕かれるこの末尾を経験した上で、再びロンドン塔の物語を語っているのである。

現実にロンドン塔を訪れることを断念した〈余〉は、言葉によってもう一度ロンドン塔の再訪を果たす。それは現実の訪問によってはもはやなし得ない、豊饒な〈想像〉と〈空想〉の世界を言葉によって復活させるためであった。

「倫敦塔」がロンドン塔の観光記録として、客観的な事実のみを追うものではなく、先行するいくつもの文学作品や絵画作品を下敷きとした〈余〉の〈想像〉と〈空想〉を織り交ぜた作品として描かれたのもこのような理由の上にあるだろう。〈余〉の〈想像〉と〈空想〉は、徹底して「死」という不条理な運命を待つ人々の姿を表現していく。〈二十世紀〉にあっては文学や絵画に描かれた光景の中から立ち現れるかれらは、その中ではじめて確かに生身の心身をもってロンドン塔に実在し、限りなく死に近い生と死のはざまにあって苦しんだ存在となりうるからである。そしてボーシャン塔の題辞は、かつて〈冷やかなる壁の上に只一となり二となり線となり字となつて生きんと願つた〉囚人たちの痛切な思いや、生々しい苦痛の表現として生命を吹きこまれる。

かつて実際に起こった出来事でさえも、歴史として客観的に証明できなければ、伝説や言い伝えとして曖昧になり、ましてその悲劇に付随する恐怖や苦痛、また甘美さや矜持は、客観的な形としては残りようがない。形として残った題辞もまた、囚人たちの〈生を欲する執着の魂魄〉であるのか、はたまた〈贋〉の〈落書〉であるのか、合理的な証明の仕様はないのである。明治の近代史学においては、「抹殺博士」と呼ばれた重野安繹や久米邦武らの一連の考証によって、客観的に実証できる史実と、証明できない伝説が切り分けられていった。〈二十世紀〉の近代的合理性の中にあっては、証明することができないことは存在しなかったことと同じである。久米や重野らの実証主義は、封建的な神道派の歴史理解に対するアンチテーゼとしての意味を持っていたのであるが、(23)同時にやはり科学的・合理的なものを偏重していく近代合理主義の一翼を担っていたといえよう。

ボーシャン塔の題辞は〈余〉が思う通り、〈去るわれを傷ましむる媒介物〉に過ぎず、〈われ其物〉ではない。まして〈切角奇麗な所を大なしにして仕舞〉う〈落書〉程度にしかそれらを認識しなくなった〈二十世紀〉にあっては、もはや〈去るわれを傷ましむる媒介物〉にすらなれるかどうか定かではないのである。

〈余〉は存在を抹殺された囚人たちを再び〈空想〉と〈想像〉の世界によみがえらせ、また切り捨てられていく豊饒な〈空想〉と〈想像〉の世界そのものを再構築するために語り始める。かつてロンドン塔で起こった悲劇の主人公たちは、〈余〉の語りに呼びさまされるように、ときにはエインズワースの小説の一場面から、また時にはドラローシュの絵画から抜け出し、〈余〉の〈空想〉と〈想像〉の世界においていっときの現実となり、ふたたび文学や絵画の中へと閉じこもる。かれらは歴史上の客観的事実を伝えるために〈余〉の前に現前するのではなく、客観的事実から零れゆく情緒を喚起するために立ち現れる。そして「倫敦塔」という「文学」は、かれらの生と死のはざまにおける苦痛と期待、諦念、絶望といった生々しい感情への怖れや憐れみや共感、「死」の持つ陶酔と美への憧れ、〈怪しい女〉の神秘性が喚起する想像力の世界の豊饒さに対する感動を、〈余〉を通して読者に提示する。

『文学論』での文学における科学性合理性に対する言及や、「マクベスの幽霊に就て」の中で、漱石は文学の根本的要素としての〈f〉すなわち〈情緒〉を引き起こすがゆえに、非科学的・非合理的なものもまた価値を認められるべきものとする。〈情緒〉をその根本的要素として持つ「文学」の可能性は、〈知的方面〉から考えれば非合理として切り捨てざるを得ないものに対して、肯定的な存在価値を与え、〈二十世紀〉的な合理主義から救済することができる。いや、むしろこのような〈情緒〉は、「倫敦塔」末尾で宿の主人が〈余〉につきつけるような〈二十世紀〉的な価値観によって切り捨てられ、抹殺され、滅びゆこうとしているものとして位置づけられるからこそ、より悲劇的な感傷を喚起するものとなる。それはロンドン塔に囚われた人々が、不条理な運命のもと、やがて悲惨に、しかし感傷的な甘美さを伴いながら死に向かう姿と軌を一にしている。

漱石にとって、「文学」の価値と可能性とは、このような科学的・合理的立場から切り捨てられていく〈空想〉と〈想像〉を、それが喚起する〈情緒〉によって「文学」の中に「救済」できるところにまず求められた。それゆえに最初の「文学」としての「倫敦塔」は、特定のジャンルにおさまるものとしてではなく、この「文学」の最も根源的な要素を、より強く顕在化するものとしてあらねばならなかった。漱石にとってこの価値と可能性を備えた「文学」こそは、科学的・合理的であることに価値判断を置こうとする〈二十世紀〉に対して、それでもなお価値を認められるべき「情緒」の牙城――〈汽車も走れ電車も走れ、苟も歴史の有ん限りは我のみは斯くてあるべしと云はぬ許りに立つ〉ロンドン塔を表現するために、もっとも相応しい手段であった。

〔注〕

（1）例えば、内田百閒は次のように述べている。〈之は著者が留学中に一度見たことのあるロンドン塔の事を例の滑稽的の筆に感想を混ぜて＝＝否感想に滑稽的の文句を混ぜて書いたものである。〉（内田百閒「漾虚集を読む」（「山陽新報」、明治三十九年六月十一日））

（2）松岡譲「漱石先生と『倫敦塔』」（「現代」、昭和十年七月）

（3）漱石が「倫敦塔」執筆にあたって参照したエインズワースの小説『ロンドン塔』（一八四〇）において、囚人たちが逆賊門を通る場面のうち、最も強い印象を残すのは、王女エリザベス（後のエリザベス一世）の収監場面であるが、「倫敦塔」の逆賊門をめぐる場面にエリザベスは登場しない。死へ向かう人々のイメージを強調しようとする漱石にとって、釈放された後に王座に就き、権威を極めるエリザベスはそのイメージを強調するには不適当な例であったといえよう。

（4）松村昌家「『倫敦塔』とドラローシュの絵画」（「神戸女学院大学論集」、一九七九・十二）

（5）塚本利明『漱石と英文学——『漾虚集』の比較文学的考察』（改訂増補版）、彩流社、二〇〇三（初出「事実主義的アプローチの可能性——『倫敦塔』の一節を例として」（『専修人文論集』一九八五・二）、「『倫敦塔』の背景」（『比較文学』一九七八・三）、「漱石・ロンドン・ディクソン」（『専修大学人文科学研究所月報』、一九七八・十二）、「漱石とドラローシュ」（『専修大学人文科学研究所月報』、一九八二・二）

（6）Shakespeare, W. *The Works of William Shakespeare IV King Henry IV- Part I II III. King Richard III.* 9 vols. Ed. by C. Knight. London: W. S. Orr &Co. Cabinet Edition, 1851

（7）東北大学付属図書館蔵「漱石文庫マイクロ版集成」112-1118~114-0005による。

（8）Ainsworth, W. H. *The Tower of London* Cassell's standard Library 25, London: Cassell&Co. 1903　ここでは東北大学図書館蔵「漱石文庫マイクロ版集成」10-0787による。

（9）塚本利明氏前掲書（5）

（10）松村昌家氏前掲論文（4）二八頁

（11）漱石手沢本は、Dick, W.R. *A Short Sketch of the Beauchamp Tower, Tower of London : and also a Guide to the Inscriptions and Devices left on the Walls thereof.* London : Bemrose & Sons.　ここでは東北大学付属図書館所蔵「漱石文庫マイクロ版集成」259-0421による。なお邦題『ボーシャン塔素描』は塚本利明氏訳による。

（12）塚本利明氏前掲書（5）

（13）この題辞にまつわる「倫敦塔」の記述では、ギルドフォードを表わすGeraniumが〈左りの上に塊つて居る〉とされている。ただし実際の題辞ではGeraniumがあるのは右上であり、左上はRoseになっている。だが、漱石がこの14番の題辞に依っていることは間違いなく、位置を取り違えたものと考えられる。なおこの題辞はエインズワース『ロンドン塔』第二部第七章にも登場するが、ここではこの題辞の作者がジョン・ダッドレーではなく、その父でジェーンの義父でもあるノーザンバランド公自身ということになっており、囹圄の身となった公が処刑されるであろうという不安と恩赦されるかもしれぬという期待の中で壁に題辞を彫り付けるという場面がある。これは「倫敦塔」の題辞の場面で漱石がイメージした、「限りなく死に近い、生と死のはざま」に置かれた囚人の姿に近いものがあり、漱石はそれを想起したことによってこの題辞をここに採用したのであろう。

(14) 1番の題辞は、素性がわからないウォルター・パスリュによるものであり、〈パスリユといふ坊様〉は別人であることがディックによって明記されている。

(15) ただし、28番にはトーマス・クラークという人物と見られる「T.C.」の題辞が存在し、ディックの『ボーシャン塔素描』に掲載されている。ただしこの題辞の形態や位置などから、「倫敦塔」に登場する題辞とは一致しないと思われる。

(16) 塚本利明氏前掲書(5)一三六～一三七頁

(17) 『漱石全集』第二十一巻、(岩波書店、一九九七)

(18) 塚本利明氏前掲書(5)一〇〇頁

(19) 酒井英行「『倫敦塔』の〈想像〉と〈空想〉」(「国文学」別冊『夏目漱石の全小説を読む』、一九九四・一)二一頁

(20) 塚本利明氏前掲書(5)

(21) 森田草平『夏目漱石』(初出、昭和十七～十八年)、(講談社、一九八〇)

(22) 江藤淳『漱石とその時代　第三部』(初出一九九一～九三)、(新潮社、一九九三)

(23) 大久保利謙『日本近代史学の成立』(吉川弘文館、一九八八)

第二章　「歴史」という記録 ——「カーライル博物館」

一、はじめに

「カーライル博物館」は、明治三十八年一月の「学燈」[1]に発表された。同時期に発表された「倫敦塔」（明治三十八年一月）と同じく、ロンドンを舞台にした紀行文風の作品になっている。また漱石はこの翌月にはカーライルの旧居にある蔵書を収蔵階ごとに目録にし、「カーライル博物館《ママ》にする遺書目録」として「学燈」上に発表している。

研究史の上で、「カーライル博物館」は主に事実関係や典拠を中心に扱われてきた。また後年小宮豊隆が〈四たび此家に入り四たび此名簿に余が名を記録した〉という記述の真偽について、疑問を提起したという逸話[2]からも分かるように、作中の〈余〉と漱石自身はしばしば同一視され、創作というよりも事実に基づく紀行文やエッセイと受け取られてきた傾向が強い。近年になって、典拠の取捨選択状況や末尾のカーライルの独白などから、漱石の意図的な創作意識を読み取ろうとする動きが出てきた。熊坂敦子氏は〈『倫敦塔』が幻想的、残忍的で、一種凄愴感を伴う緊張を漂わせているのに較べて、『カーライル博物館』は、日常的、散文的で、諧謔味を交えた想念の世界を、展開している〉[3]と述べている。

このように、「カーライル博物館」には〈日常的、散文的〉な傾向、すなわちここに描かれたカーライル像から、偉大な文学者・思想家としての面ではなく、一人の人間としての面に目を向けようとする漱石の意識が読み取られてきた。また近代文明社会への批判的態度や、人柄の〈四角四面さ〉[4]、さらに持病の胃弱まで含め[5]、漱石がカーライルに抱いた共感を読み取ろうとする論も多い。

ところで、「カーライル博物館」は、「倫敦塔」、「一夜」（明治三十八年九月）と並んで、『漾虚集』中においてジャンル的な位置付けが困難な作品といえるだろう。紀行文、随筆として受けとめられてきたことは前述したが、研究史の上では、先行する文献の内容が作中に取り込まれる上で、漱石の意図的な改変や取捨があるとされている。また、文体や描写が美的な構成に従って組み立てられているとする論もあり、(6) 近年では創作として解釈されている。小説であるとまでは言い切れずとも、漱石が『文学論』（明治四十年）で提起したような、〈情緒f〉を喚起する〈焦点F〉という「文学」の定義にあてはまる作品と考えるのが、やはり妥当であろう。

ただ「学燈」という発表媒体や、「遺書目録」との関連を考えれば、同時代の知識人の間でも非常に関心の高かったカーライルという人物を紹介するために、前後して多く発表されてきた学術的な文章の一つとして受けとめられる可能性があったことも、考えられないことではない。(7) だが、カーライルがこの作品によって学術的に紹介された、という読後感を持った同時代読者はおそらくいなかったであろうし、実際のところ「学術」性を重んじて書かれたものとは考えがたい。

「カーライル博物館」は、騒音に象徴される近代社会や世俗的なしがらみから逃れようと下界を離れることを志向したカーライルが、結局それを果たせずに終わるように、〈幻想より現実へ、詩的世界より日常世界へという志向〉(8) を主題として読み取られるのが一般的である。その読み取りはおそらく妥当であるが、それにしてもなぜその表現の対象としてカーライルが選ばれたのだろうか。漱石がカーライルに傾倒する意識を持っていたことはたびたび指摘されており、実際にロンドン留学中にカーライル旧居を訪れたことも事実である。もちろん漱石の個人的な好みから選ばれたということもできるであろうが、カーライルという人物は同時代においてそれなりのコンテクストを持っていたものと思われる。

カーライルの「遺書目録」を発表するにあたって、漱石は〈カーライルの旧居に今でも保存してあるカーライルの遺書の目録を中には面白く思ふ人もあるだらうと思つて書写して次に出す。〉という一文をその冒頭に付している。同内容の文言は、「カーライル博物館」発表直前の内田魯庵宛書簡（明治三十七年十二月十二日）にも見られ、〈カーライルの遺書小生如きものには趣味を感ぜざるもの大多数に候へども学燈の読者のあるものには興味あるかとも思ひ且は一般の好奇心を満足せしむる訳かとも存候〉と述べられている。漱石は「カーライル博物館」を、カーライルの蔵書に興味を持つような「学燈」の知識人読者を視野に入れて書いているのであり、おそらくはカーライルについての知識をすでにある程度持った読者を想定している。

カーライルに対しては、「カーライル博物館」発表のはるか前から、伝記や評論、論文の形で学術的な面からの紹介がされてきた。そして、この作品を読む前から、カーライルに対するある程度のイメージが読者に共有されていたであろうことは間違いない。そのイメージは、「カーライル博物館」の中でどのように利用され、また敢えて裏切られたのか。これらの問題を考えるために、まずは当時の知識人に共有されたカーライルのイメージがどのようなものであったかを確認しておきたい。

また「文学」作品としてではなくても、伝記や評論、論文の形式でカーライルを紹介することも、漱石には充分可能だったはずである。だが伝記でも評論、論文でもない「文学」によってしか表現できなかったもの、もしくは「文学」であるがゆえに表現できたものとは一体何であるのか。そこに、漱石がこの時期に『文学論』や『漾虚集』の一連の作品を通して追求した「文学」とは何かという問題、文学の自明性を漱石なりにもう一度問い返そうとする意識に通じるものがあるように思われる。

二、明治期におけるカーライルの受容

日本でのカーライルの紹介は、中村正直『西国立志編』（明治四年刊）を嚆矢とすると言われている。(9)『西国立志編』は言うまでもなく、スマイルズの"Self-Help"を邦訳したものであり、処世の指針となるべき訓話を、西洋の偉人たちの逸話を織り交ぜて説く書である。ここに採られているカーライルの逸話は、著書『フランス革命』の草稿を友人ミルに貸している間に、ミル家の女中がそれを誤って燃やしてしまったというものである。だがカーライルはそれに挫けず大著を完成させる。この部分には「勤勉シテ心ヲ用フルコト、及ビ恒久ニ耐テ業ヲ作スコトヲ論ズ」という題目がつけられており、カーライルは不慮の苦難にめげることなく、偉業を達成する人物として語られている。〈堅定ノ志〉を持った偉人としてのカーライル像がここで示されることになる。

さらに明治十一年に同じく中村正直によって翻訳されたスマイルズの『西洋品行論』の中でも、カーライルの言葉が五ヶ所にわたって引用され、その言行を学ぶべき人物として語られている。特に第十編「書籍ノ伴侶」では〈畢竟小説ハ、実録ニ若ズ〉という、カーライルの文学観とも言うべきものが引かれ、さらにチョーサー、バイロン、テニソンらと並んで〈古今ノ詩人〉即ち文学者としてのカーライル像が垣間見えるような紹介がされている。

日本でのカーライル受容史上、出発点における彼のイメージは、不屈の意志を持つ偉人であり文学者というものであったことが覗える。明治十年代におけるカーライルに関わる発言はあまり多くないが、この「文学者」という肩書きは、ここでは狭義の文学者、即ち詩人や小説家のみを指すものではないことが分かる。例えば、坪内逍遥は『小説神髄』（明治十八〜十九年）において、時代小説と歴史を区別する上で、事実をどう叙述するのかという問題を取り上

げる。そこではカーライルは〈史家〉の例として挙がっている。また高田半峯「当世書生気質の批評」（明治十九年二月）では〈文壇〉の人間、また〈批評家〉として紹介されている。

「文学」という言葉自体が、明治初期においては歴史と狭義での文学を共に含むものであったことから考えればこの状況は極めて妥当である。だが、この「歴史」家か狭義の意味での「文学」者か、という問題は、カーライルを紹介する上での単なる肩書きに留まらず、十九世紀末から主流となる実証科学としての「歴史」観に関る問題に強く結びついている[10]。

その他、任意に例を挙げれば「詩家」[11]、「預言者」[12]、「英国の偉士」[13]、「文学者」[14]、「文士」[15]、「政治論者」[16]、「文豪」[17]等、カーライルを表現する言葉は明治を通じて多数あるが、やはり「偉人」のイメージ、「文学者」のイメージ、そして「批評家」のイメージが通底しているといえる。そしてそのうちのどれかに収斂するというより、この三つは併存し続けており、カーライルの属性は「文学者」としての傾向、それも十九世紀末の「歴史」観との関りも含めれば、どちらかといえば狭義的な「文学者」としてのイメージが強かったと考えられる。

日本で初めての、カーライルの本格的な評伝として知られる平田久『カーライル』（明治二十六年、民友社刊「拾弐文豪叢書」第一巻）では、先行する「偉人」「文学者」「批評家」のイメージを包括するカーライル像を打ち出し、またその後のカーライル像に多大な影響を与えたと思われる。そこにおいて平田は「偉人」「批評家」としてのカーライルを高く評価する一方で、〈彼は教訓者、福音使たるには余り多く詩人なりし也。（中略）彼の教訓は年と共に其の力を減ずべし、されど彼の文学は年を経る多くして光を加ふること愈々多し。〉（第九章）とも述べている。

日本におけるカーライルの紹介が本格化するのは明治二十年代に入ってからであり、民友社を中心とした竹越与三郎（三叉）、前述の平田久らによるカーライル論や伝記、植村正久によるカーライル論が相次いで発表されている[18]。

その他にも専門的な研究に留まらず、カーライルの言葉が多く引用され、また彼自身に対する言及は少なからずなされている。これらによってカーライルがどのように論じられ、どのようなイメージを同時代の知識人に抱かれてきたのかを、もう少し詳しく見ておきたい。

まず、『西国立志編』の作った「不屈の人」「偉人カーライル」としての肯定的なイメージは、その後も根強く引き継がれていく。さらに多くの人がカーライルに触れ、著作が広く読まれていくのにつれ、彼の持つ〈文学者〉〈批評家〉としての面に目が向けられ、それに関するイメージが同時代を通して形作られていくのである。

たとえば、合理性を優先する物質主義の文明、すなわち近代社会に対する「批判者」としてのカーライル像が、竹越与三郎らによって紹介されていくことになる。竹越の評論「トーマス・カーライル」（明治二十二年）で書かれるカーライル像は、『西国立志編』以来の偉人カーライルのイメージを受継いでおり、しかも功利的な資本主義的社会への批判という観点から評価されている。植村正久の「トマス・カーライル」（明治二十三年七〜八月）では、〈トマス・カーライルの意見は、余の悉く賛成し得るものにあらず、その説くところ間々僻論空論に陥りたりと思わる〉とカーライルを批判しつつも、かれが〈赤心〉からの物質文明批判を行っていると述べる。ただし、カーライルが貴族層に対しては〈権力即ち権利なり〉と主張することに、植村は〈専制政治の口実となるものにあらざるなきか〉との危惧を抱き、カーライルを相対化しようとする意識も一方で見られるのである。

さらに「批判者」としてのカーライルは、悪しき近代文明社会を喝破し、体制に阿らない孤高の批判者という肯定的なイメージのみに留まらなくなる。明治二十年代半ば以降、カーライルは「矯激なる」[19]、「偏癖ある」[20]、「主観的な」[21]人物として、頑固さや過激さ、偏屈さなどを含み込む批判者、「罵るカーライル」としてのイメージを形作られていくことになる。

批評家としてのカーライルは、時代が下るに従って相対化され、厭世家としての否定的色彩を帯びていく。例えば、カーライルの熱心な読者であった内村鑑三は、明治三十一年一月に神田美土代町の基督教青年会館で五回にわたって「月曜講演」と呼ばれる講演を行っており、第一回は「カーライルを学ぶの利と害」と題されている。内村はカーライルの誠実さと、労働者層への同調をその美点として上げる。だがその一方で、不平家、厭世家としてのカーライルには批判的である。内村はカーライルの不平を、人生に対して真剣であるがゆえの不平であると一応弁解するのであるが、また一方で彼が世界に対して一抹の光明をも見出していたことが覗えると述べ、〈彼は希望なき不平家に非ず、光明を仰ぎ見ざる厭世家に非ざりき〉と最後に結んでいる。

明治三十年代以降は、社会の浅薄さや悪弊を暴く先覚的な批判者というイメージと、厭世的な不平家という一種時代に取り残された人間のイメージが、表裏一体となってカーライルにつきまとっていたことが想像できる。『西国立志編』以来の「不屈」のイメージ、偉大な学者としてのイメージはそのままに引き継がれていくが、例えば内村鑑三や田中王堂らに見られるような、批判的な言辞を含む論調も一方で増えていくのである。

だが依然として、知識人カーライルの学識に対する評価は高く、カーライルの発言や、『英雄崇拝論』、『サルトル、レザルタス』の原題で親しまれた『衣装哲学』、『過去及び現在』などの著作からの引用は、明治時代後半にも盛んに肯定的な文脈で取り入れられた。中でも『英雄崇拝論』が大流行したのは、幕末以来の志士気質ともいうべき下地に支えられていたためとも考えられる。

ともあれ、カーライルに対する言及はその業績に終始し、一人の人間としてのカーライル像はほとんど触れられることがなかった。平田久『カーライル』は、伝記と著作に関する評論の二本立てという構成を取りつつも、常にその視線は徹底して知識人カーライルに注がれている。この本にはカーライルの年譜が巻末の附録として付けられているが、「千七百九十五年　生る」の次の項目が「千八百年　アンナンの学校に入る」であるように、延々学歴と著作の記録のみが四十余行に亘って記されるのみである。伝記も同様に学業に関する事項と業績を軸に語られていく。

カーライルに関し、知識人としての面以外に言及したものは、日本では多くないが、英国の物理学者ジョン・ティンダルが『ジ。フヲルトナイトリー。レヴユー』に投稿した「トマス、カーライル」を抄訳した記事が、明治二十三年の四月から五月の間、三度にわたって『国民之友』に掲載された。これはティンダル自身が師と仰いだカーライルとの、交友の回想を交えた伝記的な要素を含むカーライル論になっている。

ティンダルは〈蓋し己の本念に従ふて真面目に事を為すはカーライルの深く尊敬する処にして、また博く万事に渉れり〉とその人柄を称揚し、エジンバラ大学総長として学位授与式で堂々たる演説をした逸話などを、華々しく記述する。これもまた学者、偉人としての知識人カーライル像が前面に打ち出されていることは間違いないが、その一方で鉄道の騒音で不眠に悩んだ逸話や、夫人の死をめぐるカーライルの悲嘆なども織り交ぜられ、人間カーライルが一部垣間見えるような描き方にもなっている。

ただし人間カーライルのエピソードとして、かなり強いイメージとして共有されたものがただ一つある。それは妻であるジェイン・ウェルシュ・カーライルとの不和である。日本では、巌本善治や北村透谷らキリスト教系の思想家によってこの夫婦関係が盛んに取り上げられ、否定的な論調で取り扱われた。

カーライルの夫婦生活をめぐる言説については、中原章雄氏が詳しく考察している。(22)カーライルの弟子であり友人であったフルードによる『カーライル伝』が一八八二年から八四年にかけて出版され、カーライル夫人を夫の犠牲となった妻とする論調で書いた。それがカーライルの遺族、崇拝者の間で反発を呼び、一九三〇年代まで続く論争を巻き起こしたとされる。漱石の「カーライル博物館」も、この論争の最中に発表されており、〈論争の舞台への訪問記として、きわめてトピカルな性格をもっていたはずである〉と中原氏は指摘する。このフルードの伝記に関しては、向井清氏も〈彼のマイナス評価を加速させたのは、弟子にして歴史家であるジェイムズ・アンソニー・フルードが刊行した四巻本の伝記であった。〉[23]と指摘している。

またカーライルの旧居は、漱石に先立ち、明治二十三年八月の「日本評論」で植村正久により紹介されている。

余の英京ロンドンに在るや、暫くチェルシーに寄寓せり。居るところチェイニ・ロウに近きをもってしばしばカーライルの旧居を過ぐ。テムズ河を距ること遠からず、道路の両辺老樹茂れる所に、赤煉瓦の家あり。粗造にして、有名なるカーライルが住居せし所とも見えず。その平生の質素想うべきなり。彼が労働の神聖なるを唱え、節倹の福音を説き、自ら平民の一人として、正直に、勤勉に、また高貴に、その誉れある生命を送り、一千八百八十一年二月五日の朝溘焉として世を逝りたるは、すなわちこの家にてありき。

植村正久「トマス・カーライル」[24]

伝記的なカーライル論の一節として書かれたこの紹介は、やはりカーライルの偉人としての人柄やその偉大さと分かち難く結び付けられている。漱石もまたこの旧居を通してカーライルの〈四角四面〉さを強調するが、「カーライル博物館」を通して見えてくるカーライルの姿は、既に共有されてきたカーライルのイメージとどのように共通し、また相違するのか。その前に、漱石自身とカーライルの関りについて見ておきたい。

三、漱石とカーライル

日本でカーライル紹介が活発になり始めた明治二十年代、第一高等学校の学生だった漱石は"My Friends in the School"（学友）という英作文の中でカーライルについて書いている。この作文の内容は、自分が夢の中で〈カーライル〉に出会うというものであるが、この中で〈カーライル〉は〈great essayist〉として〈私〉に認識される。〈私〉は英語の教師からカーライルの真似をしないようにと警告されており、〈カーライル〉もまた自らのスタイルを〈un-English〉と語り、それを真似ることの弊を〈私〉に説く。だが、それは〈un-English〉な自らのスタイルを自己批判するのではなく、飽くまで他人が及びもつかぬ模倣をすることを批判しているのである。(25)

カーライル紹介において、文体に対する言及は多いが、例えば坪内逍遥の〈文飾ある文〉（「小説神髄」）や、内村鑑三の〈其の字句の用法、思想の佶屈にして曲直ならざる〉（「月曜講演」）といった評価に代表されるように、それは文章の分かりづらさとして評価されている。漱石自身も明治三十六年に講義した「英文学形式論」（大正十三年刊）で、カーライルの〈癖のある〉文体について触れている。

さらに続く『文学論』の講義中でも、〈Carlyleの文章は奇警勁抜にして自己の表現法に富める事洵に一代の雄と称す〉（『文学論』第五編第三章）とカーライルの文体に言及している。漱石にとっても、カーライルはまず「文学者」として認識されていたものと思われる。カーライルの〈文学的〉な文体が、かれを実証主義史学から疎外したことは前述したが、漱石はその特徴的な文体を、実証的客観的か否かよりも語学的な面から評価しており、むしろ狭義の文学者として関心を寄せていたことが覗われる。

その一方で、漱石はカーライルの人柄にも共感を抱いている。英作文"My Friends in the School"にはカーライルを模倣したいという欲求と、〈友〉〈ヒーロー〉としてカーライルを認識する意識が垣間見られる。ここでのカーライル像は中村正直以来の〈偉人カーライル〉を受け継ぐ知識人カーライルに重なってはいるが、手の届かない〈偉人〉ではなく、夢の中に現れ、親しく声をかけてくれるという親近感を感じさせる。また作品の中でも、カーライルはこのような親しみを感じさせる書かれ方をしている。

例えば「吾輩は猫である」の作中で言及されるカーライルは、その人物と共通点を持つことが〈名誉〉であるような偉人のイメージを借りつつも、その共通点は胃弱という卑近なものである。また〈変物〉さを描きつつも、そこにはカーライルへの好意が覗える描写がされているのである。

> 然し自分が胃病で苦しんで居る際だから、何とかかんとか弁解をして自己の面目を保たうと思つた者と見えて、「君の説は面白いが、あのカーライルは胃弱だつたぜ」と恰もカーライルが胃弱だから自分の胃弱も名誉であると云つた様な、見当違ひの挨拶をした。すると友人は「カーライルが胃弱だつて、胃弱の病人が必ずカーライルにはなれないさ」と極め付けたので主人は黙然として居た。
>
> 「吾輩は猫である」二

> 「カーライルが始めて女皇に謁した時、宮廷の例に嫻はぬ変物の事だから、先生突然どうですと云ひながら、どさりと椅子へ腰を卸した。（中略）すると女皇が後ろを向いて、一寸何か相図をしたら、多勢の侍従官女がいつの間にかみんな椅子へ腰をかけて、カーライルは面目を失はなかつたと云ふんだが随分御念の入つた親切もあつたもんだ」／「カーライルの事なら、みんなが立つてゝも平気だつたかも知れませんよ」

漱石はカーライルに対して、親近感と共に、模倣したいという欲求を抱いている。「カーライル博物館」でも、カーライルを追体験し一体化しようとする〈余〉の態度としてそれが描かれる。興味深いことに「カーライル博物館」の〈余〉には、近くはあっても過去の人間であり、さらにイギリス人であるカーライルに、自分を重ね合わせることへのためらいや戸惑いがない。〈余〉は、読者が漱石と自然に重ね合わせたであろうと思われる、漱石自身に近い造型をされた人物であるが、一般に西洋からもたらされた近代文明に懐疑的・批判的な態度を持っていたとされる漱石としては、意外なコスモポリタニズムともいうべき一面を覗かせている。時代やナショナリティの差異にも関らず、ある対象と一体化し共通性を認識できるという可能性がここで示されているとも考えられる。

漱石のカーライルに対する興味は、知識人としての側面と人間性の両方に向けられていたが、対象との共感・一体化という観点から、「カーライル博物館」の中でより深く掘り下げられていくのは、後者の方であったと思われる。以下はそれについて考察していきたい。

四、「カーライル博物館」におけるカーライル像

> 演説者は濁りたる田舎調子にて御前はカーライルぢやないかと問ふ。如何にもわしはカーライルぢやと村夫子が答へる。チエルシーの哲人《セージ》と人が言囃すのは御前の事かと問ふ。成程世間ではわしの事をチエルシーの哲人《セージ》と云ふ様ぢや。セージと云ふは鳥の名だに、人間のセージとは珍しいなと演説者はから〳〵と笑ふ。村夫子は成程猫

も杓子も同じ人間ぢやのに殊更に哲人抔と異名をつけるのは、あれは鳥ぢやと渾名すると同じ様なものだのう。人間は矢張り当り前の人間で善かりさうなものだのに。と答へて是もから〳〵と笑ふ。

「カーライル博物館」

冒頭に挙げられるカーライルと演説者の対話は、原典が明らかになっておらず、漱石の創作であろうと言われている。ここでは〈チエルシーの哲人〉といった肩書きやそれが喚起する既成のイメージというものが拒否され、〈当り前の人間〉としてのカーライルの姿を強調する。カーライルという固有名詞さえ、多くは〈村夫子〉と言い換えられ、カーライルという名前が喚起するイメージよりもむしろ平凡な〈爺さん〉として語られる。

冒頭で、漱石は一人の人間としてのカーライルを提示する。そして、その旧宅と遺品から、また書簡などから想起されるカーライルの姿を〈余〉に追わせる。従来のカーライル論や、カーライルに言及した言説が扱ってきたように、その業績を称揚したり、あるいは批判したり、また著書の警句などを殊更に引用することはない。今までに共有されてきた〈哲人〉もしくは「偉人」としてのカーライル像ではなく、〈ドメスティックな空間〉(26)から立ち上る人間カーライルを描いたと指摘される所以であろう。

続いてカーライルが家を入手するまでの経緯が語られるが、そこには夫人との遣り取りを交えて、カーライルの日常的・人間的な面がさらに語られていく。中原章雄氏は、漱石が〈葛藤の場としての家を語るのを避けようとする〉ために夫人の存在感を希薄にしているとするが(27)、むしろここには二人の信頼関係や愛情が見え隠れしているとはいえないだろうか。噛み合っていないようでありつつも、実は気が合っている様子を感じさせる「吾輩は猫である」の苦沙弥夫妻の描写に通じる微笑ましさが覗える。この家をめぐる夫人との遣り取りは、後述する"Carlyle's House

Catalogue" (Carlyle's House Memorial Trust *Carlyle's House: Illustrated Description Catalogue of Books, Manuscripts, Pictures, and Furniture Exhibited therein.* London. 1900）の記述に基づくものであるが、それまでは不和を中心に語られることの多かったカーライル夫妻の関係について、漱石なりにイメージを修正する意図があったと考えることも可能であろう。[28]

また、末尾の庭園におけるカーライルの描写には、〈平凡で日常的なカーライル〉〈苦悶するカーライル〉〈瞑想的なカーライル〉の姿が読み取られるという解釈が岡三郎氏にあり、〈この庭園での三様のカーライルは、この作中に冒頭から提示されてきた折り折りのカーライル像を集約する効果をもっていると考えられよう。[29]〉と分析されている。

カーライルが麦藁帽を阿弥陀に被つて寝巻姿の儘啣へ烟管で逍遥したのは此庭園である。夏の最中には蔭深き敷石の上にさゝやかなる天幕を張り其下に机をさへ出して余念もなく述作に従事したのも此庭園である。星明かなる夜最後の一ぷくをのみ終りたる後彼が空を仰いで「嗚呼余が最後に汝を見るの時は瞬刻の後ならん。全能の神が造れる無辺大の劇場、眼に入る無限、手に触るゝ無限、是も亦我が眉目を掠めて去らん。而して余は遂にそを見るを得ざらん。わが力を致せるや虚ならず、知らんと欲するや切なり。而もわが知識は只此の如く微なり」と叫んだのもこの庭園である。

「カーライル博物館」

この部分のカーライルの日記引用に見られる無常感は、"Carlyle's House Catalogue"本文にも庭園の解説部分に引用され、ほぼここが直訳されているという。ただし、その後に続く楽観的な部分は切り捨てられている。[30]また漱石は、騒音から逃れようとして苦心するカーライルに、ショーペンハウエルの「騒音と雑音について」（『余録と補遺』

第三十章）を重ね合わせており、騒音に象徴される世俗・世間への嫌悪を投影している。これらを見れば、「カーライル博物館」のカーライルは、同時代に共有されてきた「厭世家」「不平家」のイメージを引き継いでいるとも考えられる。だが、それは否定的に取り上げられていると言うよりは、その挫折にもユーモラスな温かい眼差しが当てられているといえる。

漱石が「カーライル博物館」を執筆するにあたって、自身の訪問経験を元にしていることは勿論であるが、さらにカーライルの遺族によるCarlyle's House Memorial Trustが発行した“Carlyle's House Catalogue”を参考とし、ここに書かれている事項を殆ど直訳するような形で、作中に多く取り入れていることは夙に指摘されている通りである。

“Carlyle's House Catalogue”（以下カタログと表記）はその名の通り、カーライル旧居に展示されている物品の解説目録であるが、展示品や写真・絵画の目録に加え、カーライルの伝記的な情報を交えたそれらの解説文が陳列された階ごとにつけられ、さらにカーライルがこのチェイン・ローの家を入手してから死後埋葬されるまでの年譜が付け加えられている。「カーライル博物館」における〈余〉の見学順路、即ち一階から四階まで順に上ったあと、台所に降り、最後に庭を見るという順序も、全くこの小冊子で説明されている順序に依っている。

カタログは、当然の事ながらカーライル旧居を中心に構成されている。だから年譜にしても、カーライルの生い立ちから記述されるのではなく、カーライルがこの家を入手したところから始まる。たとえば前述した平田久『カーライル』の巻末年譜と比べてみれば、そのスタンスの差は一目瞭然である。この冊子から見えるカーライル像は、飽くまで家を通して見たカーライル像であり、それも漱石の「カーライル博物館」の視点と重なる部分が大きい。

「カーライル博物館」を発表した翌月の明治三十八年二月の「学燈」には、漱石によるカーライルの蔵書目録が掲載されている。この蔵書目録がカタログの末尾の目録をそのまま写したものであることは、岡三郎氏によって既に指摘がある。[31]「カーライル博物館」にしても、カーライルの家を読者に紹介するだけならば、同様にこのカタログをそのまま翻訳して紹介することも勿論可能であったろう。だが漱石は単なるカーライルの家の紹介文として、この作品を書いたわけではない。住居から浮かび上がるカーライル像に、漱石は何を見とめ、「文学」作品としての「カーライル博物館」に掬いあげたのか。

カタログと、「カーライル博物館」との比較は、すでに岡三郎氏[32]や松村昌家氏[33]、塚本利明氏[34]らによって行なわれている。カタログには漱石による書き入れ（殆どが傍線、印）が多数見られるが、書き入れのある部分が必ずしも作中に取り入れられてはおらず、また書き入れが施されていなくても作中に引用された場所は多くある。このカタログと作品を比較する観点からは、何が取り入れられたかということが中心に扱われてきた。しかし当然ながらカタログで紹介されていても、漱石が触れなかった事項は多くある。すでに何度も指摘されていることではあるが、漫然とカーライルの遺品を並べてあるわけではなく、意図的な取捨選択がなされていることを、取り入れられなかった部分に関しても確認しておきたい。

カーライルの家の中で、〈余〉は階ごとに遺品を列挙していく。まず一階では、〈客間〉と〈後ろの部屋〉の二つが示され、前者には〈画や写真〉、後者には〈カーライルの意匠に成つたといふ書棚〉及び〈書物〉、〈カーライルの八十の誕生日の記念の為めに鋳た銀牌と銅牌〉が示される。カタログが本文と目録から成るということは前述したが、ここに上がったもののうち、本文にも登場するのは書棚のみであり、後は目録にしか記述がない。カタログ本文が最も行を割いて紹介しているのは、客間の円卓や、〈後ろの部屋〉のテーブルである。これらは材質から脚の形状、その来歴などまで詳しく触れられており、後者には挿絵がつけられている。

また二階も、「カーライル博物館」では一部屋のような印象だが、正確には〈此部屋も一時は客間になつて居つたさうだ〉とされる部屋と、寝室の二部屋に分かれている。前者は書庫や客間を経てからカーライルの書斎として使われており、「カーライル博物館」では、〈書棚〉と〈百三十五部〉の本、〈ビスマークがカーライルに送つた手紙と普魯西の勲章〉、〈細君の用いた寝台〉が紹介される。だが、ここでもカタログ本文の〈The chief articles of furniture〉として挿絵付きで紹介されているカーライルのライティングデスク、またカーライル夫人の購入したソファ、夫妻に贈られた安楽椅子などには一切触れられていない。またこの部屋は、何度か補修や拡張のための工事が行なわれ、部屋自体の用途も変遷したが、それも「カーライル博物館」には書かれていない。また机に置かれた二種類のペーパーウェイトに漱石はよほど興味を抱いたらしく、下線が五行ほどにわたって施されているが、それも作中では触れられない。また〈寝台〉に関しても、本文では〈The 'red bed'〉と呼ばれ、その来歴が詳しく示されているが、漱石はただ〈頗る不器用な飾り気のないもの〉とするのみである。

三階では、〈カーライルの寝台〉〈風呂桶〉〈面型〉が紹介される。〈カーライルの寝台〉に関しては、カタログ本文でも詳細に取り上げられており、「カーライル博物館」で〈何の木か知らぬ〉とされる材質も、マホガニーとモミの木であることが明らかである。また〈風呂桶〉〈面型〉は、目録にしか記述がないが、この二つの項目には漱石の書き入れがあり、左脇に×印が付されている。

四階に関しては、「カーライル博物館」の中で家具などの遺品に関する紹介はないが、カタログでも、この書斎がカーライルの〈苦心〉によって作られた来歴が紙面の多くを占め、家具に関する説明は僅かしかない。〈エイトキン夫人に与へたる書簡〉は、カタログの四十四頁に依っており、またこの個所に漱石の書き入れ（左脇に傍線）があることは既に指摘がある。

これらの遺品は、おそらくはカーライルの姿を立ち上げる上での手掛かりの一端として作中で使われているのだが、カタログの膨大な品数から見ればごく僅かに過ぎず、漱石が何を基準にこれらの品々を選んでいるかを知るのは困難である。たとえば家庭人としてのカーライルを浮び上がらせるために、学者としての風貌を感じさせるライティングデスクなどを省いたと言える一方で、蔵書などは二度も言及されている。また寝台や風呂といった日常的な生活用品から、カーライルの生活者としての面を浮び上がらせていると言うことも出来るが、カタログで詳細に扱われている食卓やソファのような、いかにも家庭的な家具は省かれる。〈ジスレリーの周旋にかゝる年給を擯けた〉という〈四角四面〉さが提示される一方で、同じ〈フレデリツク大王伝〉によって授与された〈ビスマークがカーライルに送つた手紙と普魯西の勲章〉に関しては、カタログの本文にもないものを目録から選んでまで言及している。したがって、あまり一つの傾向に沿ってこれらの品々が選ばれているとは思えない。

だが、一階と二階の書棚、書物、銀牌と銅牌、手紙と勲章などは、カーライルの築いた業績や人生における栄誉を感じさせるものであるが、〈凡ての牌と名のつくものが無暗にかち〳〵して何時迄も平気に残つて居るのを、もらうた者の烟の如き寿命と対照して考へると妙な感じがする〉という描写に端的にあらわれているように、持ち主である人間に寄り添っていないような印象を与える書き方がされている。また、これらの品は〈～がある〉という、ある意味そっけない文末表現によってしか記述されていない。それに比べ、三階の寝台や風呂桶、デスマスクなどは、〈冷やかに（中略）横はつて居る〉〈物静かに垂れ〉〈九鼎の如く尊げに置かれて〉と表情のある書かれ方がされている。さらに〈其上に身を横へた人の身の上も思ひ合はさるゝ〉〈益其人となりが忍ばるゝ〉〈此顔だなと思ふ〉といった、カーライルの姿を鮮やかに〈余〉の内に浮び上がらせるのは、これらの品々である。その意味では、より日常的で一人の人間としての生活感を感じさせるものから、カーライルの姿をより強く立ち上げている。〈余〉にとって、業績や栄誉よりも、日常生活の痕跡から、カーライルにまつわる「情緒」はより強く喚起させられているといえよう。

しかしこれらの品々が浮び上がらせるカーライルの姿は、〈此炬燵櫓位の高さの風呂に入って此質素な寝台の上に寝て四十年間八釜敷い小言を吐き続けに吐いた〉という生前のイメージを与えつつも、どこか死の影を帯びている。例えば、すでに〈余〉は生前のカーライルの姿を写した〈画やら写真やら〉〈肖像〉を眼にしていながら、カーライルの顔を如実に感じ取るのは〈彼が往生した時に取ったといふ漆喰製の面型〉によってであった。カタログによれば、この部屋にも生前のカーライルを描いた画は飾られているのにもかかわらずである。風呂桶はともかくも、〈薄暗い〉寝台の闇も、どこか死の匂いを感じさせる。もっとも遺品であることを考えれば、どの品でも死の影を帯びているといえなくもないが、ここでは殊更に「死」のイメージが強調されているのである

向井清氏はカーライルの歴史叙述を〈歴史を自己の内面に取り込んで、一体化を図ろうとする情熱〉に基づくと述べている[35]。カーライルが過去や歴史に対した態度が、それらを現在の自分と一体化させることをめざすものであるならば、「カーライル博物館」において〈余〉がカーライルに対する態度は、まさにそれを模倣したものであるといえよう。二階で〈余〉は、カーライルの言葉を想起しながら、カーライルの行動を追体験し、カーライルと一体化するかのように部屋の窓から外を覗く。

だが、カーライルが見たはずのものを〈余〉は見ることが出来ず、〈家〉や〈鉛色の空〉、〈数万の家数十万の人数十万の物音〉によって遮られてしまう。近代文明を象徴するかのようなこれらは〈漾ひつ、ある動きつ、ある〉と表現され、変化として語られる。当時から数十年後を経た〈余〉の存在する空間は、カーライルが批判した近代文明に、より深く侵食されている。〈余〉は〈千八百三十四年のチエルシーと今日のチエルシーは丸で別物である〉という一体化の断念に辿り付かざるを得ない。

だが窓から首を引っ込めれば、またカーライルと一体化した世界に戻ることが出来る。そこには動かぬ遺品と、それらが立ち上げるカーライルの姿があり、そこは動きつつある時代から永久に取り残されているかに見える。冒頭で対比される〈エリオツトの居つた家とロセツチの住んだ邸〉と違い、新たな生きた住人も継続して居つかなかったがゆえに、そこはいわば家としての新陳代謝を失った「死」にゆく空間である。また十年一日の如く変らぬ説明を繰り返し、〈流暢な弁舌に抑揚があり節奏がある〉〈調子が面白い〉〈朗読的〉と評される〈案内の婆さん〉は、この滅びゆこうとする空間との同調を感じさせる存在である。そういえば〈余〉が首を引き込める度に彼女の描写が挟まれるのは、何とも象徴的ではないか。

彼女がカーライルについてする説明は、徹底して〈何年何月何日〉としか表現されず、客観的・歴史的な記録とはなり得ない。唯一この〈何年何月何日〉が具体的な日付となるのは、〈引越の途中に下女の持つて居たカナリヤが箱の中で囀つたといふ事〉、〈詩人テニソンが初めてカーライルを訪問した時〉、愛犬ニロの死、の三ヶ所のみである。

これらの記事は、すべてカタログの記述によるものであるが、評論や伝記では記事になり得ない瑣末な出来事である。たとえば平田久の『カーライル』には、このような事柄は出て来ない。そもそも評論や伝記は、「偉人」であるとか、「文学者」「批評家」といった肩書きがなければ成立しえず、一人の人間の些末な日常を描くものではないのである。

最後に勝手口から庭に案内される。例の四角な平地を見廻して見ると木らしい木草らしい草は少しも見えぬ。婆さんの話によると昔は桜もあつた、葡萄もあつた、胡桃もあつたさうだ。（中略）婆さん云ふ「庭の東南の隅を去る五尺余の地下にはカーライルの愛犬ニロが葬むられて居ります。（中略）墓標も当時は存して居りましたが惜いかな其後取払はれました」と中々精しい。　　　　　　　　　　　　　　　　　　　　　　　　　　　　「カーライル博物館」

動きつつある時間の中で、カーライルの死とともに澱み、近代文明の浸食を免れているかにみえるカーライルの家は、だがそれゆえに滅びつつある。昔あった草木はもはやそこになく、愛犬の墓標も取り払われ、その事実すらも先の永くないであろう「老いた」案内人によって語られる以外に他者に伝えられる方途はないかにみえる。実際に漱石も入手したカタログの存在は「カーライル博物館」の中では語られず、文字による「記録」としてカーライルの家や生の痕跡が残る可能性には触れられていない。カーライルの素朴な日常の記憶は、〈婆さん〉とともにやがて消えゆこうとしているかに見える。

「カーライル博物館」の中で構築されたカーライル像は、それまで同時代の読者に共有されてきた「文学者」「偉人」としてのイメージを前提とするがゆえに、一方でかれが日常の家庭人であり「厭世的」で「偏狭」で、しかし愛すべきユーモラスな老人であったことを強く印象づける。客観性を重んじる「歴史」的で「学術」的な評論や伝記には残し得ぬ、肩書をはなれた一人の人間としての姿や、日常生活のなかに見出されるささやかな哀歓を漱石は強調する。そこから喚起される〈情緒〉こそが、数十年後の日本人である〈余〉が、過去のイギリス人であったカーライルという立場のまったく違う人間に同調し、共感しうる根拠でもあったのだ。

末尾で〈余〉は、カーライルの家を自分の存在する世界から、〈別世界の如き遠き方〉に隔てる。「時代に取り残された厭世家」としての同時代イメージをまとったカーライルの、絶え間なく変化するロンドンの中に取り残された家は、それゆえに滅びゆこうとするささやかなユートピアとしてのイメージを強く立ち上げる。「倫敦塔」で、近代的な合理性から抹殺されつつある「歴史」の中の情緒を「文学」に掬い上げた漱石は、「カーライル博物館」で時代から取り残されつつある愛すべき「厭世家」の「人生」の「情緒」を掬い上げる。

「倫敦塔」と「カーライル博物館」は、どちらもロンドンを舞台とし、留学当時の漱石を思わせる〈余〉という人物によって語られていることなどから、しばしば類似性が指摘されている。内容としても、すでに死んだ人々のかつての生の痕跡から、自己の感覚の中に彼らの存在を捉え、内面化しようとする志向は共通している。また形式の面でも、過去の体験を思い返して語るという点は同じである。ロンドン塔での出来事は、カーライルの生きた時代よりも遠い過去であり、カーライルのように遺品や家という確かな存在事実を残せぬまま、伝説へと風化しつつある。しかし漱石はカーライルの家からも、「〈二十世紀〉の中で滅びゆこうとするもの」が持つ哀愁と諦念と、どこかそれを甘受するかのような「情緒」を受け取ったのではないか。それは〈余〉の主観的な感性のなかにあやうげに浮かび上がるつかみどころのない感情であるが、その客観性をもたぬ果敢ない感慨をとどめるべき手段があるとすれば、それは〈情緒〉を核とする「文学」よりほかにない。個人が主観的にしか感じ得ない「情緒」が、それ自体の価値を持って存在を許される場として漱石は「文学」の役割を認識したのではないか。

漱石にとって「文学」の問題とは、まず何を表現の対象にできるのかというところから始まったといえる。『文学論』が第一編から第三編まで、まずは〈文学的内容〉を取り上げているのもその表れであろう。「倫敦塔」と「カーライル博物館」は、「吾輩は猫である」と共に、「陰の処女作」とでもよぶべき作品である。この二つの作品において漱石が試みたものは、事実を羅列する記録や客観性を重んじる歴史、業績を積み上げていく伝記と——二十世紀的なもののはざまで、軽んじられ、忘却され、排除されつつあるがゆえに、逆説的に浮かび上がるそれらの存在意義を、その「情緒」のゆえに見出し、「文学」のうちに掬い上げていくことであった。

〔注〕

（1）同誌は、現在では「金扁」の「学鐙」を正式名称としているが、創刊当時は「火扁」の「学燈」が用いられていた。〈明治三六・一年より「学鐙」とし、ときに「学燈」「Gakuto」を用いた。〉（大田三郎「学鐙」（『日本近代文学大事典』第五巻、講談社、一九七七）五〇頁）とされる。「カーライル博物館」が掲載された号は、「火扁」の「学燈」が用いられているため、本章ではこの初出の表記に従った。

（2）小宮豊隆「カーライル博物館の漱石先生」（「渋柿」、大正十三年十二月）

（3）熊坂敦子「『カーライル博物館』論――夢と現実」（「国文学」別冊『漱石の全小説を読む』、一九九四・一）二五頁

（4）上田正行氏は、「カーライル博物館」における「四」という数へのこだわりが、カーライル自身の「四角四面」さを象徴させているとする。（上田正行「漱石と「数」――「カーライル博物館」を中心に」（「言語と文芸」、一九九〇・一））

（5）塚本利明氏は、漱石がカーライルに抱いていた個人的な親近感の一つの例として胃弱を挙げている。（塚本利明『漱石と英文学――『漾虚集』の比較文学的考察』（改訂増補版）、彩流社、二〇〇三（初出「漱石とカーライル――「カーライル博物館」を中心に」（「専修人文論集」、二〇〇〇・十一））

（6）ジャン・ジャック・オリガス「「蜘蛛手」の街――漱石初期の作品の一断面」（「季刊芸術」、一九七三・一）

（7）江藤淳氏は、随筆風の作品として書かれたことが、通常創作欄を設けない「学燈」の編集方針と無関係ではないと推測している。（岩波文庫『倫敦塔・幻影の盾　他五篇』解説、一九九〇）

（8）佐藤泰正「「漾虚集」――夢と現実の往還」（『別冊国文学・夏目漱石必携』一九八〇・二）一八頁

（9）今井宏『明治日本とイギリス革命』、研究社、一九七四

（10）向井清『トーマス・カーライル研究』（大阪教育図書株式会社、二〇〇二）によれば、カーライルの著作は、〈従来文学的側面から論じられることが多く、歴史を作品の題材としていながら歴史家の間では等閑に付されて〉（四二九頁）きた、とされる。それは何よりもカーライルの歴史記述が、修辞技巧の点において〈文学的表現〉であったことに起因する（向

井氏は、その顕著な例として〈歴史的現在（historic presence）〉と〈呼びかけ（vocative）〉を上げている（二四七頁）。また、カーライル自身の歴史観を表明したとされる『英雄と英雄崇拝』は、内村鑑三をして〈日本人に取りて、カーライルと言へば直ちに『英雄崇拝論』を想起するの弊あり〉と言わしめたほどに、日本の知識人青年に愛読された作品であり、ここでカーライルは「歴史とは英雄の伝記」であるという主張を行うが、これが〈十九世紀後半の科学的歴史観と進化論を唱える知識人は、いわゆる「歴史の偉人」からは遊離しつつあった。ハーバート・スペンサーはダーウィン理論の観点に立ち、文明の流れの中に著名人とその行為の記録しか見ない部類の人は、社会現象の科学的研究にとって障害になると見ていた。〉（向井清氏前掲書二八八頁）とされ、カーライルのロマン主義的な史観は、科学的実証主義を柱とする近代歴史学の台頭する時代においては、次第に疎外されていく傾向にあったとされる。

(11) 北村透谷「厭世詩家と女性」、明治二十五年
(12) 北村透谷「徳川時代の平民的理想」、明治二十五年
(13) 馬場孤蝶「想海漫歩」、明治二十六年
(14) 内村鑑三「月曜講演」、明治三十一年
(15) 正岡芸陽『嗚呼売淫国』、明治三十四年
(16) 山路愛山『社会主義管見』、明治三十八年
(17) 新渡戸稲造『青年修養法』、明治四十二年
(18) 今井宏氏前掲書（9）
(19) 北村透谷「満足」、明治二十六年
(20) 高山樗牛「姉崎嘲風に与ふる書」、明治三十四年
(21) 金子筑水「トルストイの追想」、明治四十四年
(22) 中原章雄「「カーライル博物館」再訪——家、妻、そして『猫』——」（「立命館文学」、一九九三・三）四一頁
(23) 向井清氏前掲書（10）八頁
(24) 引用は『植村正久著作集』3（新教出版社、一九六六）二一八頁による。

(25) 山内久明氏訳では〈大文豪〉とされている。(『漱石全集』第二十六巻、岩波書店、一九九六)
(26) 中原章雄氏前掲論文(22)三四頁
(27) 中原章雄氏前掲論文(22)三四頁
(28) 引用は東北大学図書館蔵「漱石文庫マイクロ版集成」259-0293による。以下同様。
(29) 岡三郎「夏目漱石の「カーライル博物館」の解明――その事実と夢想について」(「青山学院大学文学部紀要」、一九七五・三)
(30) 岡三郎氏前掲論文(29)
(31) 岡三郎氏前掲論文(29)
(32) 岡三郎氏前掲論文(29)
(33) 松村昌家「漱石の『カーライル博物館』とCarlyle's House」(「神戸女学院大学論集」、一九七六・九)
(34) 塚本利明氏前掲論文(5)
(35) 向井清氏前掲書(10)二四七頁

第三章　「科学」という信仰――「琴のそら音」

一　はじめに

夏目漱石は、明治三十八年に最初の創作活動を開始する直前、後に『文学論』(明治四十年刊)という題名でまとめられる講義によって、「文学」というものを定義しようとしている。そこでの「文学」は、具体的なジャンル分類のなされない包括的概念として提示されており、それはよく知られる「F+f」の数式として表わされる。漱石によれば、「文学」は原則的にこのFとfの両者を備えていることによって、その条件を充たすのであるが、Fが例外的とはいえ欠如を許容されているのに対し、fの欠如は許されていない。むしろ「文学」としての必須要素はあくまでfなのであり、そしてこのfで表わされる「情緒」の多少によって、文学的内容としての位置――すなわち〈価値的等級〉も決定されるのである。

この欠くべからざる必須要素である「情緒(f)」は、どのような性格を持っており、どのように漱石の「文学」の可能性を広げていくものであるか。この問題は第一章および第二章でも触れたことであるが、この同時期に漱石が最初の創作として発表した『漾虚集』所収の諸作品、そして「吾輩は猫である」(明治三十八年)から発する、その後の作品史を通見すると、それは「死」という問題と密接に関わるものであることが見えてくる。

この「死」という要素を漱石が「文学」に持ち込んだ経緯については、すでに多くの議論がなされている。漱石が関心をよせた十八世紀芸術のロマン主義的要素からの影響、そして同時代の日清・日露戦争という社会的状況、そして漱石の個人的な経験の問題にいたるまで、その来歴は枚挙に暇ない。しかしここでさらに、その来歴のひとつに科学という要素を含めて考えてみたい。

漱石は『文学論』でも、「文学」と科学を比較し、その相違を検討している。ここでは、科学はあたかも「文学」の対立項であるように扱われており、後に寺田寅彦が説くような、科学と文学の楽観的な融合はそこにはない。むしろ〈科学者は形ある者の形を奪ひ、味あるもの、味を除く〉（第三編第一章）というような懐疑――たとえば「倫敦塔」（明治三十八年一月）で描かれるような、実証できないものを幻想として切り捨て、ある意味で無味乾燥な合理的価値判断を迫る「二十世紀」への漱石自身の懐疑――を透かして見せる。しかし、こうした点から漱石の科学観を彼自身の近代文明批判精神に回収し、科学の持つ合理性や客観性に対するかれの無言の敵意だけを読み取るのは早計であろう。

近代科学は実証と合理性を柱として発達してきたのであるが、それが科学の枠を超えて多くの分野に敷衍され、様々な近代的価値観の形成に深く関ったがゆえに、本来の科学から離れたイデオロギーとして一人歩きする傾向を持った(1)。すなわち、科学は全ての事象を合理的に解明できるという、もはや信仰とでもいうべき科学万能への賛美である。だが、それでも科学の領し得ない領域は残り続ける。「死」はその最たるものといえよう。

この科学への信仰が生み出していく、現実との様々な齟齬が漱石の「文学」において「情緒（f）」の性格を具体的にする要素の一つであろうと思われる。本章では、漱石がこの問題を念頭において、「文学」の可能性を探っていた形跡が見える「琴のそら音」（明治三十八年五月）を中心に検討し、漱石の「文学」の実態に接近することを目指したい。

二、「科学」という信仰

漱石の「文学」における科学の位置づけと、「情緒（f）」を喚起する文学的要素としての役割を考える上で、同時代の科学に対する姿勢を改めて参照しておきたい。「琴のそら音」における合理と非合理の描かれ方には、こうした当時の科学観が反映されていると考えられるからである。

近代科学は十九世紀に目覚しい発展をとげるが、漱石が留学した当時のイギリスは、心霊学が興隆している最中であった。心霊学の台頭やオカルトへの関心は、科学が合理性と客観性を軸に全ての事象を認識し、そこから逸脱するものを排除していく風潮の中で生まれている。そのゆえに科学万能主義への反動形成として捉えられるのが一般的であるが、それは他ならぬ科学自身の側からのアプローチとして始められた。一八八二年に設立されたＳＰＲ（Society for Psychical Research、心霊研究協会）が中心となり、以後、催眠術や交霊、超常現象などの一見して非合理的な事象に対して、科学の方法論に基づく「科学的」検証が行われていくようになる。参加したのは、ウィリアム・ジェームス、ユングなどの心理学者に加え、物理学のウィリアム・クルックス、オリヴァー・ロッジ、哲学のベルクソン、生物学のウォレス、医学のコナン・ドイル、生理学のリシェら、多様な分野の科学者であった。漱石の所蔵本にも、これらＳＰＲに関った科学者らの著作がいくつか散見される。

心霊学は、いわゆる正統の科学からは傍流としての扱い、もしくは多分にいかがわしさを含むオカルトとして軽視される傾向にあったが、ＳＰＲを形成したのはそうした正統の科学からの参加者である。しかし彼らの根底的な目標は、科学によって世界の全てを完膚無きまでに合理化することではなく、〈宗教を近代科学の文脈の中に位置付け、科学がキリスト教の基本的教義に対して投げかける脅威を和らげる〉ことであった。[2]むしろこの時代において、〈科学者の多くは有神論者であり、キリスト教的霊魂不滅説の影響下にあった。自らが発展させている科学によって、よりどころとする信仰が掘り崩されてゆくのを手をこまねいて見ていることはできなかった。心霊研究こそ、科学的方法によって霊魂の実在を立証し、自然科学と宗教とを矛盾なく統合してくれるものとみえたのだった[3]〉という複雑な状況が発生していたことを考える必要がある。

しかし合理性と実証性によって事象を判断するのが近代科学的な発想であるとすれば、彼らの抱く目標とは、かなりの矛盾とねじれを孕んだ科学への信頼というほかはない。本来的にみれば、合理性と実証性から逸脱するのが宗教の本質であり、人知を超えた非合理であればこそ、それは宗教として機能するのだといえる。むしろ科学の文脈に宗教を位置付けるのは、人知に存在を脅かされつつある宗教を、二重に人知の枠に回収しようとする試みにほかならない。

しかしそれでも、人知を超えた存在としての宗教をもはや信仰し得ず、科学の解明力に必要以上の重きを置いてしまうことこそが、近代科学の時代においては「宗教」としての役割を果たすのである。人知を超えた非合理は、もはや救いではなく、恐怖と不安を煽るものでしかない。だが当然のことに、科学が全てを合理的に解明できることなど実際には有り得ない。逆に、科学は追求すればするほど、その限界を露わにしていくのであり、安斎育郎氏が述べるところの〈世の中には、「科学で扱うことができる問題」と「科学で扱うことができない問題」がある[4]〉ことをふまえて、この二つを精緻に腑分けしていくことこそが、実際には科学の本質であろうと思われる。

そもそも「合理的に解明できないものがある」ということがクローズアップされたのは、「全てが合理的に解明できる」という対立項が出現したからこそである。しかし後者があまりにイデオロギーとして強力であるがゆえに、前者は否定されるべき欠点として捉えられることになった。だが「全てを合理的に解明できない」という恐怖と不安にとらわれ、それらを克服すべく「全てが合理的に解明できるはずだ」という新たな非合理に取り込まれていくことは逆説的なロマンティシズムを生んでいる。合理的に解明できるはずであるという幻想を「信じ」ることによって、それが解明し難ければし難いほど、その事象はさらなる幻想の深みに人々を誘い込もうとするからである。そうしたある種の宗教的な陶酔に絡め取られていくことを、近代社会は「科学」的合理性と「信じ込んでいく」にすぎない。

しかし、この「科学」の持つ逆説的なロマンティシズムは、「文学」に土俵を移したとき、よりそのロマン的な可能性を発揮したと言える。漱石が考える「文学」の必須要素「情緒（f）」の根は、おそらくこうしたロマンティシズムからも伸びていると思われる。そして「琴のそら音」は、漱石の「文学」が近代日本の置かれた状況の中で、必然的な方向へと発展を遂げていく上での、萌芽というべき重大な出発点として位置付けられるのではないか。以下、その点を作品に即して考察していきたい。

三、「琴のそら音」と近代的知性

「琴のそら音」という作品は、漱石の作品史の中でも位置付けの難しい作品とされている。当該作品の収録された『漾虚集』は、一見すると雑多な習作を無造作に収めた作品集であるともいえるが、その中でもこの作品はどこか異質な印象を与える。山田有策氏はこの作品を評して〈読者をスムースにその世界に誘うように行文されている[5]〉と述べ、他の重厚で難解な文体を持つ六篇との差異を指摘している。

しかし、文体や同時代を舞台とする設定の「読みやすさ」に比して、この作品の意図するところはそれほど明確であるとはいえない。「琴のそら音」のテーマは、様々に忖度されてきたものの、未だに決定的と呼べる解釈は存在していないし、そもそもこの作品を単独で捉え、作品史内での位置を確定するという方向での検討はほとんどなされない。ただ、確かに「琴のそら音」が〈間奏曲的作品〉(6)という印象を与えることは否めないにせよ、以後の作品に繋がる要素がまったく欠如しているともいえない。むしろ前述したようにこの作品は、初期の「文学」概念を模索する中で漱石が生み出した、不可避の道筋の一つであったと考えるべきではないか。

「琴のそら音」の梗概は、主人公〈余〉が、友人の津田君に心霊現象にまつわる話を聞かされ、おそらくはその話に影響されて帰る道すがらに不安にとりつかれ、恐怖に満ちた一夜を体験するが、翌日それが単なる思い込みであったことに気づき、大団円を迎えるというものである。〈余〉が不安にとりつかれる経緯を描くに当たって、作中ではいくつかの「一見して非合理的なもの」と「一見して非合理なようであるが、合理的に見えてくるもの」が対比されていく。

前者は〈余〉の雇った〈婆さん〉の〈迷信〉であり、後者は津田君が〈研究〉している〈幽霊の話〉である。〈余〉は、〈婆さん〉が信奉する「一見して非合理的な」〈梅干に白砂糖〉をかける厄病除けのまじないや、〈伝通院辺の何とか云ふ坊主〉の言い分を一笑に付し、困ったものだと閉口した様子を示す。しかし津田君の言うことを同じように聞き流すことはできない。無学な〈婆さん〉の言うことは根拠のない世迷い言にしか聞こえなくても、〈頭脳は余よりも三十五六枚方明断に相違な〉く、〈頭脳には恐れ入っている〉文学士・津田君の言うことは耳を貸すに値する言葉なのである。〈知らぬ事には口が出せぬ。知らぬは無能力である〉と考える〈余〉は、津田君の言動自体が真に合理的かどうかではなく、彼の知的なステータスに信頼をおくがゆえに「合理的に見えてくるもの」を、信憑性があると判断し、〈盲従〉したにすぎない。

だがこの二人の言い分は、当初には〈余〉の理性の中で厳然とした知的ステータスによる階層化がはかられているにも関わらず、恐怖にとりつかれた〈余〉の意識では同列に置かれ始める。〈幽霊を研究する丈あつて心理作用に立ち入つた質問をする〉と津田君を評価した〈余〉は、不安に襲われながら帰宅した後、自分の顔色に異変を読みとる〈婆さん〉に対して、〈伝通院の坊主を信仰する丈あつて、うまく人相を見る〉という、同じ構文で表現された評価を彼女に与え、〈婆さん〉の迷信じみた言動によってさらなる不安を煽られてしまう。

結局は〈余〉の感じた恐怖や不安が、翌朝まったくの杞憂であったことが明らかになるに至って、〈婆さん〉の〈迷信〉も、津田君の〈研究〉に基づく〈幽霊の話〉も、〈余〉の体験に無関係であるという点において、ひとしく同価値なものとなる。そもそも、どちらも判断の絶対的な根拠とはなり得ないという点において、もしくはどちらも〈余〉の不安や恐怖を解消する信頼性は持ちえないという点において、初めから同等のものでしかなかったのである。

しかしそれでも、〈余〉はまず津田君の話によって〈常識〉で判断していたはずの合理的な世界観を揺るがされる。〈婆さん〉の言うことがもっともらしく聞こえてくるのも、津田君がそれに賛同するような言動をみせたからであろう。何故、〈余〉は津田君の言葉に翻弄されざるを得ないのだろうか。

軍人の細君の話から作品発表時と同時期と考えられる小説内現在において、大学を卒業して勤め始めたと思われる〈余〉と、同級の津田君の年齢は、この時点で二十代後半くらいであろう。彼らが高等学校や大学で学んだであろう学問は、すでに近代的合理性に大きく支配されたものであったはずである。おそらくは彼らと同世代であろう「それから」（明治四十二年）の代助は、〈高尚な教育の彼岸に起る反響の苦痛〉として〈頭脳の人として、神に信仰を置くことの出来ぬ性質〉を獲得し、「彼岸過迄」（明治四十五年）の敬太郎も現実離れしたものに興味を持ちはしても〈加持、祈祷、護符、虫封じ、降巫の類に、全然信仰を有つ程、非科学的に教育されてはゐなかつた〉のであり、時として〈多数の文明人に共通な迷信〉にとらわれる「門」（明治四十三年）の御米もまた〈平生は其迷信が又多数の文明人と同様に、遊戯的に外に現はれる丈〉に留まっている。

津田君と余とは大学へ入つてから科は違ふたが、高等学校では同じ組に居た事もある。其時余は大概四十何人の席末を汚すのが例であつたのに、先生は鼯然として常に二三番を下らなかつた所を以て見ると、頭脳は余よりも三十五六枚方明晰に相違ない。其津田君が躍起になる迄弁護するのだから満更の出鱈目ではあるまい。余は法学士である、刻下の事件を有の儘に見て常識で捌いて行くより外に思慮を廻らすのは能はざるよりも寧ろ好まざる所である。幽霊だ、祟だ、因縁だ抔と雲を攫む様な事を考へるのは一番嫌である。が津田君の頭脳には少々恐れ入つて居る。其恐れ入つてる先生が真面目に幽霊談をするとなると、余も此問題に対する態度を義理にも改めたくなる。

「琴のそら音」

法学士である〈余〉は、文学士である津田君と対等にわたりあえる知識人として設定されているが、実用的な〈常識〉の持ち主として読者の視点に立っている人物である。しかしそうした近代的知性に裏付けされていながら、彼は一方で〈流行りもせぬ幽霊〉を研究するような文学士の、実用的でない知性の領域には全く無知である。それでも「学士」として同じ近代的アカデミズムに権威づけられた知性を共有するがゆえに、〈余〉は〈幽霊に関しては法学士は文学士に盲従しなければならぬ〉と感じ、津田君の言動に翻弄される。津田君の弁じる「一見して非合理なようであるが、合理的に見えてくるもの」が〈余〉に不安を感じさせ、その帰り道での恐怖体験に繋がるのは、むしろ

〈余〉が近代的な知性を充分に内面化してしまっていたからであるという、皮肉な状況が見えてくる。

そもそも津田君が〈余〉に語る「軍人の細君の話」に、まったく合理的な根拠はない。ほとんどの文末が〈〜さうだ〉で終わるこの話は、津田君が伝聞で間接的に得たものであることは明らかであるし、〈要するにさう云ふ事は理論上あり得るんだね〉と結論を急ぐ〈余〉に、〈つまりそこへ帰着する〉と述べる彼の論理は、真の意味で合理的な説明が尽くされたものとはいえない。だが、津田君はたたみかけるかのように〈実はこういふ話がある〉〈いや実際行つたんだから、仕様がない〉〈事実だから仕方がない〉と繰り返し、話を〈有り得るといふ事丈は証明されさうだよ〉と〈例が沢山ある〉本を片手に話を締めくくることで、それが実際に起こったことであるという点を強調する。

こうした実例偏重志向は、「従来の〈知〉から逸脱するような心霊現象や宗教における個人の内的な事実・経験」[7]を科学的事実として重んじ、従来の客観的合理性を相対化しようとする当時のモデルネ運動に多く見られる傾向であるという。「白樺」でオカルト的な超常現象を論じた柳宗悦の「新しき科学」（明治四十三年）でも、そうした実例紹介がなされており、〈今此科学の世に供給し得るものは抱負なる実例と実験とである、理論は其割に比して甚だ不充分であるが今だ日浅き此科学にとりて、そは止み難き傾向である、然し吾等によりて須要なるものは寧ろ事実である、而して特に実験的事実は此科学に対して大なる価値の存する処と信じる〉（傍点原文）という指針が示されている。

このとき津田君が読んでいた〈例が沢山ある〉本のモデルであろうと指摘されている[8]"The book of Dreams and Ghosts（夢と幽霊）"（1899）は漱石の蔵書中にも見られ[9]、著者アンドリュー・ラングはSPRに参加していた。同書もまたさまざまな怪奇体験の実例を集めたものである。〈to entertain people interested in the kind of narratives here collected〉（ここに集められた類の話に関心を示すような読者を楽しませることを目的として）を基本的な方針とするこの本は、決して学術的な目的で書かれたものではないが、〈This book does not pretend to be a convincing, but merely an illustrative collection of evidence.〉（本書は信憑性を装ったものではなく、単に実例となる根拠を収集したのみである）とする態度にも、こうした実例依存に陥りつつある当時の合理性の在り方が反映されているのであろう。ラングは続けて、こうした〈illustrative collection of evidence〉（実例となる根拠）は心霊研究が証明できないものであっても、少なくとも〈perceive the fallacies which can impose on the credulity of common-sense〉（常識の陥穽につけこんだ誤謬を知覚させる）役割を果たすと述べている。

確かに、「琴のそら音」で〈余〉が陥る状態は、こうした状況と共通していると言わざるを得ない。〈余〉の信奉する〈常識＝common-sense〉は、まさに津田君が挙げた「実例」によって揺らいでいるからである。事実にすがろうとする傾向の不確かさや、十分な理論的分析を経ないまま事実の存在だけを根拠とする彼らの態度は、むしろ逆説的な意味で、「常識の陥穽につけこんだ誤謬を知覚させる」というラングの方針を実現しているといえるのである。

死ぬと云ふ事が是程人の心を動かすとは今迄つい気が付かなんだ。気が付いて見ると立つても歩行いても心配になる、此様子では家へ帰つて蒲団の中へ這入つても矢張り心配になるかも知れぬ。何故今迄は平気で暮して居たのであらう。（中略）人間は死ぬ者だとは如何に呑気な余でも承知して居つたに相違ないが実際余も死ぬものだと感じたのは今夜が生れて以来始めてゞある。（中略）死ぬとしても別に思ひ置く事はないが死ぬのは非常に厭だ、どうしても死に度ない。死ぬのは是程いやな者かなと始めて覚つた様に思ふ。（傍点原文）「琴のそら音」

こうして、〈余〉が津田君宅からの帰途で体験する恐怖は、〈今迄は気が付かなかつたが〉〈今迄つい気が付かなんだ。気が付いて見ると〉〈始めて覚つた様に思ふ〉などという表現が頻出する形で描写される。彼の恐怖は、未知であったことを思い知らされるという形で増幅されていくのである。未知であることが恐怖となるのは、まさに「未知なるもの」の恐怖を「既知なるもの」に変えることで克服するという方針で発展してきた、近代の科学的合理性の呪縛によるものであろう。全て未知なるものは克服できるはずであり、むしろ克服されねばならないという観念が、逆に未知に対しての恐怖を増幅させるという一種の本末転倒した状況へと繋がっていくのである。

しかしそのような状況が、却って新たなロマンティシズムを生み、全てを知悉しようとする近代合理性の下でも、決して知悉されることのない「死」というものに即してクローズアップされる。「琴のそら音」の中で〈余〉が感じる恐怖は、「死」のイメージと常に分かちがたく結びついて、次々に連想を喚起していく。

それはまず、〈極楽水〉の陰気さ、静かさが〈実際死んで居るのだらう〉という言葉と共に、暗く静止した「死」のイメージに結び付くところから始まる。そして〈白い巾〉のかかる小さな棺桶に入れられた乳飲子らしき葬列に遭遇して、〈昨日生れて今日死ぬ奴もあるし〉という言葉を聞くと、〈余〉の中で〈死ぬと云ふことが是程人の心を動かすとは今迄つい気が付かなんだ〉という思いが湧きあがる。

五六間先に忽ち白い者が見える。往来の真中に立ち留つて、首を延して此白い者をすかして居るうちに、白い者は容赦もなく余の方へ進んでくる。半分と立たぬ間に余の右側を掠める如く過ぎ去つたのを見ると——蜜柑箱の様なものに白い巾をかけて、黒い着物をきた男が二人、棒を通して前後から担いで行くのである。大方葬式か焼場であらう。箱の中のは乳飲子に違ひない。黒い男は互に言葉も交へずに黙つて此棺桶を担ついで行く。天下に夜中棺桶を担ふ程、当然の出来事はあるまいと、思ひ切つた調子でコツ〳〵担いで行く。闇に消える棺桶を暫くは物珍らし気に見送つて振り返つた時、又行手から人声が聞え出した。高い声でもない、低い声でもない、夜が更けて居るので存外反響が烈しい。
「昨日生れて今日死ぬ奴もあるし」と一人が云ふと「寿命だよ、全く寿命だから仕方がない」と一人が答へる。二人の黒い影が又余の傍を掠めて見る間に闇の中へもぐり込む。棺の後を追つて足早に刻む下駄の音のみが雨に響く。

「琴のそら音」

この場面は「三四郎」（明治四十一年）の中で三四郎が、美禰子の画を描く原口の家を訪ねる途中で目にした〈美くしい葬〉と評される子供の葬列の場面と多くの類似点がある。

小供の葬式が来た。羽織を着た男がたつた二人着いてゐる。小さい棺は真白な布で巻いてある。其傍に奇麗な風車を結び付けた。車がしきりに回る。車の羽瓣が五色に塗つてある。それが一色になつて回る。白い棺は奇麗な風車を断間なく揺かして、三四郎の横を通り越した。三四郎は美くしい葬だと思つた。

「三四郎」十の二

しかし〈夭折の憐れ〉を〈美しい穏やかな味〉として描く「三四郎」とは違い、「琴のそら音」の子供の葬列は、〈人間は死ぬ者だとは如何に呑気な余でも承知して居つたに相違ないが実際余も死ぬ者だと感じたのは今夜が生れて以来始めてゞある。（中略）死ぬとしても別に思ひ置く事はない。別に思ひ置く事はないが死ぬのは非常に厭だ。どうしても死に度ない。死ぬのは是程いやな者かなと始めて覚つた様に思ふ〉（傍点原文）と、〈余〉が今まで気づかずにいた、未知なる「死」への恐怖を増幅させるものとして表現されている。そしてさらには〈余が未来の細君〉である露子にも「死」のイメージは繋げられていく。津田君の話に聞いた、死してなお夫の元へ赴こうとする軍人の妻の凄絶な情念は、同じインフルエンザを患う露子にも投影され、〈露子の青白い肉の落ちた頬と、窪んで硝子張の様に凄い眼〉という、怪奇的な彼女の姿を〈余〉の脳裏に浮かび上がらせる。

しかし第三者の死として感傷的な美しさと共に眺められる「三四郎」の「死」も、自分自身と親密な人間へ降りかかる不可避の不条理として描かれる「琴のそら音」の「死」も、漱石が「文学」の必須要素とする「情緒（f）」を喚起しうる要素としては、双方ともに同様の役割を果たしている。前者を「文学」と結びつけることはたやすいが、一見グロテスクなものに見えがちの後者もまた漱石が『文学論』で述べた、強い「情緒（f）」を伴う「超自然的F」に含まれうる要素であろう。(10)

「死」に対する恐怖が、強い「情緒（f）」として漱石に認識されていたことは、彼が「倫敦塔」で処刑や暗殺といった不条理な死へ向かう人々の姿を徹底して描いた点からも窺える。しかし「倫敦塔」での「死」の恐怖が、十六世紀末のシェイクスピアや十九世紀前半のエインズワース、ドラローシュといった「二十世紀」以前の作家・画家たちが描く、中世的な世界を舞台に、歴史人物たちの運命との葛藤や、信念を貫く決意といった悲劇性が生む抒情的な甘美さと混淆されながらロマンティシズムを表現するのに対し、「琴のそら音」で描かれる「死」のロマンティシズムとは、実に「二十世紀」的な側面をもっている。

すなわち、近代科学が全ての事象を合理的に知悉できるという、信仰にも似た強いイデオロギーをもたらしたがゆえに、最終的に未知の最たるものとして残される「死」は、どこまでもその正体を見極めねばならないという強迫観念を永遠に生み続けることになる。それは知悉しようとする人間をどこまでも深みに引きずり込んでいく呪縛にみちた存在であり、同時に決して正体を見極めきれないという絶望的な恐怖の根源である。

しかし俗に「怖い物見たさ」という言葉に表されるように、人間は恐怖を忌避する一方で、抗いがたく恐怖へと惹きつけられる。それは「未知なるもの」が、知悉したいという欲望を満たしてくれる余地を無限に内包しているからであり、未知であるということそれ自体が根源的に好奇心や探究心を刺激しつづけるからでもある。だからこそ「二十世紀」の科学界では、しばしば死や死後の世界を検証しようとする心霊学やオカルティシズムが流行することになった。そして同時代文学もまたこうした科学と非科学のあわいにあるロマンティシズムを、その「情緒」のゆえに作品中に多く拾い上げることになっていったのである。(11)

漱石もまた、初期作品中に「死」を多く描いている。その理由の一つが「二十世紀」以前の文学や美術が描いてきた「死」の持つ感傷的な荘厳さや甘美さに注目し、そこに芸術としての「文学」がめざすべき「美」との不即不離の関係性を見い出していたがゆえであることは第一章ですでに論じた。しかし「二十世紀」にあって、「死」は近代科学と対比されることにより、さらに新たなロマンティシズムを生み、「二十世紀」の読者に訴えかける「情緒(f)」を喚起しつづける「文学」的要素として再発見されることになる。こうした「二十世紀」以前のロマンティシズムと、「二十世紀」にしか生まれ得ないロマンティシズムが混然一体となることによって、漱石の「文学」概念はより時代に即した形で動き始めたということになろう。

四、漱石作品における「科学」

こうした「二十世紀」的な「科学」への「信仰」にも似た内面化が生むロマンティシズムは、時代を経るにしたがってさらに新たな局面へと移る。それは漱石作品でいえば「行人」(大正元〜二年)に顕著に見られるような、合理的な知性に特権化された繊細な神経を軸に発展していく近代知識人の精神的苦悩であり、また近代科学に基づく合理性と客観性が、科学以外の分野――特に倫理的価値観に敷衍されていくことにより、新たに浮かび上がってくる道義的問題である。

この両者は、職業的作家となった漱石が「虞美人草」（明治四十年）以降の全作品を通じて追求する主題となっていくが、その萌芽はすでに「琴のそら音」で描かれた、近代的で合理的な知性を盲信する〈余〉の中に存在していたといってよい。最終的に津田君のアカデミズムも、〈婆さん〉の迷信も、床屋に集う庶民たちの与太話も全てが均質化されてしまうことによって、一度はリセットされたかに見えた「科学」への「信仰」は、精神や道義の問題として語られるに至って、〈天下の春を七円五十銭の借家に集めた程陽気〉には笑い飛ばせない真の恐怖として主人公たちを襲い始める。

この問題は、まず科学がもたらす近代的な合理性・客観性が、倫理的価値観にも影響を及ぼしていく状況として扱われる。職業作家としての開始を告げる「虞美人草」や、それに続く「坑夫」（明治四十一年）では、近代的な法で合理化しうる倫理観と、そこから逸脱する倫理観の葛藤が描かれている。

「坑夫」で、主人公の先輩格にあたる坑夫〈安さん〉は、坑道に入らざるを得なくなった自分の過去について〈もとより酔狂でした事ぢやない。已を得ない事情から、已を得ない罪を犯したんだが、社会は冷刻なものだ。内部の罪はいくらでも許すが、表面の罪は決して見逃さない〉と説明する。ここでは近代的な法が合理的に規定できるのは〈表面の罪〉に過ぎず、人間本来の道徳心に関わる〈内部の罪〉は、そこから逸脱せざるを得ないという倫理観が示されている。むしろ〈おれは正しい人間だ、曲つたことが嫌だから、つまりは罪を犯す様にもなつた〉と述べる安さんにとって、法のもたらす合理的な規定は、個人的な善悪の基準と対極に位置するものとなっている。「虞美人草」

で〈法律上の問題になる様な不都合はして居らん〉という安心の元に、恩師の娘との結婚を避けようとする小野と、〈法律上の契約よりも徳義上の契約を重んずる〉という信念をもつ恩師・井上孤堂が対比的に書かれ、孤堂側に加担する甲野・宗近がかかげる「道義」が絶対化されようとするのも、これと根を同じくするものであろう。

こうした人間の個人的・主観的な倫理観念の称揚は、決して合理化できないはずの人間の内面を無遠慮かつ強引に裁断し、それぞれ異なっているべき個をあたかも暴力的に圧殺しながら一般化しようとするかにみえる「科学」的倫理観への反発といえる。しかしその二項対立的な両者の捉え方や、「科学」に対する一種の敵愾心すらも、近代的な「科学」を享受するまでは決して生まれ得なかったものに違いない。むしろ個人的な倫理観念といえど、実際には「義理」「世間」のような外面的な社会規範によって一般化されつつ形成されてきたはずなのであるが、科学的な合理性が浸透すればするほど、そのアンチテーゼとしての面がクローズアップされていくという状況が生じる。

多くの場合、「虞美人草」には失敗作であるという評価が与えられてきた。その失敗作たる所以も原因もさまざまに論証されてきたが、何らかの破綻が生まれたとすれば、本来は決して対立関係にないはずの「科学」的な合理性による倫理観と、合理化できない内面的な倫理観を、明確な対立項であるかのように書いてしまう意識が漱石の中に存在し、読者の側にも、それをあたかも勧善懲悪のような短絡的な図式にはまったものとして読みとらざるを得ない意識があったことに原因の一端があるだろう。「虞美人草」は、のちに「近代文明批判」(12)の小説として再評価されるが、近代と過去が道義的に対置されるとき、その意識にはすでに、批判されるべき近代の文明がある程度内面化されているというジレンマがそこにある。

結局、「虞美人草」における、倫理観の「対立」は、藤尾の死によって終結する。それまで〈我の女〉として高慢さを否定的に強調されてきた藤尾は、死によって〈美くしい〉ものへと変化する。そして妹の死を受けて書かれる甲野の悲劇論は、〈生か死か。是が悲劇である〉〈人もわれも尤も忌み嫌へる死は、遂に忘る可からざる永劫の陥穽〉と、一連の事件の本質にあるものを、いささか牽強付会な形で「死」に収斂させる。〈只死と云ふ丈が真だよ〉と述べる甲野の論理が、「死」を絶対化する形で「虞美人草」を締めくくるのは、「死」が最後まで合理化され得ることなく残る、最後の聖域であるからに他ならない。

これ以後の漱石の作品においては、黒白を決するようなあからさまな二項対立は設定されないが、合理的に規定される倫理観と、そこから逸脱する倫理観の軋轢はつねに追求され続ける。そして、世界の全てを合理的に知悉できるという、近代科学がもたらした「信仰」は、漱石の中期作品に直接的な形で再浮上し、再検討される。

たとえば「行人」の一郎をして、妻お直との関係を築く上で〈現在自分の眼前に居て、最も親しかるべき筈の人、其人の心を研究しなければ、居ても立つても居られないといふやうな必要〉という異常な執念を抱かせるに至るのも、こうした「科学」への極端な「信仰」によるものであろう。〈いくら学問をしたつて、研究をしたつて、解りつこない〉ものですら、未知のままに留め置くことができないという強迫観念である。他者の心を〈テレパシー〉や〈スピリチユアリズム〉といった、当時アカデミックな関心の対象となっていた「学問」を通して〈研究〉しなければ満足できないという境地にまで追いやられた一郎は、まさに妹のお重によって〈コレラに罹るより厭〉と評されるような、呪われた存在として描かれている。

しかし、〈人間の不安は科学の発展から来る〉と述べ、それを〈脈を打つ生きた恐ろしさ〉として実感する一郎の描かれ方には、あきらかに近代科学によって迫害される悲劇的な殉教者としての陶酔がある。それは「倫敦塔」で逃れられぬ不条理な死を待ちうける囚人たちの感傷的で美的な描かれ方とどこか重なる部分をもっている。囚人たちの悲劇が末尾の宿の主人によって客観化されていったように、存在も実証できぬ伝説上の囚人たちを排除してきたはずの近代科学に基づく合理性は、しかし皮肉にも同時にどこか甘美で哀切な死のイメージを知識人たちの上に投影する。一郎はいわば、不条理な運命にとらわれた囚人たちが死への道を歩まされるように、不条理なる近代科学にとらわれて悲劇的な結末への道を示されるのである。

漱石作品の中期以降に頻出する苦悩する知識人たちは、しばしば自己の繊細な精神的苦悩を、すぐれた知力の代償として受け止める。「それから」の代助は〈自分の神経は、自分に特有なる細緻な思索力と、鋭敏な感応性に対して払ふ租税である。高尚な教育の彼岸に起る反響の苦痛である。天爵的に貴族となつた報に受る不文の刑罰である〉と述べ、「彼岸過迄」の須永は〈白状すると僕は高等教育を受けた証拠として、今日迄自分の頭が他より複雑に働くのを自慢にしてゐた。所が何時か其働らきに疲れてゐた。何の因果で斯う迄事を細かに刻まなければ生きて行かれないのかと考へて情なかつた〉と述べ、〈私なんぞ別に何も考へる程の事が御座いませんから（中略）智慧が御座いませんから、筋道が立ちません。全く駄目で御座います〉と言う下女の作に〈仕合せだ〉と答える。

彼らの苦悩は、すぐれた知力を教育によって享受しているがゆえに（しかも高度な教育を受けられる社会的・経済的な優越を共に獲得していることを前提に）、そこから逸脱するものと、未知であることの恐怖を感受できるという優越の上に成り立っている。「科学」への「信仰」は、感受性までも特権化することによって、悲劇の主人公を選民化する。「倫敦塔」において、ロンドン塔に幽閉された王侯貴族出身の囚人たちが、高貴な身分でありながら、それゆえに深く政争に巻き込まれて不条理に処刑されるという落差によって、より悲劇性を高めるように、漱石作品の知識人たちは高度な教育を受け、社会的な優越を獲得したにも関わらず、それゆえ精神的苦悩から逃れられないというジレンマを背負って悲劇の主人公となりおおせる。こうして、漱石は「科学」という「信仰」に、より深く帰依したがゆえに生まれる悲劇性という「情緒（f）」を彼らに見い出し、非常に「二十世紀」的な「文学」の要素を生みだしていったのである。

漱石は文芸創作を開始する以前に、シェイクスピアの『マクベス』に登場するバンクォーの幽霊を、非科学的であっても感興に訴え得る以上、文学の題材として妥当であると述べ[13]、呪詛やジプシーの妖術といった超自然的要素を題材とする、ワッツ・ダントンの長編小説『エイルウィン』を高く評価する。〈理は馬の如く先へ行き、情は牛の如く鞭ども動かない[14]〉と述べる漱石は、「文学」の必須要素である「情緒（f）」が科学の領し得ない非合理的なものを通して喚起されることを主張しながら、「理」が先行して「情」を置き去りにする合理性偏重の近代を間接的に批判していた。しかし漱石の中で、こうして人間の意識が「理」と「情」の領域に分かれたものとして認識されたとき、すでに彼は一方で合理性偏重の近代に深く取り込まれていた自己と向き合っていたといえる。そして「琴のそら音」の〈余〉が、津田君の下宿に足を踏み入れた時には、科学は信仰としての「科学」が持つ逆説的なロマンティシズムによって、対極にあると思われていた「文学」と背中合わせに結合し始めていたのである。

〔注〕

（1）村上陽一郎氏は当時の合理的科学性の代名詞として扱われる傾向にあった進化論について〈専ら生物学上はすでに問題のない真理として、極めて恣意的に多くの分野で自分の好みの価値観や理論を補強し支持する道具になりおおせた〉（「生物進化論と社会思想」（『日本人と近代科学』新曜社、一九八〇（初出「科学と思想」五、一九七二））一五八頁）としている。

（2）ジャネット・オッペンハイム著、和田芳久訳『英国心霊主義の抬頭』、（工作舎、一九九二）四九〇頁

（3）渡辺恒夫・中村雅彦『オカルト流行の深層社会心理――科学文明の中の生と死』（ナカニシヤ出版、一九九八）一七五頁

（4）安斎育郎『科学と非科学の間』（筑摩書房、二〇〇二）一四頁
（5）山田有策「小説の美学的完成――「琴のそら音」」（熊坂敦子編『迷羊のゆくえ：漱石と近代』（翰林書房、一九九六）七頁）
（6）内田道雄「『漾虚集』の問題」（「文学」、一九六六・七九頁）
（7）西山康一「主体を透明化させるための論理――柳宗悦初期の〈科学〉をめぐる言説の持つ意味――」（「日本近代文学」、二〇〇三・五十八頁）
（8）塚本利明『漱石と英文学――『漾虚集』の比較文学的研究』改訂増補版、彩流社、二〇〇三（初出「『ロード・ブローアムの見た幽霊』について」（「専修大学人文科学研究所月報」、一〇八三・六）
（9）漱石手沢本は、Lang. A. *The book of Dreams and Ghosts* London : Longmans, Greem & Co. 1899 なお引用等は東北大学図書館蔵「漱石文庫マイクロ版集成」80-1011による。本章中の日本語訳は神田による。
（10）漱石は『文学論』第一編二章において、「ハムレット」や「マクベス」の亡霊や死にまつわる場面が喚起する「恐怖」を「文学的内容の基本成分」としている。
（11）たとえば、森鷗外は「金毘羅」（明治四十二年）で、我が子たちの急病死と生還という両極端な状況に接しながら、金毘羅信仰に基づく迷信的な信仰と、医学を中心とした科学を対比させ、結局どちらにも完全な信頼性を感じられず葛藤する学者を描いている。その上で、翌年に発表した「里芋の芽と不動の眼」（明治四十三年）において、あえてどちらかに決着をつけぬまま双方を共存させるという立場を、科学者の言葉として表現している。
（12）平岡敏夫「「虞美人草」論」（「日本近代文学」、一九六五・五）
（13）「マクベスの幽霊に就て」（「帝国文学」、明治三十七年）
（14）「小説『エイルキン』の批評」（「ほとゝぎす」、明治三十二年）

第四章　「画」と「詩」をめぐって――「一夜」

一、はじめに

すでに見てきたように、先行する他の文学作品や、絵画作品との比較・影響関係は、夏目漱石の作品を考える上で重要な位置を占めている。漱石の初期作品には、これらを直接引用した箇所や、強く触発された結果とおぼしき描写が特に頻出しているが、それは決して豊かな教養を惜しみなく披瀝しようとするペダンチスムに留まらない。この時期の漱石には、ジャンルや形式には必ずしも拘泥することなく、広く包括的な概念としての「文学」を想定し、その性格や可能性を追求しようとする意識が見られる。それは常に美術や科学、歴史など他分野との相違点や共通点を念頭におき、両者の互換性を探る中から検討されていったように思われる。

中でも美術にかかわる要素は、表現方法の可能性をもとめる上で、「文学」と対置されるものとして積極的に作品中に取り入れられているのである。初期作品においては、しばしば文学表現と類似し、あるいは対立する芸術的表現として、「詩」と「画」が対比させられていく。ここでの「詩」とは、詩歌のみならず、小説や文章までを含む言語芸術全般を捉えた言葉として考えてよいであろうし、「画」とは絵画を中心とした造型芸術一般の謂であろう。そして「一夜」（明治三十八年九月）から始まり、「草枕」（明治三十九年）、「虞美人草」（明治四十年）、「三四郎」（明治四十一年）を通して、漱石は常に〈「画」になる〉というモチーフにこだわり続けている。

「一夜」ではいかに夢を描くか、という問題が、謎めいた登場人物たちの意味深長な会話と共に執拗に追求され、

「草枕」では那美が〈画〉になるまでが主題として描かれている。「虞美人草」の藤尾や小夜子の描写などにも、〈画になる〉という言葉が使われ、「三四郎」では、広田先生の夢において〈詩〉と〈画〉が比較され、結末でも美禰子が〈画〉となるところで終わっている。漱石が当初抱いていた美的なものの性質とは、言語的というよりもむしろ絵画的なイメージを備えていたとも考えられ、言語を表現手段とした場合、それらをいかに写し出すことが可能であるかという問題が、創作開始期においては特に重視されていたように思われるからである。そしてそれは、ある美的な瞬間を「凝縮（コンデンス）」して表現するという造型芸術の特質を、時間の流れを含み込まざるを得ない言語表現の中にどのように取り込んでいくかという課題となる。

二、『文学論』第三編と「筋のなさ」

「詩」と「画」を対比させようとする志向には、「文学」というものをどう定義するのか、という漱石自身の意識が関っている。この時期の漱石は、『文学論』（明治四十年刊）で文学を〈F＋f〉すなわち焦点的意識に付随する情緒の有無によって定義しようと試みるが、注意したいのは、いわゆるジャンルを一切定義しようとしない点である。『文学論』の例は、詩や小説、韻文と散文をほとんど区別せずに引かれており、ジャンルを超越して「文学」という概念を求めようとする意識が窺える。また、言語表現以外の芸術的表現との関連や互換性を求めようとしており、中でも第三編では、造形芸術である「画、彫刻」と言語芸術である「文学」の間にまず共通点を見出そうとしている。

第三編は元来、「文学内容の特質」と題して文学と科学を対比させ、その差異を指摘しつつ文学の固有性を提示していく内容である。漱石によれば、科学は〈一つの与へられたる現象は如何にして生じたるものなるか〉という

“How”の問題を解き明かすことに終始するのに対し、文学は必ずしも“How”のみを追求する必要はないとする。時系列に従った現象の生起は無限であり、それをすべて言語化することは不可能だからである。それゆえに、文学はこの無限の連鎖を断片的に切り取った〈「時」を閑却する一時的叙述〉が可能であるとする。この点で文学と、絵画彫刻は共通点を持っている。

元来、含まれたる時間の長きは決して其作品の価値を定むるものにあらざること明にして、要は賞翫者の態度如何によるのみ。一時的の消えやすき現象を捉へて快味を感ずる人は文学者にありても彫刻家、画家に近きものなり。吾が邦の和歌、俳句若くは漢詩の大部分の如きは皆此断面的文学に外ならず。　『文学論』第三編第一章

この〈「時」を閑却する〉文学を漱石は〈断面的文学〉と呼んで、例として和歌・俳句・漢詩を挙げ、絵画彫刻との共通を指摘している。ここでは、一般的に重きが置かれがちな〈“How”を繞りて其作に対する興味の大部分を構成する〉ような叙事詩・戯曲・小説――長い時間の経過を含み、そこに生起する事件を扱う文学――だけではなく、〈断面的文学〉の価値をも認めていこうとするのが漱石の志向である。だがここで注意しなければならないのは、漱石が『文学論』で言うところの〈時間〉〈時〉とは、その中で生起する現象と不可分であり、単なる時間の長さではないということである。つまり、この〈時間〉〈時〉は、漱石が〈筋〉と呼ぶものと通底する概念である。

漱石の初期作品には、しばしば「筋のなさ」へのこだわりが現れる。それは「一夜」、「草枕」において特に強調されることであるが、事件の生起のみを主題とするものだけを小説とするならば、たとえば「一夜」のような作品は小説とは呼べない。だが、「一夜」は和歌でも漢詩でも俳句でもない。『漾虚集』に収められた一連の短編のうち「倫敦

塔」にしても「カーライル博物館」にしても同様にジャンルが一概に定め難いが、就中「一夜」のような作品のジャンルを特定するのは殊に難しく、唯一疑いがないのは、漱石がこれを「文学」作品として書いているということのみである。ここにも漱石一流のジャンルを超えた「文学」意識が読み取れる。

漱石にとってFとは、意識の流れにおける〈最も鋭敏なる頂点〉であるが、意識の流れの範囲は様々に規定できるとされている。即ち、『文学論』に従えば〈一刻〉におけるF、〈個人的一世の一時期〉におけるF、また〈社会進化の一時期〉におけるFというような分類が可能である。つまり部分的断片の内にFを捉えることも可能であるし、全体においてFを捉えることも可能だということになる。

言うなれば「筋のなさ」を志向する〈断面的文学〉とは、全体におけるFのみならず、この部分的断片におけるFに対しても主眼を置こうとする試みといえよう。それは時系列に従って生起する事件を離れて、作品中において何らかの意味を持つ部分的断片を、それ自体独立した文学的要素として捉える可能性を提示するものである。

たとえば「草枕」の画工は本を筋とは関係なく、偶然に開いた所から読み、〈小説なんか初から仕舞迄読む必要はないんです。けれどもどこを読んでも面白いのです〉と述べる。これはもちろん、筋の存在そのものを否定することではない。ただ、同時に〈筋の外〉にあるものを、筋から外れて味わうということを、「文学」の可能性として提示するということである。明治四十・四十一年のものと見られる「断片四六」においても、漱石は小説を〈causal〉なものと〈spacial《ママ》 = pictorial〉なものに分類し、必ずしも各々の〈chapter〉や〈element〉が関連しないものを肯定的に捉えている。

○picturesque novels or Romance ヨリ出来ル pleasure ハ <u>causal</u> ナラズ。Picture ノ series ヲ見ルガ如キ者ナリ

其each pictureガ面白ケレバヨキナリ。Plotガナクテモcausalityガナクトモ構ハヌナリ。○Novelトサヘ云ヘバevolutionト離ルベカラザル者ト思ヘリ。然シEvolutionナクシテ面白キ者アルヲ忘レタリ。忘ル、ニアラザレドモ訳ガワカラヌナリ。（傍線原文）　「断片四六」

このような〈筋〉を外れた読み方は「草枕」の作中では〈非人情〉的要素の一つに数えられているが、〈非人情〉が、人情のみに拘泥せぬ、一種の超越した境地を指すならば、漱石が「余裕のある小説」「低徊趣味」と呼んだものや、〈泣かずして他の泣くを叙する〉という「写生文」にも、態度の上で通じていく部分があろう。漱石の〈断面的文学〉とは、単なるジャンル上の問題や、物理的な文の長さや形式のみに留まるものではないようである。

漱石の目指す「文学」の一つの形として、Fを捉える意識の範囲を多様に規定し、それを一つの作品の中に盛り込んでいくという志向があったということは『文学論』の議論からも考え得る。それは一つの作品の中において、複数の重要な局面におけるそれぞれのFを捉えていこうとする試みであり、かつ「画」と「詩」、すなわち絵画と文芸の表現の類似と差異とに関ってくる問題である。この「筋のなさ」が特徴として挙げられる「草枕」と「一夜」が共に、内容の面においても絵画の問題を扱った作品であること、すなわち「画」に関する「詩」（＝「文学」）であることもまた、この問題と無関係ではないだろう。

漱石が研究した英文学には十八世紀の作品が多く含まれているが、高階秀爾氏によれば、当時の絵画と文学の関係には、〈文学作品は、そこからどれほど多くの「画面」を抽き出すことができるかによって評価され、逆に絵画作品は、そこにどれほど豊かに「文学的内容」が語られているかによって、価値が判定され〉る傾向があったという。(1) 両者に共通性、類似性を見出し、互換的な存在であるという認識がなされていたことが窺える。

「文学」が意識の流れに従って推移するFの集合であるとすれば、ある作品の中から「画面」を引き出すとは、Fをいかに引き出すかということに関係してくる。そして絵画が、時間の流れにおける象徴的な一瞬に、時間を凝縮したものであるならば、その一瞬とは、意識の流れの頂点であるFと通底するように思われるのである。

三、漱石の「画」に対する観念をめぐって

漱石における「詩」と「画」、すなわち言語芸術と造型芸術の類似と差異に対する観念は、レッシングの芸術論『ラオコーン』からの影響に依る部分が大きい。漱石はしばしば『ラオコーン』に言及しており、「草枕」や「三四郎」にもレッシングの説が取り入れられているとされる箇所が存在することはよく知られている。

レッシングの『ラオコーン』は、一七七六年の発表であるが、それまで類似や共通性の面からのみ論じられてきた造形芸術と言語芸術に対し、それぞれの特性に基づく差異を指摘するものであった。すなわち、造形芸術（主に絵画）には造形芸術に固有の、言語芸術には言語芸術に固有の表現があり、またそれぞれに見合った表現対象を選ぶべきである、とレッシングは述べる。

〈時間的継起は詩人の領分であり、空間は画家の領分である〉(2)とするレッシングによれば、文芸は時間の流れを継起的に表現することができ、絵画は並列的に物体の美を表現できるものであり、絵画と文芸が互いの分野をみだりに侵犯すべきでないという。すなわち絵画は絵画のみに可能な表現方法と対象を選ぶべきであり、文芸もまた然りであるとする論調である。

漱石所蔵の『ラオコーン』(3)にはかなりの書き入れが施され、熟読のあとが覗える。特に書き入れが集中している第

三章で、レッシングは絵画を中心とする造形芸術が、長期間くりかえし鑑賞されるものであるということを念頭においた場合、どのような瞬間を表現対象とすべきかということを論じている。

レッシングは、造形芸術における表現の特徴を、「唯一の瞬間」（a single moment）の持続（perpetuate）として捉える。たとえば憎しみや殺意といった感情の極端なクライマックスを表現することは、不快の永続に繋がるために効果的ではなく、その手前にある瞬間を表現することで、表現された瞬間にまつわる前後の時間を鑑賞者が想像で補うことのできる余地がなければならないとする。

だがレッシングの主張するこの特徴には矛盾が見られる。たとえ不快を与える極限の瞬間を避けたとしても、想像力が補う前後の時間において、その極限を鑑賞者に想起させないことは不可能だからである。つまり、絵画に表わされた時間は一瞬であっても、鑑賞者の意識においては、その一瞬を前後する継続的な時間が発生している。その矛盾を、漱石はクライマックスとそれ以外の局面（phase）の区別に対して疑問を呈することで突いていく。漱石は絵画においても継続する時間を表現する可能性を示唆するのである。

moment ノ perpetuation ハ何レノ moment ヲトルモ同ジ事ナリ、climax モ其前ト異ナル所ナシ、momentary phase ヲ perpetuate スルガ為ニアシトナラバ其前ノ phase ヲトルモアシキ訳ナリ、前後ヲ忘却シテ絵画彫刻又詩文ニ同化スルトキ尤モ愉快ナリ　左ラバ representation 以後又ハ以前ノ phases ヲ imagine スルトキハカ、ル余裕アルダケ夫丈拙作カ？　曰ク unstable ナル phase 即チドウシテモソコニトドマリ能ハザル phase ヲ写ストキハ常ニ此 imagination ヲ起ス、（如何ニ representation ガウマクトモ）lion ノ将ニ飛ビカ、ラントスルガ如シ　是ハ representation 中ニ時ヲ含ムナリ one section ニテハ complete ナラザル故ナリ）

（※）（手沢本23頁）

レッシングの「唯一の瞬間」の持続が、理論的にはその一瞬のみしか捉え得ないのに対し、漱石はむしろその一瞬に前後する時間をも含み込む「唯一の瞬間」を捉えようとしている。絵画がそれ自体でのみ存在するのではなく、つねに鑑賞者の眼を通して認識されるものである限り、鑑賞者の意識における継続的な時間というものは無視できず、それを無視してはレッシングの矛盾を乗り越えることはできないからである。範囲は限られるにもせよ、ある程度の前後する時間の流れが「唯一の瞬間」に凝縮されるという意味において、漱石は絵画における時間を捉えようとしていると考えられる。

一方、四章以降では文学についての言及が始まるが、言語芸術については、絵画に比べれば漱石もレッシングの意見に同調する部分が多い。言語芸術は、絵画よりも多くの時間を描くために、物事の変化をより多く表現することができる。中でも、長所としてレッシングが捉えるのは「動き」に関してである。その部分には漱石も傍線を施している。

Again, another method whereby poetry can emulate art in the description of bodily beauty, consists in transforming beauty into charm. Charm is beauty in motion, and is, for this very reason, less suited to the painter than to poet.（物体の美の描写という点で、文学が美術に追いつくもう一つの行き方は、美を魅力に変える方法である。魅力とは動いている美しさである。だからこそこれは、詩人にくらべて画家には手ごわい相手である。）

"Laocoon" Chap.XXI

（手沢本127頁、傍線は漱石。日本語訳は斎藤栄治訳（岩波文庫版）による）

「一夜」の中には、絵画的な美が動きを得ることを〈活かす〉と表現する部分がある。夢をいかに表現するか、という問題が与えられた時、それを「活きた」表現に出来るのは、動きを与えた時であり、それを果たすのは言語による表現なのであることが示されている。漱石が傍線を引いた、動きを描くことによって魅力を表現できるという言語表現の特徴は、このような場面に取り入れられている。必ずしも絵画に取り入れる部分の多さのみを持って、文学の価値とはしないレッシングの主張に対しては、漱石も〈絵ニナルガ故ニ必ズシモ善詩ナラズ　絵ニナラヌカラトテ悪詩ニモアラズ〉（※）と同意を示している。

ただし、漱石は言語表現におけるレッシングの主張に、手放しで同調するわけではない。十六章でレッシングは、ホメロスの描写を継起的な行為のみを書くものとして取り上げ、ここから絵は生まれ得ないとする。これに対し漱石は、継起的な動作における一瞬は、絵画でも〈state〉として表現できる可能性があると反論する。レッシングほど、絵画と文学の互換的な関係を、漱石は否定しない。

「草枕」の画工は〈ムード〉（心情）を〈時間の制限を受けて、順次に進歩する出来事の助けを藉らずとも、単純に空間的なる絵画上の要件を充たしさへすれば、言語を以て描き得るものと思ふ〉とレッシングの説に反論しているが、漱石もまた必ずしも「継起的な時間」のみを描かない「詩」のあり方というものを模索している。表現形態が表現すべき内容を決定するのではなく、表現すべき内容がまずある場合、そしてそれが必ずしも継起的でない場合、言語でもそれを表現できる可能性はあるのか否かという問題である。

画工はその方法を模索し、絵でなく漢詩を作る。かれの作った詩は、結局視覚的要素で構成された絵画的なものになってしまうのだが、結末で画工は〈憐れ〉を顔に浮べた那美を〈咄嗟の際〉に〈画〉として成就させる。

その〈憐れ〉は一瞬に現れた〈state〉でもあるが、必ずしも前後関係を捨象して存在する瞬間ではなく、それまで時間を追って展開してきた那美と画工のストーリーの結末として存在するものでもある。なぜ那美の表情が〈憐れ〉であるのかは、彼女の過去に生成した事件、すなわち前夫の境遇をめぐる経緯が加わればさらに理解を深めるものである。またそれが〈画〉になる瞬間が「草枕」のクライマックスたり得るのは、那美をめぐる画工の葛藤を、物語の流れに沿って追ってきたがゆえである。那美の〈憐れ〉は一瞬における頂点（F）として受け取ることもでき、物語全体の頂点（F）として捉えることもできる。

漱石が「草枕」を〈プロットも無ければ、事件の発展もない〉としたのは有名であり、時系列を追った〈筋〉を否定した〈非人情〉な画工の読み方を提示するなど、継続的な時間を否定しているかのように見える。そして〈中心となるべき人物が少しも動かぬのだから、其処に事件の発展しようがない〉（「余が『草枕』」、明治三十九年十一月）と漱石は述べるが、那美が〈画になる〉までがすでに〈事件〉であるとすれば、そこには当然継続的な時間が発生するのである。「草枕」においての〈画〉もまた時間の流れを単に排除しているのではなく、むしろある範囲における時間の流れを一点に凝縮したものとして描かれていると言える。このような手法によって、漱石は絵画と文学の間に、十八世紀の一般的な観念とも、レッシングの理論ともまた違う互換性を作り上げようと模索していた。そして「一夜」は、その手法を実験的に取り入れた作品として考えることも出来るのではないだろうか。

四、「一夜」における〈詩〉と〈画〉

「一夜」は、正宗白鳥（剣菱）の〈一読して何の事か分らず〉（「読売新聞」、明治三十八年九月七日）という評以来、謎の多い難解な作品とされている。人物たちの名や素性、また互いの関係が具体的でないことは既に何度も指摘されており、その会話が殆ど噛み合っておらず、確たる意味ないし主張を読み取るのが困難であることも、多くの論者から提示されている通りである。この「筋のなさ」には、『文学論』で主張した〈断面的文学〉への志向が関っていよう。Fを焦点とする意識の範囲を多様に設定しようとする試みは、表現のレベルにも見られる。

例えば、「虞美人草」とも共通して、漱石のいわゆる美文的な表現が「一夜」の描写に使用されている。それらの多くは、〈黒〉〈緑〉〈白〉〈朱〉〈紫〉〈乳色〉〈紅〉〈銀〉〈金〉〈赤〉〈青〉といった色彩を多用した描写であり、情景が読者の目に鮮やかに浮ぶような視覚に訴える表現である。

宣徳の香炉に紫檀の蓋があつて、紫檀の蓋の真中には猿を彫んだ青玉のつまみ手がついて居る。（中略）香炉に隣る白磁の瓶には蓮の花がさしてある。昨日の雨を蓑着て剪りし人の情けを床に眺むる莟は一輪、巻葉は二つ。其葉を去る三寸許りの上に、天井から白金の糸を長く引いて一匹の蜘蛛が――頗る雅だ。「一夜」

このような「一夜」の描写は、女や髯ある男によって、〈蓮の葉に蜘蛛下りけり香を焚く〉という俳句調の句や、〈蠨蛸懸不揺、篆烟遶竹梁〉というような漢文調の句、すなわちそれ自体で完結した文学表現となりうるような表現に変換されていく。他にも手水鉢に重なる竹や、床の間の掛け軸と払子に関する絵画的な描写に関して、〈あすこに画がある〉〈こゝにも画が出来る〉と男たちが評する部分がある。これらに、作品全体を見据えた場合のFのみならず、その中に含有される一つの描写からもまたFを捉え得るという〈断面的文学〉の要素をみることができる。あるいは漱石の〈断面的文学〉とは、最終的に詩歌的な文学形式と、散文的な文学形式の融和した形態へと辿りつく可能性を持っていたものではなかったか。

少し後になるが、漱石は森巻吉の小説「呵責」（明治四十年）に対し〈あれは文の口調から云ふと僕の書いた幻影の盾や一夜に似て居る〉と評した後、次のように述べている。

夫からあゝ云ふ文体は時代ものか空漠たる詩的のものには適するかも知れぬが世話ものには不適当である。世話物は主としてある筋を土台にする。筋でなくてもあるものを捉へて、其あるものを読者に与へやうとする。所があゝ云ふ風に肩が凝るやうにかくと筋とかあるものとかを味ふ力がみんな一字一句を味ふ為めに費やされて仕舞ふから自分で自分の目的を害する事になる。

だから文体をあの儘にしてしかも筋とか、ある人情とかをキユーとあらはす為めにはもつと筋を明瞭にしなければならない。（中略）もし又文章をあの調子で生かせ様とするならもつと頭も尾もなくて構はない趣向にして仕舞ふがいゝ。詩的な空想とか、又は官能に丈うつたへる様なものにしさへすれば文章丈を味ふ事が出来る。

森巻吉宛書簡（明治四十年一月十二日）

森巻吉への評は、文体と内容がちぐはぐであることへの批判になっているが、ここに文体と内容の関連について、漱石が抱いていた考えが窺える。ここでの漱石の論を裏返せば、「一夜」のような作品は〈詩的な空想〉や〈官能〉に訴える文章の美しさを重視しており、それゆえに筋は明瞭でなくなったのだということになる。

このように考えればなおさら、「一夜」に統一した筋を読み取るのは困難である。だが、前述したように、漱石は全体を貫く「筋」を否定するわけではない。「一夜」全体を見た場合、〈夢〉という曖昧にして美的な存在を表現して

いく上で、方法としての〈詩〉と〈画〉の対比という問題が、やはり一つの主題として浮かび上がってくるだろう。(4)

「一夜」の構造における、筋の読み取りにくさは、おそらくはメタ的にこの主題を含み込んでいることに起因する。

「一夜」は〈「美くしき多くの人の、美くしき多くの夢を」〉という語で始まり、髯のない男が、〈「描けども成らず、描けども成らず」〉〈「描けども、描けども、夢なれば、描けども、成りがたし」〉と〈夢〉を表現することの困難さを訴える。女は〈「画家ならば絵にもしましよ。女ならば絹を枠に張つて、縫ひにとりましよ」〉と、絵や刺繍でそれを表すことを提案する。ここには〈絵にする〉〈縫ひにとる〉という表現はあるが、文字にするという意味を表す手段は与えられず、〈夢〉の表現は、絵画的・視覚的な〈画〉によってまず表現されようとしている。

髯のある男は〈「縫へば如何な色で」〉とさらに問い、〈恋の色〉〈恨みの色〉〈愁の色〉などといった感情までが色によって表現できる可能性を、女との会話で示していく。色による表現もまた視覚に訴える表現であることは言うまでもない。後には、隣家の女の声までもが色によって表現しうることが表わされる。


「あれは画ぢやない、活きて居る」「あれを平面につゞめれば矢張り画だ」「然しあの声は?」「女は藤紫」「男は?」「さうさ」と判じかねて髯が女の方を向く。女は「緋」と賤しむ如く答へる。

「百二十間の廻廊に二百三十五枚の額が懸つて、其二百三十二枚目の額に書いてある美人の……」

「声は黄色ですか茶色ですか」と女がきく。

「そんな単調な声ぢやない。色には直せぬ声ぢや。強いて云へば、ま、あなたの様な声かな」　　　　「一夜」


現実の女を〈画〉にしようとするとき、本来画像としては現せないものを、いかに〈画〉にするか、という問題が出る。〈声〉は例えば色によって現される。だが、〈色には直せぬ声〉もまたあることがここで示唆される。

彼らの会話は何度か途切れつつも、話題は歌麻呂の画中の美人に移っていき、髯のある男はその〈画を活かす〉工夫を求め始める。初めは〈夢〉を〈画〉によって表現することが提案されたが、髯のある男にしてみれば、〈画〉では〈活きて〉いないということであり、それでは〈夢〉の表現として不足だというのである。彼は続けて〈「夢にすれば、すぐに活きる」〉と言う。ここでは今までの道筋とまったく逆に〈画〉を〈夢〉にするという道筋が示される。だが〈画〉を〈夢〉にするとはいったいどういうことか。せっかく〈画〉という表現の可能性を与えられた〈夢〉を、再び元に戻してしまうのであろうか。だが、髯のある男の〈画を活かす〉方法、すなわち〈夢にする〉方法とは、〈「わしのは斯うぢや」〉と、〈夢〉を今度は〈物語〉として、言葉によって語り始めることである。ならば、ここで言うところの「〈画〉を〈夢〉にする」とは、〈美くしき夢〉を表現した〈画〉を、再び表現以前の渾沌とした状態に戻すのではなく、〈夢〉の持つ〈美くしき〉もののイメージを、言葉によって新たに表現し直そうとする試みなのであろう。つまり、「〈画〉を〈夢〉にする」とは、〈詩〉にすることとほぼ同義であると考えられる。

髯のある男は、言葉によって表現することで〈画〉が〈活きる〉という。〈画を活かす〉とはどういうことか。〈夢〉の内容を語り始める髭のある男は、〈活きた夢〉を次のように語る。

「其画にかいた美人が?」と女が又話を戻す。

「波さへ音もなき朧月夜に、ふと影がさしたと思へばいつの間にか動き出す。長く連なる廻廊を飛ぶにもあらず、踏むにもあらず、只影の儘にて動く」

「一夜」

〈活かす〉とは、画中の美人が動くことであると髭のある男は言う。動き出した美人は〈画から抜け出る〉のである。絵画が時間をある一点に凝縮した表現であるならば、〈画を活かす〉とは、その凝縮された時間を再び流れる時間に戻すことになるだろう。それによって、美人は〈画〉から抜け出し、時間の流れる世界の中に位置付けられる。言葉による表現が、継起的な時間を含むものであるならば、それは〈美くしき〉ものを〈詩〉によって表現できるという可能性が示されることになる。

このような〈画を活かす〉表現は、「倫敦塔」（明治三十八年一月）において見ることが出来る。「倫敦塔」における、二王子の幽閉場面と、ジェーンの処刑場面は、どちらもドラローシュの絵画を下敷きとして描かれている。そこではドラローシュの絵画をそのまま文章に写したような描写がなされ、静止した画像が読者の頭に浮んだところで、そこから画中のものが動き出すという手法をとっている。そしてそれらは絵画に凝縮された分の時間の中で動いた後、また切断されたように終わる。たとえば、ドラローシュ「ロンドン塔の二王子」に描かれているのは、二人の王子の置かれた危険な境遇であり、彼らの足元にいる犬の様子から、二人の命を奪わんとする刺客の接近が読み取れる。その二人の命がまさに風前の灯火である、という瞬間を絵画は表現する。漱石の「倫敦塔」では犬の代わりに、タペストリの動きで刺客の接近を表現しているが、ちょうどタペストリが動いた直後に、二王子の空想は断ち切られる。それ以上を書けば、この絵画における利那の危機感は表現できないからである。「ジェーン・グレイの処刑」にまつわる場面もまた、断頭吏が斧を構えた瞬間に幻想が断ち切られる。ここではともに、絵に描かれた「凝縮された時間」を解凍して、その範囲内でのみ時間の流れを作るという表現がなされる。

だが、〈画を活かす〉ということは本当に可能なのか。〈「――画から抜け出した女の顔は……」〉と言う髯のある男は結局口ごもり、丸顔の男も〈「描けども成らず、描けども成らず」〉とその困難さを暗示する。「倫敦塔」の例のように、〈画を活かす〉ことは、限られた時間の範囲内でのみ可能であるという、限界を持った表現なのである。時間を凝縮した〈画〉の中で、〈美くしき〉ものはその美を永続させることができるが、流れる時間の中では不変の状態で居続けることはできない。だが〈「抜け出ぬか、抜け出ぬか」〉と囃す丸顔の男に煽られるように、さらに〈美くしき〉ものを表現する試みは探られていく。

「画から女が抜け出るより、あなたが画になる方が、やさしう御座んしよ」と女は又髯にきく。「それは気がつかなんだ、今度からは、こちが画になりましよ」と男は平気で答へる。「蟻も葛餅にさへなれば、こんなに狼狽へんでも済む事を」と丸い男は椀をうつ事をやめて、いつの間にやら葉巻を鷹揚にふかして居る。　　　　「一夜」

ここでは、画中の美人を〈画〉から抜け出させるのではなく、現実の人間の方で彼女の存在する〈画〉の中に入っていこうという逆の道筋が示される。表現するという行為が、〈美くしき〉ものを我が手に捉え、一体化するということであるならば、〈画〉に入るということは、〈美くしき〉ものを、変化を伴う流れる時間の中に抜き出すのではなく、自ら凝縮された時間の中に入ることによって、〈美くしき〉ものと世界を共有し、一体化を果たすことである。表現のレベルにおける願望と、行為のレベルにおける願望がここで重ね合わされる。その可能性に力を得たように、丸顔の男と髯のある男は、室内の静物を見て〈「あすこに画がある」〉〈「こゝにも画が出来る」〉と、身のまわりにも、切り抜けば画になるものが存在することを発見する。自分の存在する世界もまた、〈画〉の世界になりうる可能性を見出すのである。

だが、手水鉢を蔽う女竹や、払子と掛け軸のある床柱のような静物にとって、静止した〈画〉であることは可能であっても、生身の人間にとってそれはどうなるのか。女は〈「私も画になりましょか」〉と提案し、動きを止めて見せる。


「其儘、其儘、其儘が名画ぢや」と一人が云ふと
「動くと画が崩れます」と一人が注意する。

「画になるのも矢張り骨が折れます」と女は二人の眼を嬉しがらせうともせず、膝に乗せた右手をいきなり後ろへ廻はして体をどうと斜めに反らす。丈長き黒髪がきらりと灯を受けて、さら〳〵と青畳に障る音さへ聞える。

「南無三、好事魔多し」と髯ある人が軽く膝頭を打つ。「刹那に千金を惜まず」と髯なき人が葉巻の飲み殻を庭へ抛きつける。

「一夜」


だが女は、〈「画になるのも矢張り骨が折れます」〉とすぐにそれを断念してしまう。生身の人間は、時間を凝縮して不変たり得ることは出来ない。三人は〈夢〉を表現し切ることが出来ぬまま、眠くなって寝てしまう。この一夜が〈彼等の生涯〉を表わすのならば、「一夜」において寓意的に表現された生涯とは、いかにして美しきものとの一体化を達成するかということに対して、その可能性と不可能性の間で揺れ動き続ける者の生涯であるといえる。三人の人物がやがて眠くなって寝てしまうように、たとえ美しきものとの一体化が結局果たされぬままに生涯は終わるとしても、芸術を表現せんとする者は、可能性を求めて飽くなき追求を繰り返すのである。

結局〈美くしき〉ものを表現することは、〈画〉によっても〈詩〉によっても髯のある男の満足する形で達成されず、また自分のほうから〈美くしき〉ものと世界を共有し、一体化することもできない。満足のいく表現が果たされないのは、〈美くしき〉ものの持っている美の不変性にこだわり続けるからである。現実の世界では、時間は継起的であり、変化を伴う。現実の世界に〈美くしき〉ものを引き出してくる以外に、生身の人間がそれと一体化する術はないが、時間の流れの中に引き出せば、〈美くしき〉ものは変化してしまう。そこにはおのずから〈画〉と〈詩〉の相反するジレンマが存在せざるを得ない。(5)

初期の漱石には、時間の流れと、それがもたらす美的なものの変質をいかにして食い止めるか、ということへの執着があったと考えられる。(6)『漾虚集』執筆期と重なる明治三十七、八年頃から、時間の流れを一点に凝縮させて美的なものを表現するという意識が、漱石の作品や書き残したものの中に頻繁に登場する。当時の『日記・断片』のうち「幻影の盾」(明治三十八年四月)の構想といわれる「断片十九H」には、〈コンデンスド、エキスピリエンス〉〈十年の命を縮めて一年とし……一分の間に……〉という言葉が書かれており、漱石はこの二つを線で繋いでいる。(7)それらは作中で次のように表現される。また、同様の表現は「一夜」にもある。

百年の齢ひは目出度も難有い。然しちと退屈ぢや。楽も多からうが憂も長からう。水臭い麦酒を日毎に浴びるより、舌を焼く酒精を半滴味はう方が手間がかゝらぬ。百年を十で割り、十年を百で割つて、贏す所の半時に百年の苦楽を乗じたら矢張り百年の生を享けたと同じ事ぢや。泰山もカメラの裏に収まり、水素も冷ゆれば液となる。終生の情けを、分と縮め、懸命の甘きを点と凝らし得るなら――

「幻影の盾」

栗粒芥顆のうちに蒼天もある、大地もある。一生師に問ふて云ふ、分子は箸でつまめるものですかと。分子は暫く措く。天下は箸の端にかゝるのみならず、一たび掛け得れば、いつでも胃の中に収まるべきものである。
又思ふ百年は一年の如く、一年は一刻の如し。一刻を知れば正に人生を知る。

「一夜」

この長い時間を「コンデンス」（凝縮）するということは、たとえば「幻影の盾」では現世で叶わなかった恋愛が成就する時間が〈盾の中の世界〉に凝縮されるように、いわば幸福の絶頂が永遠となる瞬間として描かれる。そこには〈美しき〉ものを不変に保つ「コンデンスド、エキスピリエンス」に対する、漱石の憧憬ともいえる肯定意識がある。

「一夜」においても、〈夢〉の物語が語られて行く合間に、〈夢〉そのものに対する願望が何度か差し挟まれる。

「女の夢は男の夢よりも美くしかろ」と男が云へば「せめて夢にでも美くしき国へ行かねば」と此世は汚れたりと云へる顔付である。「世の中が古くなつて、よごれたか」と聞けば「よごれました」と紈扇に軽く玉肌を吹く。「古き壷には古き酒がある筈、味ひ給へ」と男も鵞鳥の翼を畳んで紫檀の柄をつけたる羽団扇で膝のあたりを払ふ。「古き世に酔へるものなら嬉しかろ」と女はどこ迄もすねた体である。

「一夜」

ここには〈古くなる〉、すなわち時間の流れによって変化する現実の世界への嫌悪と、不変の〈美くしき〉世界への憧憬がある。だが、その不変性を我が物として享受するという願望が、生身の人間には叶えられぬこともまた示される。〈然しそれが普通の人に出来る事だらうか？ ――此猛烈な経験を嘗め得たものは古往今来キリアム一人である〉と結ばれる「幻影の盾」は、それが〈普通の人〉には不可能なことであるとはっきり宣言するのである。

〈美くしき〉ものの不変と永続を、生身の人間が享受することの不可能を自覚すればするほど、〈動く〉もの、すなわち変化への嫌悪は強まる。「一夜」では〈動く〉と〈画が崩れ〉ることになり、「草枕」では〈動く〉ことによって、〈本来円満の相〉である理想的な静の状態〈端粛〉に立ち返れなくなり、〈此故に動と名のつくものは必ず卑しい〉と画工が述べる。「虞美人草」の甲野さんは糸子に〈あなたは夫で結構だ。動くと変ります。動いてはいけない〉と忠告する。「一夜」から「虞美人草」に到るまでの作中では、しばしばこうした時間がもたらす変化への嫌悪が表明される。もっとも美的な瞬間、もっとも幸福である瞬間、もっとも理想的な瞬間を侵犯する時間の流れへの嫌悪である。不可能の自覚と、押さえがたい憧憬の間にあるジレンマが、これらから覗える。

だがその一方で、職業作家への道が具体化しはじめた漱石には、文学者の社会的役割が強く意識されるようになる。鈴木三重吉に宛てた書簡（明治三十九年十月二十六日）で〈苟も文学を以て生命とするものならば単に美といふ丈では満足が出来ない〉と述べたように、人生観や道徳観における読者の啓蒙こそが文学者のなすべき役割であることをこの時期の漱石は盛んに主張し、「野分」（明治四十年）のような作品に繋がっていく。自分の主義主張を表現することと、「文学」としての〈美〉をいかに両立させていくか、という新たな問題がここに生まれたと考えられるが、美文によって〈道義〉を論じようとする「虞美人草」は、たとえばその試行錯誤の一つといえよう。

漱石は「三四郎」で、再び〈画〉と〈詩〉の問題として不変と変化を取り上げる。先に出したレッシングの説が反映されているとしてよく引かれるのが、「三四郎」で広田先生が見る夢のエピソードである。

突然其女に逢つた。行き逢つたのではない。向は凝と立つてゐた。見ると、昔の通りの顔をしてゐる。昔の通りの服装をしてゐる。髪も昔しの髪である。黒子も無論あつた。つまり二十年前見た時と少しも変らない十二三の女である。僕が其女に、あなたは少しも変らないといふと、其女は僕に大変年を御取りなすつたと云ふ。次に僕が、あなたは何うして、さう変らずに居るのかと聞くと、此顔の年、此服装の月、此髪の日が一番好きだから、かうして居ると云ふ。それは何時の事かと聞くと、二十年前、あなたに御目にかゝつた時だといふ。それなら僕は何故斯う年を取つたんだらうと、自分で不思議がると、女が、あなたは、其時よりも、もつと美くしい方へ方へと御移りなさりたがるからだと教えて呉れた。其時僕が女に、あなたは画だと云ふと、女が僕に、あなたは詩だと云つた。

「三四郎」十一の七

ここでは、〈画〉がある美しいものを一点に凝縮しておくものであり、〈詩〉とは留まることなく常に変化していくものであるということがはっきりと示される。「一夜」から「虞美人草」に到るまで、嫌悪と否定を繰り返された時間の流れによる変化は、「三四郎」に至ってようやく、〈もつと美くしい〉ものを求めるための肯定的な営為となる。「三四郎」を境に〈画になる〉モチーフは姿を消すが、漱石の作風もまた初期の〈画〉的な志向から〈詩〉的なものへと移行を遂げている。すなわち、視覚的な美や、不変の幸福というものが前面に押し出されるのではなく、絶えず変化を続ける人間の心情という、非可視的かつ継起的なテーマが作品内での中心的な位置を占めていくことになる。絵画でも人間の心情が表現されないわけではないが、「三四郎」の原口が〈画工はね、心を描くんぢやない。（中略）見世で窺へない身代は画工の担当区域以外と諦め《ママ》べきもの〉と云うように、より必然的な表現手段としての文学＝〈詩〉がテーマの変化によって獲得されたということもできよう。[8]

漱石の代表的な主題として認識されている、エゴイズムの葛藤や他者との軋轢は、「三四郎」以後、特に作品の核として強く打ち出され、追求されるが、そこに「一夜」に見られたような「筋のなさ」は共存できず、一字一句を味わうような美文的表現も影を潜める。〈断面的文学〉への志向も、〈其僕が小説を読んで、第一に感ずるのは大体の筋即ち構造である。筋なんかどうでも、局部に面白い所があれば構はないと云ふ気にはとても成れない〉（「漱石氏来翰」、明治四十二年）と、全否定こそされないものの、〈筋〉をより重視する方向へと動きはじめる。漱石は『漾虚集』にしばしば見られたようなジャンルを定め難い作品群から次第に離れ、〈筋〉を重視する「小説」というジャンル認識を持って、作品を書き進めていくことになるのである。

『漾虚集』で、「文学」の可能性の一つとして絵画との互換性を表現に取り入れようとした漱石は、言語表現がより強く表現しうる対象を獲得し、それを自らの「文学」の核としていくことになる。人間心理を鋭く剔抉する漱石の作風は、「筋のなさ」へのこだわりから脱却することによって獲得されたともいえる。

しかしそれでも、「詩」と「画」の対比から発した、〈断面的文学〉は跡形もなく消滅したわけではない。職業作家としての漱石が書き続ける〈筋〉の中には、例えば「道草」（大正四年）の健三が〈断片的な割に鮮明に彼の心に映るもの〉として思い出す〈幼時の記憶〉や、「明暗」（大正五年）の津田が思い浮かべる吉川夫人の応接間の光景のように、〈画〉になるような印象的な場面が、つねに織りこまれ続けていくからである。

〔注〕

（1）高階秀爾「文学と対比される表現の構造　b絵画――「詩は絵の如く」の伝統をめぐって」（『岩波講座　文学』1、岩波書店、一九七五）一八八頁

（2）レッシング『ラオコオン ――絵画と文学との限界について――』十八章（斎藤栄治訳、岩波書店、一九七五）二二一頁

（3）手沢本はLessing. G. E. *The Laocoon, and Other Prose Writings of Lessing.* Trans. by W. B. Ronnfeldt. London : W. Scott. The Scott Library. 本章では、東北大学図書館蔵「漱石文庫マイクロ版集成」105-1065によった。なお（※）印を付した書き入れについては、既に『漱石全集』第二十七巻（岩波書店、一九九七）に翻刻・収録されている。

（4）三好行雄氏は「近代リアリズムの最後のアポリアが、リアリズムの文体によって夢や無意識をどう描くかという方法論にあるとしたら、漱石はおそらく、そのことにもっとも自覚的だった最初の作家である」としている。（三好行雄「人生と夢 ――「一夜」をめぐって」（『国文学』、一九七六・十一）五〇頁）

（5）内田道雄氏は「実は漱石は人生において絵画的美を索めること自体の撞着《イロニイ》を承知の上でそれを書いたのではないか。」と述べ「かくして「一夜」において「詩」のもつ第一の意義たる美的耽溺は、「人生の寓意的象徴的把握」という第二のより本質的な意義に収斂していく」としている。（内田道雄「「一夜」釈義」（『古典と現代』、一九六七・四）二五頁）

（6）「一夜」に関して「〈活きて居る〉人生を寸刻に縮めて、その転瞬の間を夢にする、この方法でなければ、漱石は夢を現実の侵襲から守ることは不可能だ、と考えたのかもしれない。」とする指摘が、三好行雄氏に既にある。（三好行雄氏前掲論文（4）五二～五三頁）

（7）『漱石全集』第十九巻（岩波書店、一九九五）による。

（8）清水孝純氏は「草枕」において漱石が〈一切を絵として眺める、いいかえれば時間を脱落させるという方法〉によって〈漱石自身にあって激しくせめぎ合う様々な方向の統一調和をはかったのである〉とし、だが那美さんの背後にある〈原罪〉的な宿命という無限の時間を表現することが不可能であるがゆえに、最終的に〈憐れ〉という〈時間に支えられ〉かつ非人情ならざる画題によって完結しなければならなかったとしている。（清水孝純「「草枕」の問題――特に「ラオコーン」との関連において」（初出「文学論輯」、一九七四・三）『漱石そのユートピア的世界』（翰林書房、一九九八）二四二～二四三頁）

第五章　「画」の中への憧れ ――「幻影の盾」「薤露行」

一、はじめに

最も美しい至福の瞬間を永遠にする、という願望が、漱石の初期作品の中に顕著に現れることは前章で論じた。それが「画の中に入る」、というモチーフによって表現されるとき、漱石が「画」をどのようなものとして解釈していたかが見えてくる。すなわち「画」とは因果関係に必ずしも拘泥することなく、ある程度の幅で切り取った時間の流れを「最も美しい至福の瞬間」に凝縮した「コンデンスド、エキスピリエンス」の境地を体現するものであり、さらにはその「最も美しい至福の瞬間」を変質させることなく永遠に保持しうるという性質を持っている。

この二つの理想を同時に充たせるということが、漱石がレッシングの理論を再構築していく中で造形芸術に見出した、もっとも重要な美的価値の一つであったに違いない。そしてこの性質をいかに言語芸術にも応用し得るかを、創作初期に表現方法を模索する上で、特に苦心したものと考えられる。

「一夜」は、これを「画」と「詩」の対立の中に捉え、時間を凝縮した表現（＝画）に不変の「美」の世界を託し、時間の流れに沿って展開する表現（＝詩）に、「美」を求める生身の人間が生きる現実世界をなぞらえながら、この二つのジレンマを寓意的に描き出した作品であった。「画」の世界と「詩」の世界の合一は、「美」と一体化する願望の極致としてそこに表現される。そして実際に不変の「美」を凝縮した世界へ、変化し続ける生身の人間が一体化するという願望を、「一夜」のような観念のレベルとしてだけでなく、実際の行為のレベルとして直接的に描き出したのが、「一夜」の直前直後に発表した「幻影の盾」（明治三十八年四月）と「薤露行」（明治三十八年十一月）の二作であったと考えられる。こうした「画」的な「美」との合一は、結局その後の漱石作品において、文体や構成の面に集中して反映されていくことになるが、その前段階として漱石の思い描く「画」の世界の内実を具体化しながら、「画の中に入る」ことで達成される「コンデンスド、エキスピリエンス」の概念を説明することが必要であった。

この二作は、「薤露行」がアーサー王伝説に基づくマロリーやテニソンの先行する文学作品のパロディとしての要素を持っている点や、「幻影の盾」が純創作でありつつも多くのヨーロッパ中世史や文学に関わる資料を典拠としている点から、比較文学的な視点での分析がなされることが多かった。そうした分野から提出された多くの有意義な指摘は枚挙にいとまないが、本章ではあえてそうした典拠比較を中核に据えることはせず、あくまでこの漱石が「画」にもとめた二つの美的価値をどのように、作品の内容に反映させているかという点に焦点をあてて考察していくこととする。

この二つの作品は、中世ヨーロッパの伝説的な世界を舞台に騎士たちの恋愛を描くものであり、以後ほとんどの作品において、自分自身と同時代の日本を題材にとっていくことになる漱石としては、異色であるといえる。読者にとっても、漱石自身にとっても、あまり身近とはいえない時代と場所をわざわざ選び、架空の舞台設定を念入りに整えながら、ファンタジーの要素を多分に盛り込んで作品を作り上げるということは、明治三十年代末の文壇においてもかなり時流にさからった小説作法であったと言うほかはない。

パロディとは本来〈特定の文学作品や作風を風刺する目的でその特徴を誇張して模倣すること〉[1]であるが、すでに他者が作り上げた枠組や設定の上に、自分の解釈を部分的に付加するというこの行為は、たとえば芥川龍之介の作品にも多く見られる手法である。だが漱石の「薤露行」は、風刺を目的としているわけではなく、またその枠組を借りて自らの解釈に従った主題を提示するという芥川作品ともまた方向性を異にする。むしろすでに成立している美的な虚構の世界を前提として、そこに一体化したいという願望に近いものがあるように思われる。そもそも『漾虚集』に収録された短編の多くが、先行する文学作品や絵画から着想を得たり、それらの一部を引用したりするパスティーシュとしての性格を持っているが、中でも「幻影の盾」「薤露行」は極端な形で既存の虚構的な枠組に強く依拠している。

これらの二作品は、すでに舞台設定の段階から「画の中に入る」というモチーフの本質を示しているといえる。「画」の世界とは、時間を凝縮させることで不変の美を保った世界であるがゆえに、つねに現実と対置される形で成立している。「画の中に入る」という願望の根本にあるものは、何よりも時間を絶え間なく流れさせ、変質をもたらすことで美を脅かす現実を忌避することにほかならない。近代的なリアリズムを求める小説世界において、生身の人間が現実を離れて存在することは不可能であるが、より虚構性の強い世界を設定することで、漱石は「画の中に入る」ことを登場人物の行為のレベルで表現できる場を獲得しようとしたのであろう。

しかし「幻影の盾」「薤露行」における「画」の世界は、幻想的な物語世界にあってすら、その世界における現実と虚構を対峙させながら描かれ、登場人物たちはその二つのもたらす軋轢の中から虚構への道を探り出していく。中世の騎士道世界に生きる「幻影の盾」の主人公ウィリアムは、己の願望をかなえる〈盾〉の世界に沈潜していき、アーサー王の物語に生きる「薤露行」のシャロットの女とエレーンもまた、〈鏡〉〈繪〉〈盾〉の中に自己の「美」的な志向や願望を結実させようとする。彼らの求める超現実的な願望が、こうした区切られた平面の中に収められているという設定を、この二作品が共に示しているのは決して偶然ではない。また両者が美文体で書かれ、漱石が森巻吉に書簡で示したような、文章そのものを味わうための文体が選びとられているのも、作品全体を最終的に一つの「画」

に収斂させ、美的な世界観を完結させようとする意図と、同時に細部からいくつもの「画」を切り出そうとする断面的文学の手法に基づきながら、「画」的な物語世界を構築しようとした結果であろう。

しかし「画の中に入る」ことは、それなりの代償を入るものに要求する行為である。彼らは「画の中に入る」ために、現実での実体性を捨ててひたすら自己の主観の内部へと沈潜し、同時に自らのうちに流れる現実の時間を停止させる。そしてそれは現実のレベルから照射される限り、不毛なる「死」と同義のものである。この二つの作品は、美的な世界観を描き出すと同時に、その美しい「画」と一体化するために何が代償となったのかを示す物語と言ってよい。

しかしそれは単に、現実と虚構の二項対立を設定して、その優劣を競おうとすることではない。むしろそれは、虚構世界にあってさえ両者が表裏一体であることをふまえた上で、現実とのせめぎ合いがあってこそ、一層の悲劇的なロマンティシズムを醸し出す虚構の「画」を描こうとする試みである。以下は、そうした観点から、二つの作品を考えていきたい。

二、ウィリアムと〈一心不乱〉――「幻影の盾」

漱石は「幻影の盾」の冒頭で、作品の創意を次のように述べている。

> 一心不乱と云ふ事を、目に見えぬ怪力をかり、縹渺たる背景の前に写し出さうと考へて、此趣向を得た。是を日本の物語に書き下さなかつたのは此趣向とわが国の風俗が調和すまいと思ふたからである。
> 「幻影の盾」

この〈一心不乱〉という主題は、「幻影の盾」のみならず『漾虚集』全体のライトモチーフとして存在しているという論[2]に見られるように、当時の漱石の創作意識を解読する重要な手掛かりとして捉えられてきた。「『文学論』ノート」におけるMonoconscious Theoryの項との関連からその来歴をさぐる研究[3]や、仏教・禅との関連から、日本的・東洋的な精神を西洋的な題材に盛り込もうとする漱石の意識を読みとること[4]まで、様々な読み解きがなされている。いずれにせよ、この〈一心不乱〉の境地が、「幻影の盾」の中で主人公ウィリアムが最終的にクララへの愛を盾の中の世界で成就させる瞬間——〈是は盾の中の世界である。而してヰリアムは盾である〉——として表現されているという点においては、論者の間でも見解はほぼ一致しているとみてよい。

「幻影の盾」は、二人の領主の間に急な確執が起こり、互いの城が戦端をひらいたことによって、仲を引き裂かれることになった相思相愛の男女をめぐる物語として描かれているが、語り手の視点は常にウィリアムに沿って動いており、クララの視点に寄りそう場面はほとんどない。むしろクララは、少女時代や騎士の四期の恋を語る回想部分を除いては存在感に乏しく、物語内現在において、ほとんど実体性を持った具体的な女性像を浮かび上がらせるような書かれ方はしていない。盾の中から優しく微笑みかける顔や、聖母マリアの姿に重ね合わされる彼女の姿は、最初から観念的な存在としてウィリアムと相対しているかのようである。後に「薤露行」のエレーンが、実体としてのランスロットを離れ、自分の空想の中で築き上げた虚構のランスロットと相対していく構図に通底するものがここにはある。

ウィリアムはクララとの間柄を知っている同輩のシワルドの手引きで、このあと攻撃する予定の敵方の城からクララを逃れさせる算段をするが、出撃の直前にそれが失敗したことを知る。さらに焼け落ちる高櫓の中で城と運命を共にするクララの姿を見たウィリアムは、目の前に現れた馬に飛び乗って異世界へと運ばれていく。

この異世界こそが、ウィリアムが先祖から受け継いだ不思議な〈盾〉の内部であるのだが、ここで彼は現世で救えなかったクララが無事に城から脱出するところを目にし、かねてからの宿願だった恋の最終段階である〈Druerie〉を彼女と達成するのである。〈盾〉＝「画」として一瞬に凝縮され、永遠に不変となった至福の時間を解凍し味わうということが「画の中に入る」ことで叶えられる。これがウィリアムのみの自己完結的な境地であって、真に現実のクララとの相補的な愛の成就にはなり得ていないという指摘はたびたびなされているもの(5)の、ここに漱石の理想形としての「コンデンスド、エキスピリエンス」が表現されていることは間違いないであろう。

むしろ、盾の中の「コンデンスド、エキスピリエンス」を享受するためには、現実のクララは不要とさえ言えるのではないか。現実の中で男女の恋が最終段階を迎えれば、おそらくその後に待っているのは時間の流れがもたらす良くも悪くも現実的な変質でしかないからである。そもそもこの〈過去、現在、未来に渉つて吾願を叶へる〉という〈幻影の盾〉にウィリアムが抱いていた〈最後の望〉とは、現実のクララとの恋が成就することであったとは考えにくい。ウィリアムの望みは、クララとの恋を実現させるという要素と共に、ほぼ常に〈いざといふ時此盾を執つて……望は是である〉〈ヰリアムは幻影の盾を翳して戦ふ機会があれば……と思つて居る〉と、決死の戦いへの覚悟を伴って現れるからである。彼にとって、クララとの恋の成就は平穏のうちに行われるのではなく、「死」と表裏一体のものとして受け止められているように思われる。

この願望の達成と死に密接な関りをもたせようとする意識は、「幻影の盾」の中で、漱石が設定した時代背景からも読みとることができる。「幻影の盾」の時代設定は〈何時の頃とも知らぬ〉とされているが、〈千四百四十九年〉という数字によって、一応の具体的な年代が示されている。だが、漱石がこの作品を書くにあたって主に参考にしたラザフォードの著書『トルバドゥール』(6)と比較検討した場合、漱石が時代設定に使用した箇所がすべて同時代のものではなく、いくつかの錯誤が含まれていることは、岡三郎氏、塚本利明氏によってすでに指摘されている(7)。塚本利明氏は、〈「超自然」の世界にまで飛翔しようとする作家の想像力が、具体的史実によって大きく制約を受ける惧れがあるため〉、年代を特定できぬようあえて時代錯誤を作ったとしている(8)。

しかし、こうした時代錯誤をあえて設定した経緯に、もう一つ漱石の意図を読み取ることができる。すでに塚本利明氏の指摘があるが、〈狼のルーファス〉のような渾名が流行したのは、騎士が勇猛さを競った時代のことであり、貴族たちが雅を重んじる宮廷の中で恋愛遊戯を楽しんだ〈「愛の庁」の憲法〉が〈盛に行はれた時代〉とは異なるということをラザフォードは『トルバドゥール』の中で触れている(9)。漱石は、宮廷風恋愛の時代と、本来はそれに矛盾するような戦乱の世とを、意図的に合体させることで、恋の成就が死と隣り合う状況を積極的に作り出したのであろう。

もっともウィリアムは、理性的な意識の中ではクララとの平穏な日々を望んでいるのであるが、〈幻影の盾〉はウィリアム自身さえ明確に知覚していなかった深層心理に潜む欲望――恋が成就する至福の瞬間が永遠に不変となること――を実現してみせたというほかはない。しかしそれは物理的な「死」をもたらしてウィリアムの時間を停止させることによってではなく、ウィリアムが〈盾〉に現れた自己の願望と完全に同一化することで、自らの実体性と、自他からの相対化の目を失うという形で行われた。かつて〈幻影の盾〉を彼の〈四世の祖〉であり、同名の騎士ウィリアムに託した〈巨人〉は、盾の効力を次のように語っている。

此盾何の奇特かあると巨人に問へば曰く。盾に願へ、願ふて聴かれざるなし只其の身を亡ぼす事あり。人に語るな語るとき盾の霊去る。……汝盾を執つて戦に臨めば四囲の鬼神汝を呪ふことあり。呪はれて後蓋天蓋地の大歓喜に逢ふべし。

「幻影の盾」

〈幻影の盾〉は、願望を成就させる代わりに〈その身を亡ぼ〉し、また〈人に語る〉ことによってその効力を失う。すなわち願望を成就させる代償とは、当初から現実における実体としての存在意義を失い、かつ他者による相対化を拒むことでもあり、[10]〈巨人〉の文言はそれを寓意的に表現していたといえる。ウィリアムが実際に死んでいるか否かは不明であるにせよ、〈盾〉の中にある自己の願望に沈潜することにより、かれは〈一心不乱〉の境地へとたどりつく。

現世的な価値観に従えば、現実における存在意義を喪失することは確かに〈呪〉であるが、完全に自己の内面に沈潜し、相対化の余地すらないほどに一体化できたならば、それは〈蓋天蓋地の大歓喜〉に転換しうる。ウィリアムを盾の世界へと誘う赤衣の女は、水面に映る己の姿をさして〈岩の上なる我がまことか、水の下なる影がまことか〉（傍点原文）と彼に問いかけ、〈まことゝは思ひ詰めたる心の影を。心の影を偽りと云ふが偽り〉（傍点原文）と、現実と非現実的な願望の現世的価値を転倒してみせる。そして〈只懸命に盾の面を見給へ〉と促すことで、〈彼の心には身も世も何もない。只盾がある。髪毛の末から足の爪先に至るまで、五臓六腑を挙げ、耳目口鼻を挙げて悉く幻影の盾である。彼の総身は盾になり切つて居る。盾はヰリアムでヰリアムは盾である〉という段階まで、ウィリアム自身を〈盾〉に現れた願望へと引き込んでいく。

〈盾〉の中の世界は、ウィリアムの恋が成就した瞬間に凝縮され、一つの「画」となる。それは彼が〈盾〉の中で体験した時間のクライマックスであるといえるが、同時に現世で戦禍に巻き込まれ、クララを救うことに失敗するという無念を味わって以来の時間もまた、この「画」をクライマックスとして凝縮しうる。そして同時にクララと出会い、彼女との間に愛情を育んできた少年時代からの時間も、この「画」へと凝縮されていく。〈盾〉の中の「画」に表現された時間は一瞬であるが、その凝縮された一瞬は幾通りにも解凍しうる。〈盾〉の外でウィリアムが体験した時間の幅をそこに長く含みこむほど、その一瞬は密度の濃いものとなっていくであろう。凝縮された時間の幅をどこまで想定するかは、読者の恣意的な判断にゆだねられている。それは、のちに「草枕」（明治三十九年）などで強調される「筋」に拘泥しない態度とも通じているといえる。このように、最終場面を作品全体、もしくは一部分のクライマックスとして、一つの「画面」に凝縮しようとする手法は、このあとも多くの初期作品で踏襲される。

しかし、こうしてウィリアムが「画」になった瞬間は、ウィリアム自身には不変の一瞬として享受されるが、ウィリアムが「画」になるまでを追ってきた読者は、最後に「画」の外へとはじき出されてしまう。「幻影の盾」は次のような一節で締めくくられる。

百年の齢ひは目出度も難有い。然しちと退屈ぢや。楽も多からうが憂も長からう。水臭い麦酒を日毎に浴びるより、舌を焼く酒精を半滴味はう方が手間がかゝらぬ。百年を十で割り、十年を百で割つて、贏す所の半時に百年の苦楽を乗じたら矢張り百年の生を享けたと同じ事ぢや。泰山もカメラの裏に収まり、水素も冷ゆれば液となる。終生の情けを、分と縮め、懸命の甘きを点と凝らし得るなら――然しそれが普通の人に出来る事だらうか？――此猛烈な経験を嘗め得たものは古往今来ヰリアム一人である。

「幻影の盾」

「幻影の盾」の末尾におかれたこの一段落は、「コンデンスド、エキスピリエンス」の概念を的確に説明し得てはいるものの、中世の騎士道物語的世界の末尾に置かれるには理が勝ちすぎ、少々蛇足的であるともいえる。ウィリアムが「画」になった瞬間の、〈是は盾の中の世界である。而して𪜈リアムは盾である〉という一節をもって作品を閉じることもできたであろう。その方が、むしろ「画」的な世界を具体化することにも、〈一心不乱〉という主題を表現するにも、事理に適っていたといえる。実際「薤露行」の末尾では、エレーンの美しい屍を焦点とした「画」に作品全体が凝縮され、「草枕」は〈画工〉の〈胸中の画面〉に凝縮される瞬間を持って締めくくられる。

しかし漱石は、ウィリアムから離れた視点を持って作品の舞台設定から語り始め、次第にかれの内面に肉薄していく語り手を、もう一度ウィリアムから離れさせ、〈カメラ〉の存在する時代から照射させて終わるという構成を作った。それは民話が発語と結語で囲まれるように、自ら冒頭に設定した〈遠き世の物語である〉という虚構の作品世界を、入れ子型構造に収め、完結させるためであったかもしれない。しかし漱石としては、むしろ〈一心不乱〉という主題にこめた「コンデンスド、エキスピリエンス」という概念――流れる時間が変質させる現実を忌避し、不変の「美」を表現した虚構の「画」の中に、凝縮された一瞬となって入りこむこと――が、ウィリアムの体験を描写するだけでは、読者に明確に伝えきれないという憾みがあったとも考えられる。だからこそ、末尾で語り手にウィリアムの体験の意味を「簡潔に」説明させる必要があったのだといえよう。

それゆえに、漱石は続く「一夜」において、「画」と「詩」の対立を寓意的に表現しながら、二つのジレンマを通して、再度「コンデンスド、エキスピリエンス」への憧憬を主題として取り上げる。しかし今度はより現実に近い舞台設定を作り出したがゆえに、この「非現実」的主題は観念的な問答形式によって表現されざるを得ず、小説としては難解であるとの評価を免れなかった。漱石は、もう一度「コンデンスド、エキスピリエンス」を具体化することに挑戦することになる。

「幻影の盾」を発表して以来、比較的近い時期に、類似した舞台設定を用いながら創作された「薤露行」では、もう一度この〈一心不乱〉の主題が再現され、「コンデンスド、エキスピリエンス」の内実が具体化されていく。それは同時に「幻影の盾」では、ウィリアムの体験が一手に引き受けていた「画」の二つの美的側面を、二人の人物に分担させ、「画」の性質をより詳述することでもあった。

三、エレーンとシャロットの女 ――「薤露行」

アーサー王伝説を換骨奪胎した「薤露行」において、漱石独自の改変がより顕著に行なわれているのはエレーンと、シャロットの女に関する部分であると思われる。そして漱石の問題意識にある「画の中に入る」というモチーフ、および「コンデンスド、エキスピリエンス」の概念ともっとも密接に関わり合うのも、この二人をめぐる要素であると考えられる。以下、このエレーンとシャロットの女を中心にこの問題を考察していくこととする。

この二人が作中で果たす役割に関しては、すでに比較文学的な視点から様々な議論が提起されており、就中シャロットの女は、「薤露行」を難解にしている一つの要素として受け止められてきた。漱石がこの作品を構想するにあたって、主に参考としたマロリー『アーサーの死（Le Morte Darthur）』とテニソン『王の牧歌（Idylls of the King）』にはこの人物は登場しておらず、原型となったものはテニソンの「シャロット姫（The Lady of Shalott）」であるとされている。「シャロット姫」は『王の牧歌』に先だって一八三二年に発表されており、さらに一八四二年に改訂が行われた。現在流布しているものはこの改訂版であり、漱石手沢本も改訂版を底本としている。(11) またこれは後年、『王の牧歌』でエレーンとして登場するキャラクターである。[12] つまり、シャロット姫はマロリーのエレーンから構想され、かつテニソンのエレーンに繋がる存在である。[13] 漱石の「薤露行」においては、この二人が別々に登場しつつも根本的には重ね合わされているとする論と、[14] 同一であった二人を別の人物として描き分けているとする論がある。[15]

本章では「画の中に入る」というモチーフとの関わりに集中するために、二人の詳細な来歴にかかわる諸問題については先行研究にゆだね、ここではあえて詳しく触れないこととする。ともあれ、この表裏一体の二人が「薤露行」で共通して行っているのは、〈鏡〉や〈盾〉のように区切られた平面に表現される虚構の世界を凝視するということである。シャロットの女は鏡に映された現実界の〈影〉を見つめながら〈繪〉の中に虚構の世界を織り続け、エレーンはランスロットの残し置いた〈盾〉の世界に投影した自己の願望へと沈潜していく。こうした彼女たちの姿もまた、「画の中に入る」というモチーフを行為のレベルで表現するものとして描かれていることは充分に肯える。

さらに注目すべきなのは、この「画」に向かう二人の姿が、つねに現実忌避もしくは現実拒否の態度と共に描かれる点である。まずはシャロットの女が登場する「鏡」の章から考えてみたい。

漱石の造形するシャロットの女には、テニソンの「シャロット姫」（以下、この作品に登場する主人公をシャロット姫と表記し、漱石のシャロットの女と区別する）を強く模倣した点が多々みられるが、明らかに意図的な改変が加えられた箇所がいくつか存在する。[16]

たとえば、下界を通る人々の姿は〈麦刈る男、麦打つ女〉など、テニソンの第一部に登場する人々に重なる部分もあるが、馬を追う人や、年老いた巡礼、旅商人という通行人の姿は、テニソンでの〈a troop of damsels glad（嬉々とした乙女たちの一群）〉、〈an abbot（修道院長）〉、〈a curly shepherd-lad（巻毛の羊飼いの若者）〉、〈long-haired page（長髪の騎士見習い）〉に見られるような明るい生命力を感じさせる人々とは少し異なる。特に、鉦を打ち鳴らし、病を世間にさらけ出される〈癩をやむ人〉は印象的に描かれ、現世に生きていくことの過酷さ、現実の暗部や辛さを感じさせる。

またテニソンのシャロット姫は、鏡に映った現実をそのまま織物に織り込んでいる[17]。それは夜の中キャメロットへ向かう〈A funeral（葬儀の列）〉のような〈magic sights（異様な景色の数々）〉という、死の影を感じさせるものに代表される光景であるにはせよ、漱石のシャロットの女が織り込む内容は、明らかにこのテニソンのものと差異化が図られている。

> シャロットの女の織るは不断の繪である。草むらの萌草の厚く茂れる底に、釣鐘の花の沈める様を織るときは、花の影のいつ浮くべしとも見えぬ程の濃き色である。うな原のうねりの中に、雪と散る浪の花を浮かすときは、底知れぬ深さを一枚の薄きに畳む。あるときは黒き地に、燃ゆる焔の色にて十字架を描く。濁世にはびこる罪障の風は、すきまなく天下を吹いて、十字を織れる経緯の目にも入ると覚しく、焔のみは繪を離れて飛ばんとす。（中略）恋の糸と誠の糸を横縦に梭くゞらせば、手を肩に組み合せて天を仰げるマリヤの姿となる。狂ひを経に怒りを緯に、霰ふる木枯の夜を織り明せば、荒野の中に白き髯飛ぶリアの面影が出る。恥づかしき紅と恨めしき鉄色をより合せては、逢ふて絶えたる人の心を読むべく、温和しき黄と思ひ上がれる紫を交る〳〵に畳めば、魔に誘はれし乙女の、我は顔に高ぶれる態を写す。長き袂に雲の如くにまつはるは人に言へぬ願の糸の乱れなるべし。
>
> 「薤露行」

シャロットの女は、鏡に映る情景をそのまま織り込んではいない。あるいは鏡から得た題材であるにはせよ、それは〈マリアの姿〉や〈リアの面影〉〈魔に誘はれし乙女〉のように、物語的な虚構性が付加されたものである。そもそも彼女は、現実さえ鏡を通して間接的に見ているのであるから、漱石の描くシャロットの女は反転され平面化された現実を眺めて、さらに虚構の世界を二次的に創作する者としての面を強調したかたちで造形されていると言えよう。〈わが見るは動く世ならず、動く世を動かぬ物の助にて、余所ながら窺ふ世なり。活殺生死の乾坤を定裏に拈出して、五彩の色相を静中に描く世なり〉と、その世界観を表現される彼女は、現実の情景から「画になる」場面を切り取りながら、新たに「画」を創りだす者である。

さらに、テニソンのシャロット姫が〈two young lovers lately wed（結ばれたばかりの若い恋人ふたり）〉の姿を見て、はじめて現実から一線を画した世界に留まる自己に疑問を感じ始めるのに対し、シャロットの女は当初から自発的に、自らの位置を〈折々疑ふ〉ことをしている。そして〈有の儘なる世〉と自らの世界とを比較相対的に見る視点を当初から与えられているのである。それは彼女の歌にも象徴的に表現される。

色やうつろふ、
うつす鏡に、
うつくしき恋、
むかしも今も。」
住みうからまし、
うつゝに住めば、
うつせみの世を、

朝な夕なに。」
「薤露行」

漱石のシャロットの女は、むしろ自分から現実と距離を置くことを選択しているかにも見える。暗く過酷な現実として強調される下界の姿にはあえて関わることなく、美しい虚構の世界へと沈潜していこうとする彼女自身の意志が込められているのである。彼女の営為は、朝夕に色を移ろわせ、変質していく世界を、虚構として美的に昇華しつつ〈繪〉の静止した画面へ保存し続ける役割として読みとるべきであろう。

塚本利明氏によれば、これらテニソンや漱石らのヴァリエーションの元になったシャロットの女におけるそもそもの寓意は、〈人生は夢や空想のなかに浪費されてはならない。影から現実に向かうことによって、死すべき人間の悲しみを味わうという呪いを招くことがあっても、人生は影から現実に向かわなければならない〉[18]というものであり、〈二十世紀初頭には、この作品は普通人生の教訓を含むとされていた〉[19]という。さらに小倉脩三氏は、このシャロットの女はヴィクトリア時代の女性像を比喩したものであり、現実、特に危険なものである「恋」から遠ざけられ、退屈な日常を繰り返す女性が、自分の在り方に疑問を覚えやがて恋をするが、その危険さゆえに命を落とすという〈運命のイロニー〉を表わすと述べる。そしてテニソンの「シャロット姫」におけるモチーフは〈不幸を知って身を賭ける恋〉であるという[20]。つまり、〈夢〉〈空想〉といった美的な虚構が現実と対置され、後者を肯定して前者を否定するという優劣の図式の中で解釈される素地がすでにあり、漱石が「薤露行」を執筆する時代にはよりそれが顕著に主張されていたということになる。

しかし、漱石はこうした文脈の中でテニソンのシャロット姫を解釈してはいないようである。手沢本にそれを証す書き入れはなされていないが、シャロット姫の美しい死への船出は、むしろ現実からの相対化を受けて滅びゆく美的なロマンティシズムの最後の矜持として漱石に受け入れられ、「薤露行」のシャロットの女とエレーンへと引き継がれたのではないか。あるいは「倫敦塔」で漱石が示したような、科学的客観性という現実の前に抹消されつつある「情緒」を救済しようとする意識との共通点をそこに読みとってもよいだろう。シャロット姫の死は、現実に目を向けず虚構の美に耽溺した者へ与えられる懲罰ではなく、むしろ現実に目を向けることを強要され、己の世界を映す鏡と繪を破壊されながらも、自らの死を美的なロマンティシズムの中に演出し、「現実」の仮託者たるランスロットをも、〈She has a lovely face; God in his mercy lend her grace, The Lady of Shalott.（この姫の顔の何という美しさ、神よ、亡き姫の霊に慈悲を垂れたまえ、シャロットの姫君に）〉と最終的に跪かせる「美」の最後のきらめきとして描かれている。シャロット姫の美しい死顔は、むしろ「破壊される」ことの悲劇性を逆手にとって、そのロマンティシズムを結晶化させているとも言えるのである。

漱石の「薤露行」でも、この現実に侵犯され破壊される虚構の美という構図が引き継がれ、滅びゆくものの美と矜持が強調されているように見える。だからこそ、漱石の造形するランスロットは、「鏡」の章の場面ではテニソンの場合よりもさらに攻撃的で破壊的な存在として登場する。ここでのランスロットは、冒頭の「夢」の章や直後の「袖」の章よりも、観念的な存在として描かれている。テニソンのランスロットは、輝かしく明るいイメージで描写され、川のほとりで唄を口ずさむのどかさをまとっているが、漱石のランスロットは、〈真一文字〉に突進する〈銀の光〉〈研ぎ澄ましたる剣よりも寒き光〉として禍々しささえも感じさせる。そしてシャロットの女にとって、現実を虚構に転換する一つ目の装置である〈鏡〉も、さらにそこに映るものを不変の美に転換した〈繪〉も、テニソンより無惨に、しかし劇的に破壊されていく。

しかし更に注意したいのは、「薤露行」の中でシャロットの女がランスロットと眼を合わせるのは、ほかならぬ

〈鏡〉の中だということである。鏡の中で二人の目が合うという設定はテニソンには存在しない。「美」的な「画」の世界を壊すものは、むしろ「画」の中から現れる。虚構か現実か、という葛藤は、どちらか一方のみを偏重する限りは決して生まれ得ず、その対立項を同時にひとつの視野に捉え得た時に初めて立ちあらわれるものだからである。漱石はこの二つに優劣をつけることなく、対等なせめぎ合いの形を描こうとしている。自らの視野である〈鏡〉と、自己表現である〈繪〉を断たれ、依って立つ場所を抹消されることによって滅びようとするシャロットの女は、しかし最後にランスロットに〈末期の呪〉をかける。

「シヤロットの女を殺すものはランスロツト。ランスロツトを殺すものはシヤロツトの女。わが末期の呪を負ふて北の方へ走れ」と女は両手を高く天に挙げて、朽ちたる木の野分を受けたる如く、五色の糸と氷を欺く砕片の乱る丶中に鞺と仆れる。　「薤露行」

むしろシャロットの女は、理不尽に立ちあらわれたランスロットに、最後の一矢を報いたといってよいだろう。虚構は現実によって相対化されることで、否定的な存在へと追いやられる。現実に基づく実利的な功利主義や、科学的な客観性を重んじる「二十世紀」にあって、それはなおさら強いイデオロギーを持った相対化となったであろう。しかし同時に、虚構もまた現実を相対化する。結局のところ、虚構を排して現実のみを生きるということが人間に可能であるのか、むしろ虚構を排した現実などというものがそもそも存在しうるのかという命題は、現実の優位を強調すればするほどクローズアップされるのである。

シャロットの女がなげかけた〈呪〉は、彼女の発展形であるエレーンへと引き継がれる。ランスロットを殺す――

観念としての死を与える――ものは、エレーンの〈空想〉である。

シャロットを通り過ぎたランスロットは、エレーンの住むアストラットの城へと辿りつく。彼に心惹かれたエレーンは、ランスロットに愛の形見としての袖を受け取らせるが、この二人の関係にも、漱石の意図的な原典からの改変が多くみられる。

まずエレーンの内面は、漱石の独自の解釈によって詳細に描写され、彼女の慕情はランスロットとの一体化という形で表現されている。しかし〈いつの間に我はランスロットと変りて常の心はいづこへか喪へる。（中略）エレーンと呼ぶにエレーンはランスロツトぢやと答へる〉と感じ始めるエレーンの心と一体化したものは、エレーン自身が作り上げた虚構のランスロットである。そして〈エレーンは亡せてかと問へば在りと云ふ。いづこにと聞けば知らぬと云ふ（中略）潜めるエレーンは遂に出現し来る期はなからう〉という象徴的な文言が示すのは、エレーン自身がそれを自分の意識の投影であることを自覚しないということであり、また自らの意識を相対化することへの拒否である。

彼女は自らの袖をランスロットに渡し、ランスロットは代りに自らの盾を預ける。盾にはランスロット自身を思わせる騎士と、赤衣の女が描かれている。女は実際にはギニヴィアを模したものであるが、赤衣の袖をランスロットに託したエレーンにとっては、自らの姿をそこに重ねうるものとなっている。実際、彼女はしばしば〈盾の女を己れと見立て、跪けるをランスロツトと思〉っているのであり、〈斯くあれと念ずる思ひの、いつか心の裏を抜け出で、斯くの通りと盾の表にあらはれるのであらう〉（傍点原文）とあるように、盾はエレーンの願望を投影した「画」としての役割を果たし始めるのである。

しかし試合を終えたランスロットは、帰路で病を得て隠者の元へ担ぎ込まれる。マロリーの『アーサー王の死』『マロリー精選』でも、テニソン『王の牧歌』でも、エレーンはこの瀬死のランスロットのもとへ駆けつけ、献身的な看病をしたのち、カメロットへ帰参しようとする彼に求愛し、そして拒絶される。しかし漱石はこの場面で二人を再会させることはない。「薤露行」では、ランスロットは錯乱したまま失踪し、作品中からも行方をくらます。そしてエレーンはアストラットの城で、独り歩きしはじめた自らの空想に沈潜していく。

〈罪は吾を追ひ、吾は罪を追ふ〉（傍点原文）という謎めいた言葉とともにランスロットは姿を消す。〈罪〉とは主君の妃ギニヴィアとの姦通にほかならないが、〈疚しき中に蜜あるはうれし。疚しければこそ蜜をも醸せと思う折さえあれば〉〈ギニギアの捕はれて杭に焼かる、時――此時を思へばランスロツトの夢は未だ成らず〉と表現される彼の願望は、平穏な愛情の成就ではなく、背徳感や破滅と表裏一体であってこそ成立しうるものである。ランスロットの追い求める〈罪〉は、社会的倫理に背くことよりも、むしろその背徳感に快感を覚えるという要素に重点が置かれているといえよう。この漱石が創作した、より深い罪へと誘い込まれていくランスロットの末路は、確かに呪われたものといえる。

しかしシャロットの女からエレーンへ引き継がれた〈末期の呪〉の効力とは、むしろ現実のランスロットを、虚構のランスロットが侵食し、ついには彼の実体性を奪い去ってしまうということではなかったか。エレーンは、〈病怠らで去るかの人の身は危うし〉と告げられたランスロットの喪失に、盾の中で〈重ね上げたる空想〉を何度か壊されかける。しかしそれでも彼女はなお〈あらぬ礎を一度び築ける上には、そら事を重ねて、其そら事の未来さへも想像せねば已まぬ〉と、虚構のランスロットとの愛の世界をさらに構築し続ける。そして〈一人誓へる吾の渝るべくもあらず。二人の中に成り立つをのみ誓とは云はじ〉という境地に達したエレーンの中で、ランスロットへの思慕はもはや自己完結したものと成りおおせている。

むしろ、ここにあって現実のランスロットは、空想の中でエレーンの美しい思慕を不変のまま保持することを妨げかねぬ存在にすらなりつつある。万一、ランスロットが生還し、ギニヴィアとの関係を何らかの形で明らかにすることになれば、それはエレーンの空想を致命的に脅かすものとなったであろう。エレーンの空想にとって現実のランスロットは永遠に行方不明である――それは観念的には死んでいることと同義である――ほうがよいのである。

エレーンは、現実のランスロットの生死を捜索するよりも、虚構のランスロットへの思慕を美しいまま保持することを選び、食を断って死に至る。エレーンの死が自発的に選びとられた死である点も、漱石の大きな改変の一つと言える。実体としてのエレーン自身もまた、自らの空想を破壊しかねない存在だからである。生身の人間として、現実に関わる限り、現実からの侵犯からは逃れられず、また流れる時間の中に存在している限り、〈色やうつろふ〉という時間の経過による「美」の変質も免れ得ない。生身の人間がもっとも美しい瞬間を不変のまま保つ――「画の中に入る」――ためには、実体として生きる時間を止めるほかはない。「死」はここでも、「画の中に入る」代償となっているが、同時にもっとも美しいものを不変のまま保持するための装置として概念化されている。

漱石がとらえた「画」の二つの側面は、「薤露行」の中で二人の登場人物として擬人化されたといえる。随意に切り取った現実を二重三重に反転しながら不変の一瞬へと昇華させ、現実を照射し相対化しうる虚構の美を創造する性質はシャロットの女に象徴され、そしてもっとも美しい不変の一瞬に前後の時間を凝縮させ、さらにその内部へと深く沈潜していこうとする願望を喚起する性質はエレーンの姿に表される。「画」となるべき「画面」はシャロットの女によって切り取られ、エレーンはそれを不変の「画」として永続させるのである。

死せるエレーンの姿は、〈凡ての屍のうちにて最も美しい〉と描写される。「画の中に入る」ことは意識を美しい虚構の中に沈潜させせながら、同時に実体としての時間を止めるということである。〈ありとある美しき衣〉〈白き薔薇、白き百合〉で飾られた舟に横たわり、〈睡蓮の睡れる中〉を〈雪よりも白き白鳥〉とともに流れていく美しい死出の道行きは、彼女の美しい屍の描写に凝縮される。

それは同時に、「袖」の章から生まれた彼女のランスロットへの思慕が完結する瞬間であり、「鏡」の章以来のシャロットの女の〈末期の呪〉が結実する瞬間である。さらにまたギニヴィアとアーサー、そしてランスロットを巡る時間を巻き込みながら、同時に「薤露行」全体もまた、その瞬間に一枚の絵として凝縮されるのである。こうして「幻影の盾」と同じように、最終的に作品全体、もしくは部分が「画」として凝縮される構成をとりながら、「画」の二つの性質を示すシャロットの女とエレーンの運命を描くことで、「画の中に入る」ことの内実をより明確にし、漱石は「コンデンスド、エキスピリエンス」という概念を、より具体的に提示していったのである。

四、「草枕」への道筋

「薤露行」の五つの章は、さながらそれぞれが五枚の「画」へと結実するかのように構成されている。たとえば、第一章「夢」では、章中で何度も「画面」として切り出し得る場面が描かれる。冒頭のランスロットを待つギニヴィアの姿も、窓から見える五月の美しい風景も、罪悪感を象徴する冠を抑えるギニヴィアの姿も、彼女の見る薔薇の夢も、それぞれが、色彩や造型美を意識して描写され、画題となりうる場面に仕上がっている。またそれらは、個別に味わうことも出来るが、アーサー王を裏切りつつ恋に落ちる二人の罪悪感や、剣術試合に赴くことを二人に決意させる罪の露見への恐れといった章全体の「筋」と結び付けながら味わうこともできる。そしてこうした「画」の数々は章末で、ランスロットが馬上から冠を槍の穂先にかけ、窓から見送るギニヴィアに差し出す瞬間に凝縮されていく。章末の場面もまた、個別の「画」として成立しうるが、同時に章全体の「筋」のクライマックスとしても存在し、章中に現れたいくつもの「画」を内包しているともいえる。

他の四つの章も、ほぼ同様の構成をとりながら、多くの「画」を立ち上げ、それを最後の場面に内包し、章全体を凝縮させ、クライマックスとしての「画面」を成立させる。第二章「鏡」では、割れる鏡の中でランスロットに呪いをかけながら息絶えるシャロットの女に、(21) 第三章「袖」ではそれぞれ互いの内なる葛藤を経て、ランスロットに自らの赤い袖を受け取らせたエレーンと、受け取ったランスロットの姿に、そして第四章「罪」では、円卓の騎士たちに罪を糾弾され、壁に倒れかかるギニヴィアと困惑するアーサー王の姿に、第五章「舟」はエレーンの美しい屍と、それに泣き縋るギニヴィアに、それぞれを最終的な「画」として凝縮される。

最終章「舟」の末尾におかれたエレーンの美しい屍は、前節で述べたように「薤露行」全体を集約する焦点としても成立しているといえる。そしてこの「画」は「薤露行」という作品全体の「筋」にも、部分的な「筋」にも結び付けることができると同時に、「薤露行」自体が長大なアーサー王物語の世界から切り取られた「部分」であることを考え合わせれば、さらに大きな「筋」を内包するものであるとも考えられる。

こうした異なる長さのコンテクストと個々の「画」の関連が、幾通りも存在するという構造は、このあとも「草枕」に受け継がれていく。こうした構造は、レッシングの芸術論『ラオコーン』を漱石が独自に再構築しながら見出した「断面的文学」の手法とも重なり合うものであるが、その詳しい影響関係については次章にゆずりたい。しかし、漱石はこのような構造を通じて、「画」を「詩」で描くことを試みようとしたといえる。ある一つの焦点に向かって、長さの異なるコンテクストが凝縮していく「画面」を中心に据え、その周囲にいくつか独立した「画面」を配置することによって、それは画題と背景が連関する西洋画的な空間を生み出している。

「薤露行」以後、漱石は同時代の日本社会から隔絶した幻想的な物語世界を独自に構築することは行わない。しかし明治の日露戦争期を生きる西洋画家が、画題を探しに那古井への旅に出る「草枕」を通して、漱石はよりいっそう現実的日常に近い場所に、「画」となるべき「美」を求め、それを切り出しながら「詩」で「画」を描く試みを続けて行くのである。

〔注〕

（1）川口喬一・岡本靖正編『最新文学批評用語辞典』（研究社、一九九八）二一六頁

（2）上田正行「〈一心不乱〉ということ――『漾虚集』のライトモチーフ」（「金沢大学国語国文」、一九九六・二）

（3）岡三郎『夏目漱石研究　第一巻　意識と材源』、国文社、一九八一

（4）山田晃「幻影の盾叙説」（「青山学院大学文学部紀要」、一九九五・一）

（5）五十嵐礼子「『幻影の盾』――クラ、に〈Druerie〉はあったのか――」（「日本女子大学大学院の会会誌」、一九九八・三）

（6）漱石手沢本はRutherford, J. *The Troubadours: their Loves and their Lyrics*. London : Smith, Elder &T Co. 1873本章での引用は東北大学図書館蔵「漱石文庫マイクロ版集成」172-0453及び、漱石手沢本と同版の実践女子大学本間文庫蔵本を参照した。

（7）たとえば作中でシワルドが語る〈ボーシイルの会〉は漱石が典拠とした『トルバドゥール』によれば一一七六年の出来事であり（岡三郎「夏目漱石におけるヨーロッパ中世文学――「幻影の盾」の材源研究」（「青山学院大学文学部紀要」、一九七六・三））、また〈「愛の庁」の憲法〉とは、十二世紀末に司祭アンドレ・ル・シャプランによって作られたとされる騎士道恋愛の教書であると『トルバドゥール』に記述がある（塚本利明『漱石と英文学――漾虚集の比較文学的研究――』改訂増補版（彩流社、二〇〇三）第二章「幻影の盾」（初出「『幻影の盾』とアーノルドの『トリストラムとイスールト』」

（「日本比較文学会会報」、一九七五・四）、「『幻影の盾』の背景」（「専修人文論集」、一九七六・十二）、「『幻影の盾』の背景（二）――主としてテニスンとの関係をめぐって」（「専修人文論集」、一九七九・一）、「『幻影の盾』の構成」（「専修大学人文科学研究所月報」、一九九五・五）、「『幻影の盾』におけるM．アーノルド」（「専修人文論集」、一九九六・十）

（8）塚本利明氏前掲書（7）

（9）〈The Court of Love changed all this.(...)And he, unlike his rude ancestors, who endeavoured to satisfy their thirst for renown by meriting such epithets as "Ironsides", "Hammer", "Wolf", and even "Devil", sought thenceforth and above all things, to be distinguished as a *gentle*-man.（宮廷風恋愛はこうした状況（訳注…ラザフォードは宮廷風恋愛の時代までは全体的に洗練されぬ暴力的な時代であったとしている。）を一変させた。（中略）そして「剛勇」「大槌」「狼」「悪魔」といった渾名にかわる名声への渇望を満たそうと努めた粗暴な父祖たちとは打って変わって、彼ら（訳注…宮廷風恋愛の影響を受けた男性）は、それ以後なににも増して、優れた『紳士』たることを求めたのである。）〉Chap.III 'Court of Love' pp88-89.（日本語訳は神田による。イタリックは原文。）

（10）盾の効力が、本来の持ち主であった〈巨人〉には救済をもたらしていないとする指摘もなされてきたが（山田晃氏前掲論文（4））、〈巨人〉はこのとき実際に死ぬことによって〈浄土ワルハラに帰〉り、ウィリアムと同様の内面的な救済を得たのであるとも解釈しうる。

（11）塚本利明『漱石と英文学――漾虚集の比較文学的研究――』改訂増補版（彩流社、二〇〇三）第四章「薤露行」（初出「『ギニヴィア』の『夢』について」（「専修大学人文科学研究所月報」、一九七七・十二）、「『薤露行』の基本構造――マロリー、テニソン、漱石」（「専修英米研究」、一九九一・三）、「『薤露行』におけるランスロットとギニヴィア」（『近代の文学』、河内書房新社、一九九三））

（12）塚本利明氏前掲書（11）

（13）テニソンのシャロット姫の来歴に関しては小倉脩三「「薤露行」――その材源をめぐって」（「国文学ノート」、一九九二・三）に詳しい。

（14）江藤淳『漱石とアーサー王伝説』（東京大学出版会、一九七五）、他。

（15）塚本利明氏前掲書（11）。ただし「幻影の盾」では重ね合わせを行い、ウィリアムの造型に繋げているとする。

（16）以下「シャロット姫」本文は漱石手沢本（Tennyson, A. *The Poetical Works of Alfred Lord Tennyson.* (*The Lady of Shalott and Other Poems.*) 23 vols. London : Macmillan & Co. The People's Edition, 1895）に従い、日本語訳は西前美巳編『対訳テニスン詩集』（岩波文庫、二〇〇三）に依拠する。

（17）西前美巳氏前掲書（16）の注記に依る限り、このように解釈されるのが一般のようである。ただし、城下の通行人たちが登場する連に続く、姫が織り込む内容の連は逆接の〈But〉から始まっており、こうした明るい情景が彼女の織物に表現されているかどうかは疑問が残る。

（18）“The Shorter Poems of Alfred Tennyson” の編者チャールズ・ヌッターの解説。訳は塚本氏による。（塚本利明氏前掲書（11）四〇三頁）

（19）塚本利明氏前掲書（11）四〇三頁

（20）小倉脩三氏前掲論文（13）九二～九三頁

（21）この場面は原典であるアーサー王伝説の中でも画題として好まれ、多くの画家によって何枚もの絵画に結実している。漱石もこうした絵を何種類か見ている可能性が、塚本利明氏によって指摘されている（塚本利明氏前掲書（11））。

第六章　「画」を「詩」で描くために ――「草枕」

一、はじめに

すでに前章で見てきたとおり、「画の中に入る」モチーフは、「幻影の盾」「薤露行」において、登場人物が実際に「画」に凝縮された美しい願望の世界へ沈潜していく行動を通してアレゴリカルに表現された。語り手はウィリアムやエレーンの行動を、突き離すように相対化してみせることはなく、むしろ「自他による相対化を排した〈一心不乱〉の境地」を体現する彼らに寄りそうように叙述を続ける。中世ヨーロッパの伝説的な騎士道世界を舞台とし、あるいは先行する虚構の世界を枠組みとして利用するがゆえに可能となったこのような描き方は、現実の同時代を舞台とした作品を作り上げることを志向したとき、変容せざるを得なかったはずである。

この二作にはさまれた「一夜」では、具体的とはいえないにせよ同時代の日本とおぼしき舞台設定がされ、語り手も作中人物たちと比較的近い距離からそれを描写している。しかし「一夜」の主題は「画」と「詩」の対立をめぐる表現のジレンマを、問答形式で観念的に示唆するに留まる。現実世界を背景に、「画の中に入る」モチーフを登場人物の行動のレベルで表現することは至難である。この後、漱石の「画」をめぐる美意識は、「画の中に入る」人物を視点に据えて描かれることなく、むしろ「画」となりうる瞬間を第三者的に捉える視点から描かれていくことになる。

「幻影の盾」「薤露行」では、各場面や章、物語全体、また前提とする物語までふくめた幾通りもの時間の幅が、一つの「画」へと凝縮していくような構成がとられた。また同時にそれぞれに独立的な「画」として切り出すことのできる印象的な場面が、全体の中に点在する。この同心円的な一つの「画」と、点在する複数の「画」を同時に配置するという構造が、この後の「画」をめぐる作品群に中心的に引き継がれていく。「草枕」（明治三十九年九月）では「画になる場面」を第三者的に捜しもとめる役割が〈画工〉に託され、日露戦争時の日本というある程度リアリティをもった舞台設定の中で、「画」と現実の一体化する瞬間を捉える機能を果たしている。

「草枕」は、多くの分野との関連が指摘される作品の一つであるが、〈画工〉である主人公が〈胸中の画面〉を成就させるまでが主題となっているが故に、美術との関連はひときわ強く言及される傾向にある。作中で引用されるミレイの「オフィーリア」をはじめとする多くの絵画作品、また絵画論・芸術論との比較研究は特にさかんになされており、造形芸術との影響関係から多数の解釈の道筋が模索されてきた。(1) 本章では、漱石がこうした文学と美術の密接な関わりについて意識的であったことをうかがわせる証左としてしばしば言及される、十八世紀ドイツの劇作家・評論家レッシングの芸術論『ラオコーン』（一七六六）が「草枕」に与えた影響を改めて検討してみたい。

「草枕」の作中にも直接取り上げられるこの評論は、すでに清水孝純氏によって、作品全体の構想に関わっていることが示唆されている。(2) 漱石はこの『ラオコーン』の英訳版を所有しており、(3) それには彼自身の手によってなされた書き入れが多く存在する。(4) 言語表現と造形表現の関係を、「時間」と「視覚性」という二点から照射するレッシングの理論を要約しつつ、時に論戦とも言える形で、細かく反論を書き入れる漱石の筆跡からは、レッシングに一部では共感しつつも、独自の見解を交えて、その論を再構築しようとする意識がうかがえる。第四章ですでにふれた部分ではあるが、「草枕」全体の解釈のみならず漱石の「文学」概念の形成に大きく関わっているとみられるこの再構築に関して、より詳細にみていくことにしたい。

二、『ラオコーン』と「断面的文学」

レッシングの『ラオコーン』は、造形表現（画）を瞬間的なもの、言語表現（詩）を継続的なものとし、含みこまれる時間の長さによって区別しつつ両者を捉え、それぞれの特性に適応した表現を選択すべきであると主張する。そもそも『ラオコーン』は題名が表す通り、ギリシャ神話において神の怒りをかい、蛇に絞殺されるトロイの神官ラオコーンを表現した彫刻像をめぐる芸術論であるが、論の起点はドイツの美術史家ヴィンケルマンが像に表現されたラオコーンの苦痛の表情が芸術表現として妥当か否かという問題を、造形芸術と言語芸術の区別を立てぬまま論じたことに、レッシングが異を唱えたことから始まる。しかしこれは単に、美術作品における明からさまな感情表現を是か非かとするだけの問題にとどまらず、絵画の題材となる場面を多く含む言語表現をより優れたものとして評価する、当時の造形と言語の安易な互換性に対しての反駁へと接続されていく。

レッシングは造形芸術を、〈唯一の瞬間（single moment）〉が〈不変のまま永続（unchangeable duration）〉するものとして捉え、また実体として視覚に直接訴えるために、もし苦痛の表情などの弱さや見苦しさを与える否定的な「醜」さの〈極み（climax）〉を表現すれば、その表現された一瞬が常に直接の不快感を与え続けるとする。これに対し、言語芸術は継続的な表現であり、ある程度の幅をもつ時間の流れの中で常に変化が起っているものとして捉える。この場合、「醜」であるものを表現する部分が存在したとしても、先行部分や後続部分までを含めて捉えたときに、そこで対象（主に人間が想定されている）が「醜」的な行為を行わざるを得なかった事情や、他の美徳が語られることによって、その「醜」さが〈緩和され（softened down）〉、〈調整される（counteracted）〉のであると述べる。

この部分が論じられている三章と四章で、漱石はもっとも多くの反論を書きこんでいる。書き込みの多寡のみで漱石の関心の度合いを短絡的にはかることはできないが、漱石が造形芸術と言語芸術にそれぞれ含みこまれる「時間」という要素に、強い注意をおいたことは充分に窺える。漱石は、『ラオコーン』三章に次のように書きこんでいる。

moment ノ perpetuation ハ何レノ moment ヲトルモ同ジ事ナリ、climax モ其前モ異ナル所ナシ、momentary phase ヲ perpetuate スルガ為ニアシトナラバ其前ノ phase ヲトルモアシキ訳ナリ、

（手沢本23頁※）

ここで呈された漱石の疑問は、造形芸術においてもやはり言語表現と同様に、唯一の瞬間が不変のまま永続するのではなく、ある程度の前後を含みこむ時間の幅が存在しているのではないかというものである。三章でレッシングは、この造形芸術が選ぶべき「唯一の瞬間」を〈想像力に自由な活動を許す（allows free play to the imagination）〉ものとして想定しているが、それならばなおさら、前後の時間を切り離した唯一の瞬間などという概念は存在しえないものとなる。それゆえにクライマックスを避けることに意味はないと漱石は考える。そして同じ頁の下欄から右側空欄へと、漱石はさらに疑問を書きつけている。

前後ヲ忘却シテ絵画彫刻又詩文ニ同化スルトキ尤モ愉快ナリ　左ラバ representation 以後又ハ以前ノ phases ヲ imagine スルトキハカ、ル余裕アルダケ夫丈拙作カ？　曰ク unstable ナル phase 即チドウシテモソコニトドマリ能ハザル phase ヲ写ストキハ常ニ此 imagination ヲ起ス、（如何ニ representation ガウマクトモ）lion ノ将ニ飛ビカ、ラントスルガ如シ　是ハ representation 中ニ時ヲ含ムナリ one section ニテハ complete ナラザル故ナリ

（手沢本23頁※）

むしろ漱石にとって、造形芸術に含みこまれる時間とは、画面に表現された瞬間へ、その前後に流れていた時間の幅を凝縮した形で存在しているのであり、観者の想像の中でその凝縮された一瞬が解凍され、再び時間に沿って動き出すことにより完成する表現なのである。ごく現代風に形容するならば、漱石が想定する「画面上の一瞬」とは、サムネイル表示された動画ファイルのようなものであろう。結局、二十四章において、造形芸術に表現された「醜」さは、不快感だけをつねに不変のまま与え続けるが、同時に喚起される滑稽さやおかしさ、恐ろしさといった肯定的側面として捉えるべき印象は、何度も繰り返し鑑賞するごとに薄れてしまうという、矛盾した結論を述べるレッシングに対し、その部分に傍線を引いて〈説得テ未ダ精緻ナラズ〉（手沢本145頁※）と書きこむ漱石は、造形芸術が含みこむ時間の幅の本質により精密に迫っていたといえよう。

また漱石は、言語芸術についても手放しでレッシングに賛同するわけではない。十六章でホメロスの描写は継起的でしかなく、その一瞬一瞬を切り出すことはできないと述べるレッシングに、漱石は次のように述べる。

progressive action ノ single moment ハ立派ナル画ニナルナリ、action ヲアラハス画トシテハ詩ニ及バザルベケレドモ state ヲアラハス画トシテハ詩ヨリモ優ルベキナリ、state トハ single moment ノ state ナリ、

（手沢本92頁※）

継続的な動作において、〈state〉を表現しうる一瞬を抜き出せると主張する漱石は、言語芸術における時間が完全

に継続的なものなのではなく、むしろ凝縮された一瞬として画面を切り出しうる「部分」の集合体として存在しているのであると考えているように思われる。すなわち前述の造形表現に対する解釈をふまえてこの書き込みを読み解くならば、〈唯一の瞬間（single moment）〉を、前後を含みこまない完全な一瞬として捉えるレッシングが、言語表現は状態をすべて描写した最後の瞬間まで待たねば全ての物体が配置された空間が生成されないとするのに対し、漱石は「最後の瞬間」でなくとも、あらゆる〈single moment〉に〈progressive action〉が凝縮されており、画面として切り出しうると考えていることになる。

それゆえに、漱石はレッシングが主張する言語表現の〈緩和（softening）〉作用にも反論している。束の間の「醜」要素は、既に前後で述べられた美徳を含めて考え合わせれば決して作品全体の瑕瑾にはならないというレッシングの論に、〈必ズシモ然ラズ　momentary impropriety ハ全局ヲ破壊スルコトアリ　淑女ガ一日密夫ヲ作ルガ如シ〉（手沢本25頁※）と漱石は述べる。前後に因果関係や事情が長く詳細に書き込まれていさえすれば、一時的な不適切さが緩和されるということは必ずしもあり得ず、むしろ全体の調和を台無しにする可能性があると指摘するのである。

この意識を、清濁併せ飲もうとするレッシングのある意味大らかな包容力に対し、夾雑物の存在自体を許さぬ漱石の潔癖さとして受け取ることもできるかもしれない。しかし「必ズシモ」と前置きする漱石の書き方を見る限り、むしろそれは両者の「全局」の捉え方に起因する差異ではなかったかと思われる。

レッシングにとって「全局」は漠然と作品の最初から最後までをさすものとしてしか認識されてはいないが、漱石にとっては作品「全体」であると同時に、作品の内部における任意の「部分」でもあり得たのではないか。つまり〈progressive action〉を〈progress〉させる幅が、一つの作品内において複数存在しうる可能性を漱石は想定していたと言えるのである。

漱石は『文学論』（明治四十年刊）の第三編第一章において、「断面的文学」という概念を提唱している。これは科学と文学の対比から導き出されたものであるが、時間的推移に従い無限に生起する現象や因果関係を間断なく追わねばならぬ「科学」に対し、「文学」はそこから随意に局部を切り取って「時」とそれに付随する因果関係（同時にそれは漱石が随所で「筋」と呼ぶものに通底する）を〈閑却〉することができると述べる。この〈無限無窮の発展に支配せらる、人事自然の局部を随意に切り放ちて「時」に関係なき断面を描き出すの特許を有す〉るものが「断面的文学」であり、〈一時的の消えやすき現象を捉へて快味を感ずる人は文学者にありても彫刻家、画家に近きものなり。我が邦の和歌、俳句若しくは漢詩の大部分の如きは皆此断面的文学に外ならず〉と漱石は結んでいる。

こうした「時」を「閑却」するということは、レッシングの述べるように前後のない完全な一瞬を捉えることではなく、そこに断片的に描き出された叙述に、前後に含みこまれる時間を凝縮するということになるだろう。漱石の提唱する「断面」はレッシングの言う〈唯一の瞬間〉とは自ずと異なっている。こうした時間の凝縮と解凍は、漱石が『文学論』第一編第一章で述べる「F」（焦点）を意識の流れから抽出するという発想と根を同じくしていると考えられる。この「F」を抽出すべき意識の幅を、漱石は〈一刻の意識〉、〈個人的一世の一時期〉、〈社会進化の一時期〉というように想定する。意識の幅をどう切り取るかは、任意であると言いきれるほど恣意的なものではないにせよ、かなり多くの可能性が存在していると言える。ともあれ、こうした焦点というものを意識して「文学」の基本的な構造を組み立てるという漱石の発想は、言語で叙述されたものでありつつも、最終的に読者の脳裏にその表現から一つの画面が凝縮されうることを「文学」の一つの可能性として想定していたがゆえのものではなかったか。「草枕」の画工が、あくまで実体的な絵画としてではなく、観念の中で〈胸中の画像〉を成立させるのも、そうした意識に基づいた帰結であったように思われるのである。

三、「断面的文学」としての「草枕」

前節で見てきたように、レッシングへの反論から窺える漱石の「時間」への意識は、かなり観念的な問題として『文学論』で理論化されているが、こうした漱石独自の造形表現と言語表現との互換性についての解釈が、具体的に「草枕」にどのように応用されているかを以下で考察していくことにする。

その前に、もう一度漱石が『文学論』で述べた「F」を抽出する意識の幅について確認しておきたい。こうした意識の幅は、当然のことながら別個に存在するものではなく、より大なる意識の幅が、小なる意識の幅を内包する入れ子型構造として存在するものである点を考え合わせると、作品内部に設定された意識の幅とは、一つの作品内で、初めから終わりまでを含めた全体でもあり、切り取りうる部分的なもの（＝断面）でもある。となれば、この意識の幅は、二種類の配置によって作品内に存在していることになる。すなわち一つの「F」に収斂する同心円として意識の幅がそれぞれ配置されている場合、そして複数の幅が共存・点在する場合が想定できる。

まず前者の、一つの「F」に対する同心円として存在する意識の幅が、それぞれ凝縮されていく過程を考えることにする。「草枕」において、最後におかれる〈画工〉の〈胸中の画面〉は、まさに作品内の焦点「F」といってよく、文字通りこの〈画面〉に多くの意識の幅が凝縮されていくことになるが、その意識の幅はさまざまに想定できる。

たとえばこの〈胸中の画面〉を、十三章の最終場面で、駅を出立する三等列車から〈髭だらけな野武士〉が顔を出し、まさに那美と目を見合わせるまでの時間を圧縮する焦点「F」として捉えることも可能であるし、また十二章末尾で言及されている〈野武士〉と那美がかつて夫婦であったという因果関係をふまえて、那美に〈憐れ〉を喚起させた背景までもを凝縮した「F」として受け取ることも可能である。さらに十章で画題とすべき具象的な〈椿が長へに落ちて、女が長へに水に浮いてゐる〉構図を獲得し、那美の顔にもっとも望ましい表情を見い出すまでの〈画工〉の葛藤が凝縮された「F」として受け取ることもできる。さらに〈画工〉が何をどのように表現すべきかということ自体を模索しはじめた六章以来の流れを凝縮した「F」として捉えることもできるということになる。そして、当然この場面は、〈画工〉が〈非人情〉の境地を求めて那古井に足を踏み入れ、最終的に那美の顔に〈憐れ〉の表情を見つけることで〈胸中の画面〉を〈成就〉させるという「草枕」全体の焦点として存在している。

そして後者の、点在する複数の「F」と、それぞれの「F」に付随する意識の幅もまた、「草枕」においていくつも見い出すことができる。作品の中心に据えられた〈画工〉の〈胸中の画面〉の成就とは直接に関らない部分における事柄――たとえば出征していく久一に即しても、〈画工〉の〈心のカメラに焼き付〉いた茶店の〈婆さん〉に即しても、〈写生帖〉に〈描き取〉られる停車場の〈田舎者〉たちにも、また人物以外を描写する部分――においても「F」を抽出すべき時間の範囲というものは設定することができる。そしてそれらもまた、それぞれの焦点「F」に向かって凝縮させ、「時」を〈閑却〉させた「断面」として切り出すことができるのである。

さらに、「草枕」の作品中には多くの漢詩や俳句、俗謡が登場し、先行する文学作品の一節も多数引用されている。これらは、「草枕」から独立した別個の作品でありながら、同時に「草枕」の物語世界を構成する描写の一部として味わうこともできる。またそれらの多くは〈画工〉によって作られたものであり、彼は画家でありながら、決して絵画に特化することなく、対象にもっとも適切な表現の手段を模索する。

六章は、この模索がさまざまな形式の表現のバリエーションの中で行われる部分であるが、〈画工〉が表現しようとする対象である〈心持ち〉は、〈潢洋たる蒼海の有様〉と一句で形容することもでき、また〈沖融〉〈澹蕩〉のような一語の熟語によって表現することもできる。字数の上では非常に単簡な表現ではあるが、それでも〈心持ち〉の中に含有される意識の幅を、それらは確かに凝縮しており、さらに漢字そのものが持つ独立した意味を同時に内包している。漢詩や俳句、俗謡として表現されたときもまた同様に、含有される時間の幅を変えながら、全体と調和しつつも独立している「断面」として存在していると言えるのである。

これらは、漢詩や俳句のような明確な形式を取らない描写においても同じである。例えば十一章で語られる観海寺までの道のりでは、〈画工〉が石段をめぐって〈トリストラム、シャンデー〉から円覚寺の〈頭の鉢の開いた坊主〉までを饒舌に回想したり、寺内の〈覇王樹〉や〈木蓮〉について詳細に描写を施したりする。

石甃を行き尽くして左へ折れると庫裏へ出る。庫裏の前に大きな木蓮がある。殆ど一と抱もあらう。高さは庫裏の屋根を抜いて居る。見上げると頭の上は枝である。枝の上も、亦枝である。さうして枝の重なり合つた上が月である。普通、枝があゝ重なると、下から空は見えぬ。花があれば猶見えぬ。木蓮の枝はいくら重なつても、枝と枝の間はほがらかに隙いてゐる。木蓮は樹下に立つ人の眼を乱す程の細い枝を徒らには張らぬ。花さへ明かである。此遥かなる下から見上げても一輪の花は、はつきりと一輪に見える。其一輪がどこ迄簇がつて、どこ迄咲いて居るか分らぬ。それにも関らず一輪は遂に一輪で、一輪と一輪の間から、薄青い空が判然と望まれる。花の色は無論純白ではない。徒らに白いのは寒過ぎる。専らに白いのは、ことさらに人の眼を奪ふ巧みが見える。木蓮の色は夫ではない。極度の白きをわざと避けて、あたゝかみのある淡黄に、奥床しくも自らを卑下して居る。余は石甃の上に立つて、此おとなしい花が累々とどこ迄も空裏に蔓る様を見上げて、しばらく茫然として居た。眼に落つるのは花ばかりである。葉は一枚もない。

木蓮の花許りなる空を瞻る。
と云ふ句を得た。どこやらで、鳩がやさしく鳴き合ふて居る。

「草枕」

この木蓮についての描写は、この部分だけを単独で書き抜いたとしても、充分に一編の俳文として成立する。また、この場面がもし存在しなかったとしても、〈画工〉が表現方法を模索し、那美の顔に浮かんだ〈憐れ〉に〈胸中の画面〉を成就させるという「筋」には、ほとんど支障は出ないはずである。

しかし、この場面は「草枕」から独立した別作品としても味わい得るが、同時に「草枕」全体の中においても、調和を乱すような異質さとして浮き上がることはなく、文体の面でも作品全体の基調から外れることはない。そして観海寺の庭を歩く〈画工〉の意識の連続の中にも自然に位置づけることができる。またさらにこの場面に関しては、内容の面でも、〈どこ迄簇がつて、どこ迄咲いて居るか分らぬ。それにも関らず一輪は遂に一輪で、一輪と一輪の間から、薄青い空が判然と望まれる〉という木蓮の花の配置が、この「断面的文学」的な構成を象徴的に示しているといえる。(5) こうした余談的描写とも呼べる、あえて本筋から離れたところにも複数の小宇宙的な言語表現を形成するような意識の幅は、「草枕」の随所に意識的に挟み込まれているのである。

「草枕」はこうした同心円として存在する複数の時間の幅と、点在する複数の小宇宙的な時間の幅を混在した形で構成されていると言える。漱石が〈プロットも無ければ、事件の発展もない〉と「草枕」を評したのは有名であるが、(6) この自評が、「草枕」の中で時系列に沿って展開する「筋」が否定されているような印象を与えるにも関わらず、同時に「草枕」という作品が、「筋」のある長編小説としても成立している印象を与えるという事実は、このような構成の面からとらえる限り、全くの矛盾であるとも言いきれない。

では、なぜ「草枕」においてこのような構成の手法がとられる必要があったのか。以下で主題との関わりを考えることにしたい。

四、「草枕」の構成と〈胸中の画面〉の〈成就〉

まず、本筋から離れたところにも、複数の小宇宙的な言語表現を形成し得る意識の幅が点在するという手法は、漱石が「低徊趣味」と呼び、写生文などにおける〈面白味〉を引きだす要素として捉えたものと重なる。また「筋」のみならず、こうした余談的要素に面白味を感じる余裕は、漱石が写生文を写生文たらしめる必須要素とした〈作者の心的状態〉、すなわち作者が対象に対して、客観化できる距離を常に保ち続けるという態度とも通じている。

文章に低徊趣味と云ふ一種の趣味がある。是は便宜の為め余の製造した言語であるから他人には解り様がなからうが先づ一と口に云ふと一事に即し一物に倒して、独特もしくは連想の興味を起して、左から眺めたり右から眺めたりして容易に去り難いと云ふ風な趣味を指すのである。（中略）所が此趣味は名前のあらはす如く出来る丈長く一所に佇立する趣味であるから一方から云へば容易に進行せぬ趣味である。換言すれば余裕がある人でなければ出来ない趣味である。

「虚子著『鶏頭』序」（明治四十年）

写生文と普通の文章との差異を算へ来ると色々ある。色々あるうちで余の尤も要点だと考へるにも関らず誰も説き及んだ事のないのは作者の心的状態である。（中略）自分が泣きながら、泣く人の事を叙述するのとわれは泣かずして、泣く人を覗いて居るのとは記叙の題目其物は同じでも其精神は大変違ふ。写生文家は泣かずして他の泣くを叙するものである。（傍点原文）

「写生文」（明治四十年）

「草枕」において主題の一つとなっている〈非人情〉も、こうした態度と根を一つにする心境であると考えられる。この〈非人情〉な態度の実践者として造形された〈画工〉もまた、〈是からさきを聞くと、折角の趣向が壊れる〉と那美の過去にあった事件の詳細に立ち入ることを避け、また実際の那美に接する際も、核心に直接には触れぬような曖昧で隠微なやりとりを繰り返しながら、常に対象との距離を保とうとする。

また九章で〈画工〉が那美とともに、メレディスの『ビーチャムの生涯』を読む読み方は、こうした作品中の「断面」に注目し、それを拾い上げる方法を端的に示している。〈画工〉は小説の頁を適当に開いて拾い読みをし、〈小説も非人情で読むから、筋なんかどうでもいゝんです。かうして、御籤を引くやうに、ぱつと開けて、開いた所を、漫然と読んでるのが面白いんです〉と述べる。そして英語の原文を、日本語に置き換え、一部を抜かしたり足したりしながら語り聞かせ、登場する〈男と女〉の素性や、この場面に至る経緯などを敢えて追求しない態度を取りながら〈その場限りの面白味〉を強調する。[7]

しかしそれでいて〈画工〉は、人情的な因果関係や、それが〈初から仕舞迄〉に生起したことにより生まれ出る「筋」を一切排除しようとしているわけではない。〈矢っ張り、惚れたの、腫れたの、にきびが出来たのつてえ事〉が〈死ぬ迄面白い〉と述べる〈画工〉は、単にその「筋」の帰結だけに注目しなくてもよいと言うだけであり、〈初から読んだつて、仕舞から読んだつて、いゝ加減な所をいゝ加減に読んだつて、いゝ〉という態度を取っているにすぎない。人情的な因果関係が生起し帰結する「筋」を排除することにこだわるのではなく、むしろ「筋」の有無にすら拘泥しないのが、「草枕」で示された〈非人情〉な態度であると言える。「草枕」が全体を貫く「筋」の存在と、「筋」から離れた小宇宙的な言語世界の存在を同時に感じさせるのは、まさにこうした〈非人情〉を構成の面からも示しているからであろう。(8)

そして同時にこうした二重の構成は、最終的に一つの焦点「F」に全体の流れを凝縮し、読者の脳裏に一つの画面を生み出すという漱石の目的に基づいた意図的なものであろう。だからこそ、「草枕」は〈画工〉の〈胸中の画面〉が成就した瞬間に終わり、全体は最終的にその〈胸中の画面〉へと凝縮されねばならない。その肝心の〈胸中の画面〉が、決して実体的なものではなく、観念的な〈画工〉の想像にとどまっているということは、何度も繰り返し指摘されてきた問題点である。そもそも「草枕」の〈画工〉は、自ら西洋画の画家と称しておきながら、何度かスケッチを取る場面はあるものの、最後まで実際に筆をとってキャンバスに絵を描くことはない。そして表現方法の模索にしても、実際の色調や筆致のような具体性にまで及ぶことはないままである。

しかし「草枕」の構成が、読者の脳裏に全体を凝縮した観念的な画面――漱石が〈読者の頭に残りさへすればよい〉とする〈美くしい感じ〉とは、こうした観念的な画面を指していたのであろう――を浮かべるためになされたものであれば、むしろ具体的な画面はなくても構わないのである。「草枕」が同心円上に配置される意識の幅と、点在する意識の幅を同時に存在させるという、二重の構成を取ることによって、最終的に全体が凝縮された画面は、〈画工〉が那美の顔に〈憐れ〉を見出すまでを中心に据え、背景に点在する小宇宙的な意識の幅から抽出された「断面」をちりばめた洋画的なものになるであろう。画題が単品としてクローズアップされる草花図や折枝図は日本画に独特の様式であるが、必ず背景を伴い、画題が〈つねに然るべき周囲の状況と結びついて画面に登場〉(9)するのが西洋画の様式であるという。

「草枕」の構成は、こうした西洋画的な配置を意識してなされたものではないだろうか。たとえば那美の〈画〉を議論する際によく言及されるミレイの「オフィーリア」は、シェイクスピアの「ハムレット」の長い物語から抽出された、劇的な断面を表現している。そして画面全体の焦点は沈みゆくオフィーリアの表情に擬されているが、同時に観者は彼女の持つ解けかかった花環の花一輪ずつに、川面に浮かぶ水草に、川岸に生い茂る木々の一本一本にも焦点を見い出し得る(10)。そして、それら背景に描かれた具象の一つ一つは、そのまま独立した〈画〉としても成立し、同時に「オフィーリア」という絵画の一部でもある。そうした同心円と点在する小宇宙が調和しつつ共存する西洋画的な配置を、漱石は言語をもって描こうとしたのである。だからこそ、最終的な〈画面〉を〈成就〉させる〈画工〉は、西洋画家という属性を与えられねばならなかったのではないか。

レッシングは『ラオコーン』十八章において、言語芸術が、造形芸術のように空間内に同時並列的に対象が配置された状態を描写するには、完成したものとして描くのではなく、生成途上のものとして描かねばならないとし、これをホメロスが〈アキレウスの盾（the shield of Achilles）〉を描写した手法に即して説明する。

> My reply to this particular objection is, that I have already replied to it. What Homer does is not to describe the shield as it is when finished and complete, but as it is being wrought. Here again, therefore, he has availed himself of that admirable device of transforming what, in his subject, is coexistent into what is consecutive, thus giving us a vivid picture of an action instead of a tedious painting of a material object.（私はこの特別の異議にこう答えよう、——それについてはもうすでに答えていると。すなわち、ホメロスはこの楯を、出来あがった、完成したものとして描かず、生成途上のものとして描いている。したがって彼は、ここでもあの見事な技巧を

使っているのである。つまり、その題材の共存性を継起性に変え、それによってある物体の退屈な描写を、行為のあざやかな画面にしてしまう技巧である。）

"Laocoon" Chap.XXVIII（斎藤栄治訳）

この部分に、漱石は脇線を施しているが（手沢本109頁）、ホメロスの描写を〈共存性（coexistent）〉を〈継起性（consecutive）〉に変えることで、〈行為のあざやかな画面（a vivid picture of an action）〉を生む流れと捉え、〈画〉の中の〈唯一の瞬間〉が〈詩〉の流れる時間の中に連続して位置づけられる道筋を示すレッシングとは逆に、むしろ〈詩〉の中に流れる時間が〈画〉の中に凝縮されていく「過程」を、漱石は言語で描こうとしたのではないか。漱石は〈画工〉と那美に生起する筋を中心に据え、周囲に点在する事象を背景として巻き込みながら読者に「草枕」という〈画〉が生成されていく時間を提示する。そしてそれらは確かに、最終的に〈画工〉の〈胸中の画面〉が成就した瞬間に、読者の〈胸中の画面〉としても成就するのである。

〔注〕

（1）「草枕」における美術への視点は、例えば佐渡谷重信氏が『漱石と世紀末芸術』（初刊　美術公論社、一九八二）講談社、一九九四）で、「草枕」を〈本格的な東西比較芸術論〉（一八九頁）と位置づけ、〈西洋の近代芸術から日本的美への回帰を意図した作品である〉（二二一頁）と評したように、この作品を論じる際にしばしば言及される東洋と西洋の狭間にある漱石の近代的な葛藤と結び付けられて解釈される傾向にある。

（2）清水孝純氏は「『草枕』の問題——特に「ラオコーン」との関連において」（初出「文学論輯」、一九七四・三）『漱石そのユートピア的世界』、翰林書房、一九九八）で、〈レッシングにとって「物体的な美は、いちどきに見わたすことができるさまざまの部分の調和的効果から生まれてくる」というものであったが、漱石の「草枕」を貫く方法も実は「調和」ということに他ならなかった。〉とし（二三五頁）、この調和が「美」を生み出しているというレッシングに対し、〈漱石は、レッシングの理論のうち、一応、文学の本質を時間とする考えについては、これを批判しながらも、その根本をなす「美」に対する考えは、共感し、その作品の基底に据えたものと思われる。そういった意味では、レッシングの理論に対して、俳句的、漢詩的教養によってみがかれた東洋的感性を通してその止揚を行なおうとした〉と述べている（二三八頁）。

（3）漱石手沢本はLessing, G. E. *The Laocoon, and Other Prose Writings of Lessing.* Trans. by W. B. Ronnfeldt. London : W. Scott. The Scott Library.（発行年不明）であり、原文はドイツ語で一七六六年にベルリンにて公刊されている。

（4）以下、本章で扱う『ラオコーン』に関する書き入れは東北大学付属図書館蔵「漱石文庫マイクロ版集成」105-1065による。なお※印を付した書き入れはすでに『漱石全集』第二十七巻（岩波書店、一九九七）に翻刻・収録されている。本論で引用した『ラオコーン』本文は漱石手沢本及び、手沢本と同版のスコットライブラリ版に基づき、日本語訳に関しては、斎藤栄治訳（岩波文庫版、一九六九）に依拠している。

（5）同様の表現は、例えば九章で〈画工〉と那美が地震に遭遇したあと、窓の外を見やる場面にも見られる。

〈岩の凹みに湛へた春の水が、驚ろいて、のたり〳〵と鈍く揺いてゐる。地盤の響きに、満泓の波が底から動くのだから、表面が不規則に曲線を描くのみで、砕けた部分は何所にもない。円満に動くと云ふ語があるとすれば、こんな場合に用ゐられるものだらう。落ち付いて影を蘸してゐた山桜が、水と共に、延びたり縮んだり、曲がつたり、くねつたりする。然しどう変化しても矢張り明らかに桜の姿を保つてゐる所が非常に面白い。〉「草枕」

ここでの〈山桜〉の影の動きもまた、本筋から独立した小宇宙的な言語表現を随所に内包しながら、全体として調和のとれた作品を成立させるという「断面的文学」的な構成を象徴的に表していると言える。また漱石は、〈画工〉と那美に〈「こいつは愉快だ。奇麗で、変化があつて。かう云ふ風に動かなくつちや面白くない」「人間もさう云ふ風にさへ動いて居れば、いくら動いても大丈夫ですね」「非人情でなくつちや、かうは動けませんよ」〉と、この光景を評させている。

(6)「余が『草枕』」(「文章世界」、明治三十九年十一月)

(7) 飛ヶ谷美穂子氏は『漱石の源泉　創造への階梯』(慶應義塾大学出版会、二〇〇二)で、漱石がこの部分で原文から〈登場人物の名前や関係を示す言葉〉や〈第三者の存在を感じさせるもの〉を消去していることを指摘し、〈一切の夾雑物を排し、一組の男女というかたちに還元することで、もう一組の男女──画工と那美──とのイメージの交錯を、彼ら自身にも読者にも、容易にしたのであろう〉(「情け・憐れ・非人情　──『ビーチャムの生涯』と『草枕』──」一一〇頁)としている。

(8)「草枕」より少し後になるが、漱石は談話「文学雑話」(明治四十一年十月)で、写生文的な構成を〈エキステンシヨン〉(低徊趣味)とし、小説の構成の基本を〈コーザリティー〉(推移趣味)と分類した上で、〈低徊趣味の特色はエキステンシヨンの方に属するので、直線を迹付ける変化を面白がる方ではないのですけれども天然自然人事ともに常に活動してゐるものだから、決してエキステンシヨンだけで間に合ふものは少ない。まあどんなものを見ても、どんな事を聞いても移つて行くとしなければならない。から低徊趣味も理想的にエキステンシヨン丈で満足している訳にも行かない。(中略)だから此の二つの趣味はどうせ相俟つて行かなければ完全な趣味の起る訳はない。〉と述べている。

(9) 高階秀爾氏は『日本美術を見る眼』(岩波書店、一九九一)で、日本美術と西欧美術の差異について次のように述べている。〈小さなものに対する愛着と、余計なものを切り捨てる「否定の美学」とがひとつに結びつくと、自然のなかのある特殊なモティーフに着目して、それだけをクローズアップして取り出すという特異な手法が生まれてくる。日本の美術に数多くの例が見られる草花図は、まさしくそのようにして生まれてきたものである。もちろん、さまざまの草花を描き出した絵画は、西欧においても数多く見られる。しかしそれらは、たとえばボッティチェルリの〈春〉に見られるように、春の野に咲き乱れる花々であり、あるいは一七世紀のオランダの静物画に多数その例が見られるように、花瓶に活けられてテーブルの上に置かれた花々であって、つねに然るべき周囲の状況と結びついて画面に登場してきている。〉(「日本美の個性」一四頁)

(10) ミレイの「オフィーリア」の背景に描きこまれた木々や草花にはそれぞれ象徴的な意味が託されており、シェイクスピアの「ハムレット」劇中で言及されているものに加え、ミレイが独自に解釈を加えながら描き上げたものも多数存在する。

アリソン・スミス氏は〈ミレイが植物学的な正確さに固執することで、場面の現実性を高めようとしたことは、ここに描かれた植物がユーウェルに自生する紫色のミソハギやヨーロッパノイバラ、シモツケソウであることが示しており、（中略）自然の細部に対する執着は、自然に対する理解と、生けるものすべてが驚異であり、それらが互いに関わり合っていることを示したものといえよう。またミレイは植物学的な細部を悲劇的感情を緩和するためにも用いており、成長から成熟、死へと至る輪廻の描写は、オフィーリアを自然のプロセスのなかに同化させ、彼女を無意味なものにしている。〉と述べている（アリソン・スミス著、橋本啓子訳「オフィーリア」（『ジョン・エヴァレット・ミレイ展』、朝日新聞社、二〇〇八）六二頁）。〈輪廻の描写〉という主題はともかく、こうしたミレイの細心の賜物である緻密な背景が、鑑賞時の漱石に強い印象を残したということは充分考えられる。

第七章　趣味は遺伝するか ――「趣味の遺伝」

一、はじめに

「趣味の遺伝」（明治三十九年一月）は、これまで大きく分けて二つの主題から読み取られてきた。一つは三章に分かれるこの作品のうち、ほぼ半分近くを占める日露戦争に関する部分についてである。同時代の事件がかなり直接的に盛り込まれているという点が注目され、ここから漱石の国家意識、厭戦的傾向を読み取る解釈がされてきた(1)。

その一方で、後半で語られる〈浩さん〉と寂光院の女をめぐる〈趣味の遺伝〉理論に関する部分に対しては、小宮豊隆を嚆矢として、恋愛における精神の感応といった神秘性が読み取られてきた。そしてこれを『漾虚集』全体に通底する超自然的なテーマとの共通性と重ねたり、あるいは漱石自身の関心、また同時代思潮としての精神主義や科学万能主義批判などと付き合わせていく解釈も多い(2)。

ただこの二つはどうも個別に扱われてきた感がある。戦争が中心に扱われる場合、〈趣味の遺伝〉に関する部分は単なる付加的要素であるとされ、なぜここで唐突な感すらある「遺伝」という問題が必要であったか、また荒唐無稽とも思える〈余〉の強引な理論展開はなぜ必要なのかという点は触れられない傾向にある。しかし〈趣味の遺伝〉という問題を中心に扱った場合、漱石の超自然への関心や、恋愛をめぐる問題に重きが置かれるあまり、なぜこれが日露戦争という具体的な時代背景を文脈に組み込んで描かれる必要があったのか、という問題が抜け落ちてしまっているように思う。

この二つを繋ぐものとして、物語を語る立場にある〈余〉の言動や性格を詳細に分析する山崎甲一氏の論考(3)や、小説をいかに書くかという作家的意識に関る問題を読み取る小橋孝子氏の論考(4)が現れているが、やはり重視すべきは戦争か遺伝か、という分裂は残されているように思う。本章では、この二つの主題をもう一度同時代の状況などと突き合わせて分析し、この二つに通底する問題意識を探っていく。最先端の科学である遺伝が戦争という背景の中で語られるとき、どのような意味を持つのか。そしてそれを通して漱石の日露戦争への関わり方を読み解くことを目標としたい。

二、〈趣味の遺伝〉理論と〈余〉

まず始めに、この作品の題名ともなっている〈趣味の遺伝〉について確認しておきたい。〈余〉は〈此一篇の主意〉を、新橋の凱旋から、親友浩さんの追想を経て、墓参に訪れた寂光院で彼が遭遇した〈不可思議な現象〉に、〈学問上から考へて相当の説明がつくと云ふ〉ことを読者が合点することだと述べる。

まず、〈余〉は新橋駅に〈待ち合〉せに行き、偶然凱旋の光景を目にする。そして浩さんに良く似た軍曹と、その老母を見かけ、亡友を思い出す。そして、寂光院へ浩さんの墓参に出かけることにし、そこで女を見かける。この寂光院の女を仮にAとしておくが、〈余〉はこの女Aと浩さんの関係に関心を抱く。

次に、〈余〉は浩さんの老母を見舞い、浩さんの日記を読む。ここで浩さんが郵便局において、ある女に出会ったことを知る。この郵便局の女を仮にBとするが、〈余〉および浩さんの母は、浩さんと女Bの間に恋愛感情が存在すると推測している。だが実際は、日記に〈上から棒を引いて消した〉部分があったり、〈裏から見ても逆さに見てもどうしても読めない〉箇所があったのであり、浩さんが女Ｂに対してどういう感情を抱いていたのかは不明である。

〈余〉は、とりあえず浩さんの女Ｂに対する恋愛感情を認めた上で、さらに女Ａ＝女Ｂであるという仮説を立てる。だが、なぜ浩さんが〈一寸逢つたもの〉にすぐに恋愛感情を抱いたか、を疑問に思う。〈余〉は悩むが、唐突にその理由が〈遺伝で解ける問題〉であると考える。この部分は非常に戯画的に描かれており、確固とした根拠は何も示されない。だが、〈余〉はその問題意識に従って、さっそく〈研究〉をはじめる。

〈余〉は浩さんの血筋から調べるため、紀州の家令を訪問する。そこで浩さんの祖父である河上才三と、小野田帯刀の娘の悲恋物語を聞く。そして〈余〉はその帯刀の娘の縁戚が、小野田博士の妹（仮に女Ｃとする）であるところから、女Ｃ＝女Ａ＝女Ｂであろうと考える。その根拠を、〈余〉は河上才三と浩さん、小野田帯刀の娘と女Ｃに血縁関係があること、また二人の容貌がそれぞれ似通っていることに求めている。

さらに浩さんが五六歳以来、藩邸に出入りしたことがないことを知った〈余〉は、浩さんと女Ｃが本郷郵便局で初めて出会ったことを確信する。だが、これは藩邸で出会ったことがないのに過ぎず、他の場所で出会う可能性は無視されている。

それでもここで〈余〉は納得し、〈趣味の遺伝〉理論の成立を宣言する。だが実際にはＡＢＣの三人の女性がどういう関係であるのかは未だ読者にとって不明である。仮説が証明されないままでは、理論は成立したことにはならない。

そしてこの後の出来事は〈端折つて簡略に述べる〉という言葉のもとに、後日談的に短く説明されるに留まる。余は小野田博士の妹、女Ｃと出会い、女Ｃ＝女Ａであることが明らかになる。

〈余〉は女C＝女Aであると解っただけで理論成立をさらに確信する。だが、この時点で最も重要な郵便局の女Bとの関連は何ら明らかになっていない。そして浩さんの母のために、女Cは河上家に出入りするようになり、浩さんの日記を読む。

ここで小野田妹の言葉によって、女C＝女Bであるかのような曖昧なほのめかしがされる。だが度々指摘されているように、〈それだから〉の〈それ〉が何を表わすのかは明らかにされず、また日記のどの部分を彼女に読ませたのかも明らかにはされていない。また〈白菊が一番好きだから〉という嗜好も、〈浩一の大好きな菊〉との共通であるが、それも偶然であるのかそうでないのかという区別はつけがたい。

〈余〉の〈趣味の遺伝〉理論の不確かさは、最終的に女A＝女Bであるか、もしくは女B＝女Cであるかが決然としていないところにある。また結局、浩さんが女Bに対してどんな感情を抱いていたかは依然明らかになっていない。そして何よりも決定的なのは、仮に女A＝女B＝女Cが成立し、浩さんとの間に恋愛感情があったとしても、真にそれが〈遺伝〉に依る現象なのかは不明であるということである。むしろ、〈余〉はすでに結果の分かっていることに対して、それがあたかも何かの理論に従って展開されているかのように、〈趣味の遺伝〉理論を後付けしているとすら思えるのであり、〈余〉がしばしば軽薄な語り手であることが指摘される所以でもある。

〈余〉は〈小説に近い〉ものを〈二十世紀を満足せしむるに足る〉学説にしたはずなのである。だが、最後になると〈余は学問読書を専一にする身分だから、こんな小説めいたこと長々しくかいて居るひまがない〉と、肝心の〈学説〉さえも〈小説〉に逆戻りしているのである。

〈余〉はこの〈趣味の遺伝〉理論にまつわる事柄を〈此篇の骨子〉としながら、結末までくると急にそれを〈端折〉る。この物語が〈余〉による過去の回想の形であり、〈余〉によって「書かれて」いる設定になっていることを考えれば、〈余〉はどこが重要であり、どこを最も強調しなければならないかは解っていたはずである。〈余〉は、脱線しがちとすら思えるような前半の饒舌さに引き換え、あまりにこの部分が〈簡略〉になった理由を〈もういやになつた〉からであると述べる。さらに作者である漱石自身が〈実はもつとかゝんといけないが時が出ないからあとを省略しました。夫で頭のかつた変物が出来ました。〉（高浜虚子宛書簡（明治三十八年十二月十一日））といった自作評をいくつか残しているため、〈余〉と漱石が重ねられてしまい、従来はこれが〈余〉の意図的な語りの操作として受け取られにくい傾向にあった。

だが、〈余〉が事件の顛末をすべて知った上で、この物語を書いているという設定になっていることを考えれば、ここにはやはり〈余〉の意図的な語りの操作を読み取るべきではないだろうか。この後を詳しく叙述するとすれば、〈余〉は当然女C＝女Bであることのもっと解り易い証拠や、なぜ一目見ただけの男女に恋愛が成立するのかという理由、さらにそれが〈遺伝〉によることの詳しい根拠を語らねばならない。そうすれば、理論の破綻はさらに明らかである。〈余〉は〈趣味の遺伝〉理論があたかも成立しているかのように、読者を錯覚させられるぎりぎりのところで、筆を擱かねばならなかったのである。

〈余〉は、冒頭の凱旋の場面から、非常に好奇心の強い人物であるとされている。それは〈見たい〉という願望として表現され、将軍の顔、屋敷の垣根の中を、〈余〉は何とかして覗こうとする。そして、その行為を行うにあたって、〈余〉は脱線ともとれるほどの、学識をちりばめた饒舌な説明をほどこしていく。将軍の顔を見たいという欲求については、かつての自分の体験を〈ロメオ〉と〈ジュリエット〉を持ち出して、その〈滑稽〉さを饒舌に弁解する。また寂光院の女への関心を、〈マクベスの門番〉を引きながら〈対照〉と〈諷語〉によって〈学者的に〉説明する。〈余〉は素朴な（あるいは下世話な）好奇心や興味すら、学問的な意味付けによって、何らかの高尚な（あるいは正当な）行為にしてみせようとする傾向を持たされているのである。
さらに、女と浩さんの関係に興味を持ったこともまた、〈趣味の遺伝〉を検証するための学問的興味によって説明される。

かうこしらへてくると段々面白くなつてくる。単に自分の好奇心を満足させる許ではない。目下研究の学問に対して尤も興味ある材料を給与する貢献的事業になる。こう態度が変化すると、精神が急に爽快になる。今迄は犬だか、探偵だか余程下等なものに零落した様な感じで、夫が為め脳中不愉快の度を大分高めて居たが、此仮定から出立すれば正々堂々たる者だ。学問上の研究の領分に属すべき事柄である。少しも疚しい事はないと思ひ返した。どんな事でも思ひ返すと相当のジヤスチフヒケーシヨンはある者だ。悪るかつたと気が付いたら黙座して思ひ返すに限る。

「趣味の遺伝」

友人の女性関係を暴くという、本来非常に下世話な好奇心を、〈余〉は学問的な知識を希求する好奇心であるかのように、巧みにすり替えていく。さらに、実際に友人の女性関係が明らかになる決定的な場面に至っては、その一歩手前で〈余一人から云へば既に学問上の好奇心を満足せしめたる今日、これ以上立ち入つてくだらぬ詮議をする必要は認めておらん〉と一歩引く素振りをみせ、〈けれども御母さんは女丈に底の底迄知りたいのである〉と、あたかも自分が老母のために我をまげたかのような態度をとってみせるのである。
もしくは既に指摘があるが、(5)〈余〉自身が寂光院の女に恋愛感情を持ってしまったがゆえに、その身元を調べたいという欲求を、浩さんへの友情にかこつけてカモフラージュしているという可能性もある。欺瞞的な人物としての

〈余〉がここから読み取れるといえよう。幾度か繰り返される、浩さんが塹壕から〈上がつて来ない〉というフレーズですら、浩さんの戦死場面以外の個所では、どこか取って付けたような印象を与える。寂光院の女の事を調べたいという欲求を、浩さんへの追悼にすりかえるため、そして最後の仲睦まじい老母と小野田妹の様子が、浩さんを偲ぶ〈余〉の純粋な気持から達成されたかのように見せ掛けるための小道具であるかのように見えてくるほどである。

三、〈趣味〉は〈遺伝〉するか

ところで、この時代に〈趣味〉すなわち男女の恋愛感情は、遺伝によって子孫に受継がれるというようなことが、実際に信じられていたのか。同時代の〈遺伝〉をめぐる言説を考えてみたい。

ラフカディオ・ハーンの著作の中に、「趣味の遺伝」と似通った、恋愛と遺伝をめぐる記述があることは、野村敏明氏によって既に指摘されているが(6)、明治二十九年に発表した「因果応報の力」で、ハーンは〈初恋の謎〉というものについて触れている。「趣味の遺伝」より十年近くも遡るが、恋愛と遺伝を結び付けて論じようとするところに共通点があるともいえる。

ハーンは〈初恋の責任は、とうの昔に死んでしまった先祖にあるのであって、生きている当人の知ったことではない〉ということから、青年がある一人の女性に対して感じる魅力を心理学ではどのように説明しているかを示す。心理学者によれば、その魅力は潜在する〈先祖の力〉であり、人は〈先祖の激動〉や〈先祖の身ぶるい〉を通して恋の激動や身ぶるいを感じることになるという。

しかし、それならば、なぜ、死んだ先祖は、ほかの女の子はおいて、その乙女だけを求めるのであろう？　これが、この謎の最も解きがたい点である。（中略）進化論的に考えると、死んだ先祖の選り好みは、これは先見とか予知とかいうよりも、むしろ、記憶に基づいた選択というべきであろう。（中略）片思い人が死ぬのは、それはただ、死ぬと見せかけるだけで、そのじつは、自分の願いをかなえるために、幾代もの人の心のなかに、生々流転して、生きているということになる。おそらく、かれらは、幾世紀でも、自分の愛した形骸の再現を待っているのだろう。――永久に青春の夢のなかに、そこはかとない記憶の綾を織りこみながら。だからこそ、添いとげられぬ片思いの、それを苦にして死んだ人の死霊が、だれともわからぬ女の人に取り憑くなどちいうことが、ありうるわけなのだ。（7）

「因果応報の力」

ここで語られるのは、「趣味の遺伝」の〈趣味〉、すなわち〈男女相愛する〉ではなく、〈片思い〉に関してであるが、先祖の恋情が遺伝によって子孫に受継がれるということや、不首尾に終わった恋愛の成就が未来世において志向されるという点で、共通するものがある。

また恋情、しかも人を死に導くような恋情は、先祖の情熱の残滓というより、自身の中にある〈前世の罪〉として結論づけられる。ハーンは、〈前世〉と〈祖先〉を最終的に混同させてしまうのだが、〈前世〉として考えるならば、それは〈祖先〉からの〈遺伝〉という血縁を基礎とする関係を離れてしまう。またここには「趣味の遺伝」のように容貌の類似を〈遺伝〉の根拠とするような、血縁関係の強調も見当たらない。ただ「因果応報の力」においてハーンは、この〈長く忘れ去られていた前世の罪の、避けようとしても避けることのできない、因果応報〉を、科学によっては完全に説明し得ないところは、「趣味の遺伝」と同じである。ハーンは科学的な点に限って言えば、〈因果〉が遺伝すると考えていたわけではない。それはやはり〈薄気味の悪い〉ものとして投げ出されるだけなのである。
それでは、本来「遺伝」を専門に扱っている生物学の面からはどうであろうか。「遺伝」という問題を考える場合に、重要な根底となってくるのは、「進化」という問題である。明治期日本における、「遺伝」「進化」について概観してみたい。
まず一八五九年にダーウィンが『種の起源』を発表し、全世界にダーウィニズムが浸透する。日本には明治七年頃流入したと言われ、一八七七（明治十）年にはモースによるダーウィニズム、進化論についての講義が東京大学において行われた。だが、一九〇〇（明治三十三）年にメンデルの理論が再発見され、再評価されると、ダーウィニズムは凋落していく。この状況について、湯浅光朝氏は次のように述べている。

生物学と社会学との両面からはなばなしく移植された進化論も、丘浅次郎の『進化論講話』（一九〇四）の頃を頂点として長い休眠期にはいり、これに代わって登場するのがメンデルの遺伝学である。（中略）ダーウィニズムからメンデリズムへの変換は、世界的な風潮であった。(8)

「趣味の遺伝」は、ちょうどこの転換の過渡期にあたることになる。ただし、この転換はあくまで生物学上の問題であって、「趣味の遺伝」にこの転換が、ダーウィニズムとメンデリズムの相違もしくは対立という形で直ちに反映されたとは考えにくい。また〈メンデリズムだの、ワイスマンの理論だの、ヘツケルの議論だの、其弟子のヘルトウイツヒの研究だの、スペンサーの進化心理説だのと色々の人が色々の事を云ふて居る。〉という作中の記述に登場する科学者たちは、どれもダーウィニズムとメンデリズムの両方から、その関りを説明できるのである。

明治の生物学界における中心的人物の一人であった石川千代松は、メンデリズム再発見を次のように述べている。

何んにせよメンデル法則は実に大した発見で、遺伝の事実は之れに依つて始めて明白になつたものであると云ふて宜しい計りでなく、又之れに依つて始めて形質を人工的に別離させたり、又合同させたりする事が出来る様になつたものである。

併し此説が出たからと云ふて、之れでダーウヰン説が無効になつたと云ふ様な事はない。

「明治年間の学術界」（昭和六年）

むしろ当時としては、「遺伝」は進化論の延長上にあるものとして捉えられていたと思われる。ダーウィン以来の進化論もまた「遺伝」という問題の根底をなしており、「趣味の遺伝」において「進化」の要素としての「遺伝」が採用されるのは、最先端の科学、という意味合いを持たせるものとしての認識と思われる。すなわち科学的合理性の象徴である進化論の、さらに最新の学説となる遺伝、という文脈で捉えられる可能性をここで一つ指摘できよう。

確固たる科学的客観性の象徴としての「進化論」に対する同時代の信頼は、相当なものがあったようである。村上陽一郎氏は〈日本での進化論は、専ら生物学上はすでに問題のない真理として、極めて恣意的に多くの分野で自分の好みの価値観や理論を補強し支持する道具になりおおせた〉(9)としており、その確固たる科学的客観性を根拠に、様々な分野に応用しようとする試みは多く行なわれていた。同時代の言説からも、それがうかがえる。

だが、どうしてもダーウィニズムとメンデリズムの対立ということを考慮に入れ、「遺伝」のみを「進化」から切り離して考えるとすると、次のような解釈も成り立つ。生物学者丘浅次郎は、明治三十七年に開成館から『進化論講話』を発表し、当時の読者に広く愛読されたが、そこでは、「遺伝」が次のように説明されている。

斯くの如く遺伝といふ現象のあることは目前の事実で、誰も疑ふことは出来ぬが、さて親の性質の中で、如何なる点だけが子に遺伝し、如何なる点は遺伝せぬか、又は如何なる性質は父から伝はり、如何なる性質は母から伝はるかといふ様に、其詳細なる法則を考へると、之に関する我々の現在の知識は皆無といつても宜しい。

『進化論講話』「第四章・人為淘汰」

ここでは確固たる客観性を持つ「進化」に対して、まだ不安定を残す「遺伝」という概念があることが分かる。「遺伝」を「進化」の要素として考えれば、〈余〉の理論は確固たる科学的客観性を装おいながらも、その実はいい加減な理論を振りまわすに過ぎない軽薄な学者にすぎないという解釈が成り立つ。「遺伝」を「進化」よりも不安定な科学的客観性として捉えるならば、それもまた〈余〉の軽薄さを強調するための小道具となっていると言えるであろう。

また時代は少し後になるが、漱石はメンデリズムの教示を受けた畔柳芥舟に宛てて、メンデリズムは〈簡単すぎて容易に人間の精神抔には応用出来ない〉とした上で、〈メンデリズム抔と文芸などゝは今の所到底結び付けて考へられるものでない〉と述べる。(10) ここでは、「文芸心理を純科学的には見られない」という文脈で「遺伝」が語られているのであって、これをもって「趣味の遺伝」に直接関係づけるわけにはいかないが、少なくとも〈精神界〉を科学で切っていくことに対する、漱石の不信感は読み取れる。だが、肝心の〈趣味の遺伝〉理論が、どう考えても科学的なものではなく、証明しようとした事柄もそこをすり抜けていくのであれば、ここに単なる科学万能主義への不信を読み取るのは適当ではあるまい。科学的合理性の限界を主張し、その論理を超える恋愛の神秘を賞賛するというテーマをこの作品から引き出すには、〈余〉の理論はあまりにも脆弱すぎるのである。

それでは〈余〉は、己の好奇心を満たすために、学問への貢献や老母への同情を建前にして、不安定かつ荒唐無稽な学説を振りまわす軽率な学者でしかないのだろうか。そのような学者を描く漱石の意識に対して、例えば山崎甲一氏のように、同時代の知識人への警鐘を読み取ることは可能であるが[11]、やはり、そのような学者が何ゆえ日露戦争という文脈の中で語られなければならなかったか、という問題が残ってくるのである。

四、戦争と進化・遺伝

ここで「遺伝」もしくは「進化」と日露戦争が、どのように関り、もしくは結び付けられてきたのかを参照しておきたい。先に、日本における「進化」「遺伝」の問題は、社会的な事象の説明に応用される傾向が強かったことを述べてきたが、その場合、軸になるのは「自然淘汰」「生存競争」「適者生存」という考え方であり、また個人に優先する団体の論理もしくは弱者に優先する強者の論理、そして進化論の科学的合理性である。

丘浅次郎は『進化論講話』と同時期に、遺伝学と進化論を社会学に応用する論文をいくつか発表している。日露戦争開戦直後に書かれた「戦争と平和」（明治三十七年四月）では戦争が非日常であり、平和が本来のあるべき姿であるという考えを批判し、人間が生存競争という種族維持の本能を持つがゆえに、戦争とは〈いやしくも人間の生存している間はとうてい避けることのできぬものである〉とする。日露戦争期にあって進化論は、戦争行為を人間の本能の面から正当化する論理として使用された。

このような考えが提出されたのは、「科学」の側からだけではなかった。すでに明治十五年に『人権新説』で、「天賦人権主義」を進化論の援用で否定していた加藤弘之は、明治三十七年に「進化学より観察したる日露の運命」という講演を行っている。ここでも加藤は生存競争の論理をもって開化発展に結び付け、開化発展が抱かせる肯定的なイメージをそのまま戦争にもあてはめようとしている。

さらに加藤は適者生存の論理を、日露の関係にあてはめ、日本がどれほど能力の高い「適者」であり、ロシアがいかに劣った「不適者」であるかを、国民性、政治、教育、軍事などのさまざまな面から列挙する。そして日本が適者として今後も〈永く隆盛なるを得〉る一方で、ロシアは〈今後の文明時代に不適者として遂に断滅せざるを得ざるべし〉と結論づけ、生存競争、自然淘汰、適者生存の論理を国家間の有り様に応用している点で一貫している。

明治三十八年に至って丘浅次郎は「進化論と衛生」（国家医学会での講演、明治三十八年六月）で、生存競争の単位が団体であるがゆえに、団体の利益は個人に優先されねばならないという論理を主張する。〈団体のためになおいっそうよく働き得べき他の人の生存の場所をふさいでいる〉弱者を生き長らえさせるのは却って団体の〈退化〉となるが、団体の人数を減じさせぬために衛生は必要なのであると丘は説く。つまり、すべては〈団体の利益〉か否かによるのであり、個人は全く無視されていくのである。この同時期、日露戦争の戦況は日本に有利に動いており、ほぼ勝利も確実なものとなってはいたが、戦死者とその遺族に関する問題が深刻化していたことを考えると、この主張は非常に示唆的である。

丘浅次郎は漱石より一歳年下で同時代を生きた一人であり、理学博士として東京高等師範学校教授や帝国学士院会員を歴任した進化論の権威で、加藤弘之は言うまでもなく、明六社以来のオピニオンリーダーと言うべき一人であった。このような知識人によって、日露戦争期における進化論は単なる科学的合理主義の象徴であるだけではなく、政治的なものと結びつくイデオロギーとしてのニュアンスを与えられていたのであり、また彼らの主張を補強する権威の拠り所でもあったのである。

「趣味の遺伝」で扱われている〈遺伝〉は、このような「自然淘汰」「生存競争」「適者生存」を前面に打ち出してはいない。だが、〈遺伝〉やそれが当然想起させる「進化」の問題は、少なくとも知識人の間では加藤や丘のような論理に結び付く可能性を持っていたのである。

種類保存のためには個々の滅亡を意とせぬのが進化論の原則である。（中略）人間の生死も人間を本位とする吾等から云へば大事件に相違ないが、しばらく立場を易へて、自己が自然になり済ました気分で観察したら、たゞ至当の成行で、そこに喜びそこに悲しむ理窟は毫も存在してゐないだらう。

斯う考へた時、余は甚だ心細くなつた。又甚だ詰らなくなつた。

「思ひ出す事など」七

漱石もまた一方で、「進化」における個人と集団という問題意識を共有していた。だが、そこで強調されるのは個人に対して集団が優先されることを良しとするのではなく、むしろ個人が抹殺されていくことへの〈心細さ〉である。「趣味の遺伝」二章の松樹山の戦闘場面において、〈偉大な男〉であるはずの浩さんが、次第にその個人性を失って団体の中に埋没していく様子は、このような意識の反映を感じさせる。この部分には、唯一〈余〉のふざけたような饒舌がなくなり、〈偉大な男〉である浩さんが〈ほかの兵士と同じ様に〉死んでしまうことに対する〈余〉の真摯な悲哀が感じられる。

そしてもう一つ、戦争という背景から炙り出されてくるのは、戦時下において知識人たち――〈文士〉の置かれた社会的位置に対する漱石の視線である。

五、日露戦争と「趣味の遺伝」

まず、最初に全体を通して覗える、〈余〉の戦争への意識について考えてみることにする。冒頭には、〈狂へる神〉と〈餓えたる犬〉による戦場の様子が、〈余〉の〈空想〉として提示される。この部分には、ダンテの『神曲』[12]をはじめとして、旧約聖書の『エゼキエル書』[13]、ウィリアム・ブレイク『ノルウェーの王、グィン』[14]、『イーリアス』[15]など、文学作品との影響関係が各論者によって指摘されているが、その直後でも〈余の詩想〉〈詩的に想像〉と表わされる通り、これは〈詩的〉に観念化された戦場の光景といえる。

〈例の通り〉とあるように、〈余〉にとっての日露戦争は終戦直後でありながらも、すでに〈詩的〉に観念化された形で存在しており、まさに起こりつつある兵士たちの帰還でさえ、自らに直接関わって来る問題ではないかのように描かれている。よく指摘されることであるが、新橋の凱旋門前広場に集まった群集を、〈何だらう?〉と疑問に思い、それが帰還兵の歓迎であることになかなか気づかない〈余〉の姿にも、それは表わされている。当時、凱旋については前日から新聞に列車の到着時刻、駅構内の場所割り、当日の心得などが掲載されており、また凱旋の後にはその状況が詳しく報道されていた。〈余〉が〈平生戦争のことは新聞で読まんでもない〉ということを考えても、ここで凱旋に気付かないのは、かなり異常な状況といえる。これほどまでに戦争から距離を置くことのできる余裕が〈余〉にはある。

〈余〉は凱旋に集う人々を、出征者や戦死者の家族と知って、自らの空想を反省する素振りを見せるものの、凱旋はやはり〈余〉にとって〈序だから〉見物するようなものでしかない。〈余〉は〈昼飯も食はず〉にいる男や、凱旋の兵士が通るかどうかを〈心配さうに聞く〉女に、揶揄するような眼差しを注ぐが、彼らにとって身内に関る切実な問題がそこにある、ということへの理解は抜け落ちている。

〈余〉がこのような無神経な態度を取り続けることができるのは、〈戦争〉に直接関らなくて済むからであるが、その理由は、〈余〉が知識人であることに求められている。〈余〉の素性は明らかでないが、学校の教師であり、学者であって、おそらく帝国大学やそれに準じる教育機関を卒業した経歴であることは推測できる。

加藤陽子氏によれば、明治期の徴兵制では、当初から官公立学校の生徒は兵役を免除されており、明治十六年の改正でも兵役が猶予になる特権を持っていた。明治二十二年の改正でも、官公立大学・学校及び文部省が認可した私立学校の生徒は、二十六歳までは徴兵が延期されることになっている。[16] 漱石がそうであったように、徴兵を忌避して当時徴兵制の布かれていなかった北海道へ籍を移す例もあったが、これらの恩恵を受けた若者のうち、該当する徴兵令第二十一条に従って、現役兵になったものは約二万人中四十五人（明治二十四年時点）しかいなかったという。[17] 一方で浩さんがそうであったように、中学校卒業以上の学歴を持っている若者を、幹部候補として採用する一年志願兵制度もまた存在した。だが、これも学歴と資産を必要とし、ある種特権的な立場であったことは変わりがない。

〈余〉は、群集に合わせて〈万歳〉を唱えようとするが、将軍の顔を見て〈戦争の結果〉を感じ取り、〈万歳〉を唱えられずに終わる。そして、〈大戦争の光景〉を脳裏に思い浮かべ、涙を流す。ここで〈余〉の戦争認識が、わずか一部分に過ぎないとはいえ、現実の戦争を目の当たりにすることによって、冒頭の観念的で詩的な戦場とは違うリアリティを獲得するのである。そして、そのリアルな光景を想起できる想像力を持って、〈余〉は盲目的に万歳を唱える周囲の群衆との間に格差を見出す。〈万歳〉を唱える群集が、軍曹やそれを迎える母親、実際に帰還した兵士たちにしばしば黙殺されるように、彼らの方もまた〈余〉とは違う意味で戦争に距離を置ける立場に置かれている。戦死者の家族は凱旋には来ないであろうし、肉親を迎えにきた人々は、軍曹の母のように〈万歳抔には毫も耳を借す景色はない〉という側におかれるのである。

〈万歳〉は、言語的意味を喪失するほどに切実な兵士たちの〈咄喊〉ではなく、〈意味の通ずる丈其丈誠の度は少ない〉声である。それは新聞の紙面から覗えるようなイベントとしての凱旋に加わり、盲目的に〈万歳〉を唱える人々と、〈咄喊〉を感じ取った〈余〉を弁別する。〈余〉の意識の中では、〈咄喊〉を感じとれただけ、自分は盲目的な群集より、兵士の側に近いのである。

そこで獲得した「兵士の側への接近」が、〈浩さん〉の戦死場面をより具体的に描写させる。この描写が〈～さうだ〉という伝聞体の文章で始まり、また締めくくられることは度々指摘されているが、おそらく〈余〉の知る事実はその二つ、すなわち〈浩さん！　浩さんは去年の十一月旅順で戦死した。二十六日は風の強く吹く日であつたさうだ。〉ということ、そして〈浩さんが〉壕の底では、ほかの兵士と同じ様に冷たくなつて死んで居たさうだ。〉ということのみであって、その間は〈余〉の空想にすぎない。

〈こちらから眺めると〉〈驚くと〉〈不思議だ〉〈どうしたのだらう〉という言葉が頻出するこの浩さん戦死の場面は〈余〉があたかもそこに身を置いて実況中継をしているかのようである。〈余〉は戦場にいる兵士たちの立場に同調しようとしている。だが、これが当時の戦場写真や戦場画に見られるような視点から書かれている[18]〈俯瞰的〉[19]なものであることは、既に指摘されている。いくら想像を働かせても、実際には兵士の視点には立つことなど到底できない〈余〉の位置を示しているのである。

浩さんのことを想起する〈余〉は、〈何等かの手段で親友を弔つてやらねばならん〉と思い、〈悼亡の句〉や〈平生の交際〉の記述を〈投書〉することを思い付くが、結局それは〈文才〉がないために駄目なのだとする。そしてその代わりに墓参りへと出かけ、やがて荒唐無稽な〈趣味の遺伝〉理論に熱中することで、学問的貢献と、老母と浩さんへの慰藉を果たしているかのような素振りを見せる。

〈余〉は知識人であるが、自らを〈学者〉であり、〈文士〉ではない、と主張する。当時、文芸雑誌の中で最も日露戦争に敏感に反応したのは「文芸倶楽部」であるというが、(20)同誌は開戦の翌月にあたる明治三十七年三月には、毎月募集している懸賞小説のテーマを戦争に限定し、いわゆる戦争小説を募ろうという広告を出している。懸賞戦争小説の特集は、明治三十七年の五月から十二月まで組まれ、読者の投稿のうち、一等から三等まで（あるいは二等まで）が掲載され、のべ二十二作品が発表された。

この試みにおいて、文芸は〈出征軍人留守宅の慰藉〉と〈国民の意気を鼓舞〉する役割を持たされようとしている。また文芸を創出する文士たちにも、同様の役割が持たされた。それは、この四ヶ月後に重ねて応募を促す広告により顕著に現れる。そこには戦争小説を書くことで〈文士が国家に対する責務を果さん〉とする意識が持たれているのである。

さらに、「文芸倶楽部」では「文士の戦争観」と銘打って、「文士」に戦争に関するコラムを書かせ、明治三十七年七月から十二月まで連載した。冒頭に掲げられた文句は〈文士が戦争に対する意見は、何人も知らんと欲する所なるべし。（中略）読者は是れに依つて、坐ながら是等現代諸大家の謦咳に接するの思ひあるのみか、大いに警醒すべきところあるべきを信ず〉というものであり、ここにも読者を啓蒙するべき「文士」の役割というものが主張されている。

このコラムには、以下の通りの人々が参加した。（　）内は、名前と共に掲載された肩書きを指している。

〈七月〉　坪内逍遥（文学博士）「戦争と文芸」／幸田露伴「外交と囲碁」／
〈八月〉　姉崎正治（文学博士）「戦勝後の文学」
〈九月〉　依田学海「戦争と演劇及び稗史」／広津柳浪「社会主義と際物文学」／
某博士「時局談」
〈十月〉　塚原渋柿「満州丸所見」／上田敏（文学士）「好戦論者と不好戦論者」／
江見水蔭「文士の両面態度」／寺崎広業「従軍実話」
〈十一月〉　高田早苗（法学博士・文学士）「戦後文学者の方針」／
遅塚麗水「従軍懐旧談」／登張竹風（文学士）「ケルネルの生涯」
〈十二月〉　坪谷水哉「戦争と文学美術の調和」／田山花袋「得利寺観戦談」
内藤鳴雪「戦争と俳句」／松居松葉「戦争と批評家及其態度」／
新田静湾「従軍観戦談」

これを見る限り、同時代の「文士」という概念には、作家というより、むしろ「学者」も含む知識人が含まれていた広義的なものであったことが覗える。このコラムで「文士」たちが主張したことは、従軍観戦記などを除けば、大きく二つに分類できるかと思う。一つは戦争文学をめぐる論であり、もう一つは「文士」の果たすべき役割、「文士」という立場の擁護である。

前者は坪谷水哉や松居松葉、それに幸田露伴、江見水蔭らに見られるような、いかにして「際物」ではない、価値ある戦争文学を生み、世界に伍する日本の文化に資するかという論議であるが、それもまた、広義で後者に通じるものともいえよう。たとえば文学博士や文学士の肩書きをもって「文士」に名を連ねる坪内逍遥は〈文芸の研鑽は戦争に従事するよりも辛い、苦しい〉と述べ、姉崎嘲風は〈戦争は戦争、事業は事業、殊に私の事業は永遠を期するものですから、先ず私共が戦争に拘はるよりは、退いて此永遠の事業に向つた方がよからう〉と述べ、上田敏は〈文学とか、美術とか云ふもの、真意義を政府重要の地位にある人が多く了解して居ない、従つて侮蔑されては居ますまいけれども。等閑視されて居るのは事実です〉と述べ、高田早苗は〈過去現在の歴史を明らかにし、以て将来の発展に資すると云ふ事が文学者の任務であらうと思ひます〉と述べている。

当時の「文士」もしくは作家や、文学に関係する学者には、社会に対して直ちに眼に見える実利を及ぼせない、ということにまつわる否定的なイメージが前提としてつきまとっている。ことにそれが顕著になる戦時という状況にあって、かれらがいかに「文士」である自分というものの位置を見出そうかと苦心していた意識が伺える。自分たちは戦争に劣らぬ辛く苦しい「仕事」をしているのだと主張するのが、その一つの方法である。そして戦争という、社会に対し目に見える形で何らかの貢献を要求するものに、元から文学や学問は相容れないのであり、社会的貢献より、芸術や学問それ自体への貢献をすればいいのだと開き直ることも一つの方法である。一方で、詩人でありながら義勇兵としてナポレオンと戦い、戦死したケルネルが賞賛されもしたが、基本的に「文士」は銃後にあって、いかに自己のあり方と相容れない時局と渡り合っていくか、という問題を抱えていたのである。

「趣味の遺伝」において〈余〉が〈もし文士がわるければ断つて置く。余は文士ではない、西片町に住む学者だ〉と述べるのは、世間一般の「文士」カテゴリーからすれば言い逃れでしかないわけであり、〈余〉は「文士」に分類される人の一員である。〈余〉が学問的貢献のため、そして戦死した浩さんとその老母のため、つまり戦争に直接の関りを持たざるをえなかった人のために、自分の「文士」的能力をもって奔走する、という態度をとることは、このような「文士」としての自己のあり方を模索する当時の知識人たちの姿に重なって来るのではないだろうか。だが〈余〉の場合、それはあくまで奔走する振りをすることでしかないのであり、自分の姿を詳しく見つめようとすればそれだけ、噛み合わない論理をふりまわす軽薄な人間としての姿、他者のためを装って自分の欲求に従うだけの自分というものが見えてきてしまう。そのような〈余〉の造形には、漱石のどのような問題意識が関っているのだろうか。

六、漱石における「文士」と戦争

『漾虚集』の作品群を、漱石の作家的出発に関る視点から捉えるとすると、そこには文学は何を表現できるのかという対象の問題、またどのように表現できるのかという方法の問題を漱石が模索した痕跡を窺うことができるが、「趣味の遺伝」はそれらに加えてさらに、「文士」としての位置をどう捉えるか、ということへの漱石なりの意識が表れているのではなかろうか。

戦争という実社会の問題に、「文士」としてどのように対するのか、ということが同時代の問題意識としてあったことは前述した。だが、そこに見られたような、文学・学問によって社会の中で相応の役割を果たしていることを示すことにせよ、文学・学問そのものに貢献することで「文士」の責務を果たしていると主張することにせよ、どちらも自己弁護にすぎないという思いを、漱石は持っていたはずである。

「趣味の遺伝」の〈余〉は、戦争に直接関っている人々の視点に近づこうとする自分、学問に貢献しようとする自分を装うけれども、それは自分の欺瞞をむしろさらけ出すだけに終わるのである。最新の科学でありながらまだ不安定な要素を含みこむ遺伝と、それに依存する〈余〉のいかがわしさは、戦争という背景をもって語られるとき、日露戦争に際して文士たちがとった自己弁護的な態度と重なり、一層戯画的になる。ここに「趣味の遺伝」において、戦争を背景にして遺伝が語られなければならなかった理由をみることができるだろう。

文学・学問というものが直接社会や戦争に目に見える形で貢献しないことに、何らかの言い訳をつけることそれ自体に、漱石は欺瞞を感じていたと思われる。その思いが、「趣味の遺伝」の〈余〉をことさら欺瞞的に、戯画的にしたといえる。漱石は戦争に対して他の文士たちが行ったような自己弁護をすることを拒むが、それは決して沈黙を守ることをよしとする態度ではなく、むしろ積極的な批判精神をもっていた。しかし漱石の内なる主張は、国家や社会への貢献といった明確な指標を持たないゆえに、直接的に語られることで万人に理解され、受け入れられるという類のものではなかった。だからこそ時局に対して自分の立つべき位置を見据え、それを表明しようとしたとき、そこには〈余〉の戯画化というある意味自嘲にも似た自己主張が選ばれざるをえなかったと考えられる。そこには当然「文士」としての自己への批判も含まれている。同時代への批判が、結局は自分に戻ってくるという分裂を漱石は生きていた。

とはいえ、この「趣味の遺伝」発表の半年ほど後、作家になるという道筋が次第に現実的になりはじめた頃の漱石は、文学者が社会に果たす役割ということをしばしば作品内で言及するようになる。たとえば「野分」の白井道也の演説などにそれが繰り返し表れている。漱石にも「文士」たちに通底する葛藤は共有されていたであろう。だが、ことにそれが戦争という文脈で語られるとき、ことさら漱石は不用意に戦争の中に「文士」としての役割と居場所を確保してしまうことを怖れていた。文学を研究し、また創作していくという行為そのものが、過剰にイデオロギー的な意味付けの中に回収されていくことを避けようとするがゆえに、自ら置かれた立場をも戯画化せざるをえなかったのである。それが、まだ作家としての自己が固まらぬまま、それでも創作活動を開始した漱石の「文士」としての意識だったように思われる。

〔注〕

（1）駒尺喜美「漱石における厭戦文学 ――「趣味の遺伝」」（『日本文学』、一九七二・六）、大岡昇平「漱石と国家意識 ――「趣味の遺伝」をめぐって」（『世界』、一九七三・一、二）など。
（2）斎藤恵子「『趣味の遺伝』の世界」（『比較文学研究』、一九七三・九）、菊池弘「『趣味の遺伝』論」（『作品論夏目漱石』、双文社、一九七六）など。
（3）山崎甲一「写すわれと写さるる彼 ――「趣味の遺伝」のこと――」（『鶴見大学紀要』、一九八六・三）
（4）小橋孝子「「趣味の遺伝」論」（『日本近代文学』、二〇〇〇・五）
（5）谷口基「『趣味の遺伝』試論――もう一つの〈未了の恋〉」（『立教大学日本文学』、一九九〇・七）、呉俊永「『趣味の遺伝』論 ――「学問」に隠された「余」のエゴイズム」（『日本語と日本文学』、二〇〇〇・三など）
（6）野村敏昭「『趣味の遺伝』論考――ラフカディオ・ハーンとの関連」（『国文学踏査』、一九八九・三）
（7）引用は平井呈一訳『心　日本の内面生活の暗示と影響』（岩波書店、一九五一、一五三～一五四頁）による。
（8）湯浅光朝『日本の科学技術１００年史』（中央公論社、昭55）一九四頁
（9）村上陽一郎「生物進化論と社会思想」（初出、一九七二）『日本人と近代科学』、新曜社、一九八〇）一五八頁
（10）畔柳芥舟宛書簡（大正三年一月十三日）
（11）山崎甲一氏前掲論文（３）

（12）剣持武彦『近代の小説』（笠間書院、一九七〇）

（13）太田修司「愛と終末――「趣味の遺伝」論」（「成蹊大学文学部紀要」、一九九五・一）

（14）石井和夫「『漾虚集』の背景――漱石と『神曲』のふれあいを中心に」（塚本利明編『比較文学研究夏目漱石』、朝日出版社、一九七八）、塚本利明「『趣味の遺伝』の背景」（初出、一九七〇）『漱石と英文学』改訂増補版、青弓社、二〇〇三）

（15）小橋孝子氏前掲論文（4）

（16）加藤陽子『徴兵制と近代日本』（吉川弘文館、一九九六）

（17）時野谷滋「漱石と兵役」（「関東短期大学国語国文」、一九九二・三）

（18）佐藤泉「『趣味の遺伝』――旅順上空、三次元の目について」（「国文学」別冊『夏目漱石の全小説を読む』、一九九四・一）

（19）小橋孝子氏前掲論文（4）

（20）木村毅『明治文学全集97・明治戦争文学集』解説（筑摩書房、一九六九）

第八章　「画」から抜けだした女 ――「虞美人草」

一、はじめに

明治四十年の六月二十三日、漱石は朝日新聞社の専属作家として初めての長編小説「虞美人草」の連載を開始した。創作者として本格的な活動を開始した明治三十八年の後半には、〈とにかくやめたきは教師、やりたきは創作〉(1)と創作専念への意欲をのぞかせつつも、漱石は〈小生は高等学校で食つて、余暇に自分の好きな事を致し度〉(2)と安定した生活を志向する態度を貫いていた。しかし翌明治三十九年以降、東京帝国大学と第一高等学校での地位に関わる行き違いや、読売新聞、朝日新聞をはじめとする各社からの勧誘が相次ぐ中、漱石は専業小説家への道を歩み出していくことになる。

第一作となった「虞美人草」は、漱石がそれまで築いてきた知名度に加え、教職の社会的地位と安定をなげうって、当時世間的にはいまだ浅薄な通俗的メディアとしてのイメージを払拭しきれていなかった新聞の専属作家を選ぶことの話題性も手伝い、発表前から注目を集めた。連載に便乗する形で、虞美人草指輪や虞美人草浴衣といった商業展開が行われたことはあまりにも有名であるし、漱石が否定的に描き出したはずのヒロイン藤尾に対し、読者から〈姉さんのやうに思つてゐる藤尾さんを、どうかうまく救つてやつて下さい〉(3)という助命嘆願のようなファンレターが届いたこともよく知られている。(4)

その一方で、正宗白鳥の「通俗的な勧善懲悪小説」という批判（昭和三年六月「中央公論」）にはじまる失敗作としての評価も根強くひきつがれ、「虞美人草」は非常に毀誉褒貶が激しい作品として知られる。また漱石が後年、この作品に対して〈小生の尤も興味なきもの（中略）出来バへよろしからざるものに有之。（中略）小生も単に芸術上の考よりはとくに絶版に致し度と存居候へども時々検印をとりにくると幾分か金が這入る故又どうせ一度さらした恥を今更引込めても役に立たぬ事と思ひ其儘に致し置き候様の始末〉[5]などという自作評を残していることや、同様の漱石の態度を記録した鏡子夫人の回想も、この作品の否定的評価に拍車をかけている。

この「失敗」の要因は様々に論じられてきたし、むしろ「虞美人草」の破綻を指摘すること自体が作品研究史を形作ってきたというべきであろう。平岡敏夫氏によって「文明批判小説」としての再評価を与えられた後[6]も、藤尾に仮託される否定的要素から漱石のフェミニズム認識の限界を指摘する論は未だ後を絶たず、作品史上での地位がそれほど高くなったとは言い難い。

「虞美人草」が失敗作たる所以は、非常に大まかに分けるならば、文体に関わる要素と、ヒロイン藤尾の死をめぐる勧善懲悪的な倫理観をめぐる要素の二点に求められてきたといえる。すなわち「美文」と評されるこの作品の絢爛豪華な文体が、衒学的かつ旧態依然としているという批判、そして封建的価値観のいまだ根強い家父長制度の中で、自ら結婚相手を選ぶことにより自我を発揮するヒロインを倫理的逸脱者として「断罪」するという、一見保守的と捉えられがちなモチーフへの批判である。

しかしこの二つの問題は、ともすれば個別に取り扱われてきた感がある。「虞美人草」の文体が、作品全体の内容を解釈する上で重要な要素であることは、夙に指摘されているにもかかわらず、なぜこの内容をこの文体で書かねばならなかったかという点については、あまり多くの発言がなされているとはいえない。漱石自身がこの時期に文体と内容の関連について非常に意識的であったことを伺わせるのは、連載に先立つ明治四十年一月に「帝国文学」に掲載された森巻吉の小説「呵責」に対する評である。

あれ（著者注…「呵責」）は文の口調から云ふと僕の書いた幻影の盾や一夜に似て居る（中略）夫からあゝ云ふ文体は時代ものか空漠たる詩的のものには適するかも知れぬが世話ものには不適当である。

世話物は主としてある筋を土台にする。筋でなくてもあるものを捉へて、其あるものを読者に与へやうとする。所があゝ云ふ風に肩が凝るやうにかくと筋とかあるものとかを味ふ力がみんな一字一句を味ふ為めに費やされて仕舞ふから自分で自分の目的を害する事になる。

だから文体をあの儘にしてしかも筋とか、ある人情とかをキユーとあらはす為めにはもつと筋を明瞭にしなければならない。或は人に感じさせやうとする人情をもつと露骨にかゝなければならない。所が君の短編の筋は茫としてゐる。（中略）それだから文章をもつと容易にするより外に改良の途はない。

もし又文章をあの調子で生かせ様とするならもつと頭も尾もなくて構はない趣向にして仕舞ふがいゝ。詩的な空想とか、又は官能に丈うつたへる様なものにしさへすれば文章丈を味ふ事が出来る。

森巻吉宛書簡（明治四十年一月十二日）（傍点原文）

ここで漱石は二種類の文体を提示している。一つは「幻影の盾」「一夜」に見られるような〈一字一句を味ふ〉ことが目的の文体、そして筋や主張を読者に伝えることを主眼とするための文体である。漱石は前者を〈詩的な空想とか、又は官能に丈うつたへる様なもの〉に用い、後者を「世話物」などに用いるのが適当だとしている。

「虞美人草」の文体は、この前者に相当する美文的な文章に有徴化される場合が多いが、その一方で〈ひとつの小説としては異例といっていいほどの多彩な文体と語彙とが、互いに溶け合うことなく並置されている〉（傍点原文）と指摘されるように[7]、さまざまな文体を場面ごとに意識的に使い分けた形跡がある。特にヒロイン藤尾に対する語り手の否定的なまなざしは、すべてこうした「美文」の中で語られており、〈藤尾を「妖婦」にしたてあげ、そこにあたかも死に対応する罪があるかのように見せる機能〉があるという水村美苗氏の指摘から発し[8]、「美文」で語られるがゆえに藤尾は〈決して直接的で具体的な肉体性の提示にはなっていない〉範囲においてその性的魅力を発揮し、〈当時「恋愛」というものが帯びていたある種の他界性を備えた、複雑な印象〉をもつヒロインたり得たとする北川扶生子氏の指摘[9]は非常に意義深いものである。北川氏はこれを〈〈美文体〉は藤尾を、絵の中の存在にしてしまう〉と表現するが、現実との距離を保った〈絵の中の存在〉として藤尾を描くことは、漱石が「文学」の表現方法を模索する上で獲得してきた「断面的文学」の手法と不即不離にあるといえる。それは作品全体を味わうことに加えて、全体の筋とは必ずしも関わりのない独立した部分的「断面」を、同時に味わおうとする手法である。

　前年の「草枕」では、この手法に従って、作品全体から焦点「F」を抽出する方法と、作中に俳句や漢詩、警句、熟語、俳文などを織り込みながら部分的「断面」を作り出し、それぞれから焦点「F」を抽出する方法を同時に取り込み、「全体」を貫く筋と断片的に味わい得る「部分」を共存させるという構造を漱石は創りだしていた。この構造が彼の「文学」の中に、時系列的な事件の生起を含みこむ「詩（＝言語表現）」の性質と、断片的な一瞬としても味わいうる「画（＝造形表現）」の性質を二つながらに備えさせていたわけであるが、「虞美人草」でもまた、こうした「断面的文学」に基づく二種類の「F」配置を共存させる手法が引き継がれたと考えられる。おそらく漱石は「虞美人草」の中に、いくつかの文体を共存させることによって、「全体」を通して筋を読ませる手法と、文章の美しさを「部分」的に味わわせる手法を同時に盛り込もうとしたのである。

だが同時に、漱石は自らの属する狭いコミュニティを中心的読者層として提供する余暇としての創作活動から、専業の小説家が不特定多数の読者に読ませる創作活動へと移行する必要性を意識しつつあった。正宗白鳥に〈一読して何の事か分からず〉[10]と痛烈な批判をあびた「一夜」のように、観念的かつ〈頭も尾もなくて構はない趣向〉のみを前面に押し出していくのは、漱石自身のこだわりとしてはさておき、いささか読者を限定しすぎる行為である。いかに〈分量と種類と長短と時日の割合は小生の随意〉[11]という条件を朝日に承諾させたとはいえ、基本的に連載を前提とした長編の中では、ある程度の時間の幅を表現せねばならないこと、またそのためには全体の「筋」をより明確に練り上げなければならないことを念頭に、「虞美人草」は構想されていったものと思われる。また明治三十九年ごろから、漱石は頻繁に書簡や談話のなかで〈長篇の小説となると道徳上の事に渉らざるを得ない〉〈文学は好悪をあらはすものので、普通の小説の如き好悪が道徳に渉つてゐる場合には、是非共道徳上の好悪が作中にあらはれて来なければならん〉（「文学談」明治三十九年（傍点原文））と述べ始めるが、何らかの形で自身の倫理的な見解を示し〈一種の勧善懲悪〉を行うという、「作家」としての自身に課した社会的課題も、構成や「筋」の明確化に大きく関わったとみられる。

それでも、アマチュア時代に獲得した「断面的文学」の手法を一切排除したかたちで作品を作り上げるという方法も、漱石の中では選択されなかった。〈死ぬか生きるか、命のやりとりをする様な維新の志士の如き烈しい精神で文学をやつてみたい〉[12]という苛烈な決意を投影した「野分」（明治四十年一月）においてすら、自己の主張を表すための文体と、文章そのものを味わうための文体は共存させられたのである。いやむしろこの苛烈な決意は、そもそも〈一面に於て俳諧的文学に出入すると同時に一面に於て〉（傍線著者）という限定的な前置きとともに語られていたのではなかったか。

このように考えるならば、「虞美人草」もまた漱石が表現方法を模索する上でこだわり続けた「詩」と「画」のモチーフを色濃く引き継ぎ、造形芸術のもつ視覚性や、凝縮された焦点から生れる強烈な印象を、言語芸術にも取り入れようとする試みを反映した作品であるといえる。そして、以後こうした文体とは決別していく漱石にとっては、「断面的文学」を直截的に盛り込もうとした最後の作品であったともいえよう。むしろ「虞美人草」は、〈画工〉が〈画〉の題材を見い出す「草枕」と対をなすように、〈文明〉の〈詩人〉である小野が、その〈詩〉の題材を獲得するまでの物語と見るべきではないか。

小野は、藤尾と小夜子の間に立たされ、揺れ動く。彼女らは対極的なキャラクターでありつつも、同時に一人の人間像のネガとポジであり、また美的なものの両面を象徴しているともいえる。小野は〈詩人〉であるという属性をあたえられながら、作中では一度も実際の詩を作ることはないが、藤尾か小夜子か、という葛藤は、おそらく勧善懲悪的な倫理的規範の主張以上に、〈文明の詩人〉がこれら性質の異なる美をいかに二十世紀的な「詩」題として捉えるのかという問題に重なるものであったと思われる。

以下、「画」と「詩」のモチーフと関わらせながら、「虞美人草」を読み解いていくことにしたい。

二、「画」から抜けだした女

「虞美人草」を執筆するにあたり、漱石が全体の構想を図式的に書きとめた断片を残していたことはよく知られており、断片を分析する多くの先行研究からは、藤尾の死が当初から予定されていたものであることが指摘されている。また藤尾を好意的に評価したらしい小宮豊隆の発言に、漱石が〈あいつ（引用注…藤尾）を仕舞に殺すのが一篇の主意である〉[13]と答えたことはあまりに有名であるし、また同じ書簡に書かれた藤尾への否定的な言辞と合わせて、この発言は漱石が藤尾の死を解釈した自作評として強い論拠となってきた。しかしこの自作評は、過剰な独り歩きをとげてしまった感がないでもない。〈仕舞に殺す〉という言葉からは、漱石から「藤尾という女性」への悪意ばかりが中心的に読みとられてきたように思うが、本章ではむしろ漱石が、「虞美人草」という作品を、全体が「藤尾という登場人物」の死に向かって収斂する構成のうちに作り上げたことの意義に、より重点をおいて考えてみたいと思う。

藤尾の死を、従来のように〈我の女〉に対する懲罰であると読みとった場合、死後の場面において、語り手が〈凡てが美くしい。美くしいもの、なかに横はる人の顔も美くしい〉と、彼女の美を過剰に強調することの意義は明確に計りがたい。この藤尾の遺体が描写される「十九の一（連載第百二十五回）」は、すべてが藤尾とその部屋の調度を描写することに費やされているが、この文体は「草枕」における志保田邸の室内の描写や、浴室で画工が那美と遭遇する場面を想起させる。この場面について〈漱石はここで疑いもなくミレーの『オフィーリア』を念頭に置きながら、藤尾の死体とそれを安置した部屋との描写をおこなっている。言い換えれば、ミレーの『オフィーリア』の画面を、我が国の伝統的な室内装飾品を用いて文中に再現しようと試みている〉という堀切直人氏の指摘があるが[14]、まさにこれは藤尾が一枚の〈画〉になった瞬間というべきであろう。「十九の二」でも、藤尾の遺体は次のように描写される。

> 部屋はわざと立て切つた。隔ての襖丈は明けてある。片輪車の友禅の裾丈が見える。あとは芭蕉布の唐紙で万事を隠す。幽冥を仕切る縁は黒である。一寸幅に鴨居から敷居迄真直に貫いてゐる。（中略）覗く度に黒い縁は、すつきりと友禅の小夜着を斜に断ち切つてゐる。写せば其儘の模様画になる。
>
> 「虞美人草」十九

ここでも〈黒い縁〉を通して、生者たちの空間と死んだ藤尾の存在する空間は隔てられ、「画」として現世から眺められている。「虞美人草」という作品は、まず藤尾が最終的に「画」となることを帰結として構成されはじめたといえる。そして登場人物たちをめぐる様々な「筋」は、ここに同心円的に収斂し、凝縮される。そこには当然、この藤尾の属する世界を〈美くしい画〉と認識し、〈詩人の理想は此画中の人物となるにある〉と感じていた小野が、藤尾を断念することによって「画」の外に締め出されるという「筋」も含まれている。

藤尾は登場の場面から、有名な〈紅を弥生に包む昼酣なるに、春を抽んずる紫の濃き一点を、天地の眠れるなかに、鮮やかに滴たらしたるが如き女である〉という絢爛豪華な文体で描写され、その後も彼女の登場する場面はつねに「詩」の形に解凍された美しい「画」となっている。藤尾の描写に、ロセッティらラファエル前派に代表される世紀末美術からの影響が色濃いことはつねに指摘されているが、(15)〈我の女〉としての否定的側面を暴露される十二章においてすら、〈紫を辛夷の瓣に洗ふ雨重なりて、花は漸く茶に朽ちかゝる椽に、干す髪の帯を隠して、動かせば背に陽炎が立つ。黒きを外に、風が嬲り、日が嬲り、つい今しがたは黄な蝶がひらひらと嬲りに来た。〉と、洗い髪を背に辛夷の花の下で蝶にまといつかれる世紀末絵画的な彼女の姿が、まずはじめに提示される。

しかし一方で、藤尾の内面や、生身の人間としての奥行きは、外面を描写する文体の華麗さに対して異常なほど平板である。彼女が小野に対して高慢に振る舞うのは、高慢に振る舞うことそれ自体が目的であると言うほかなく、小野の結婚相手としての社会的・経済的な優位性を正確に認識し、それに対して駆け引きや策略を講じる現世的な打算はすべて母の手にゆだねられている。むしろ藤尾は現世的な思惑にほとんど無頓着なのであり、彼女を「悪女」たらしめているはずの〈我〉も、ごくごく単純な支配欲が表面的に受け入れられるだけで満足する程度のものでしかない。

むしろ藤尾そのものは本質的には無力であり、反対に小野が〈詩趣〉のかげから自分に向ける打算的なまなざしを、ほとんど理解している節はない。彼女を「悪女」として実際的に機能させるには、現実的な行動者としての母が不可欠なのである。藤尾は自分の主張を直截に行動に移す能力も与えられていなければ、掘り下げられるべき内面的葛藤も描かれないが、表層的かつ視覚的である「画」的な美だけをひたすら強調される存在であるがゆえに、華麗なる〈我の女〉としてのイメージを強めていく。この藤尾の外面の華麗さと内面の平板さの懸隔は、物語が進むにつれ、更に顕著になる。

このような〈我の女〉である藤尾に対し、もう一人のヒロイン小夜子は対照的なキャラクターとして受け止められてきた。漱石が藤尾への悪意をあらわにした前述の書簡でも〈小夜子といふ女の方がいくら可憐だか分りやしない〉と対比するような形で述べられており、小夜子は森田草平が評したように〈昔風の類型的な女である。それだけにその行動も消極的で、取り立てて言うこともない〉[16]というイメージを強く引きずりながら、「新しい女」である藤尾の対極に位置する、封建的な倫理観に従順な「過去の女」として捉えられる傾向が今もって強い。

しかしこの二人は本質的にはそれほどかけ離れた別個の存在ではない。当初は小夜子もまた、藤尾と同じように美文とともに作中に登場し、「画」として凝縮された場面を「詩」として解凍するように「断面的文学」的な描写によって語られている。

> 真葛が原に女郎花が咲いた。すら〳〵と薄を抜けて、悔ある高き身に、秋風を品よく避けて通す心細さを、秋は時雨て冬になる。茶に、黒に、ちりちりに降る霜に、冬は果てしなく続くなかに、細い命を朝夕に頼み少なく繋なぐ。冬は五年の長きを厭はず。淋しき花は寒い夜を抜け出で丶、紅緑に貧を知らぬ春の天下に紛れ込んだ。地

に空に春風のわたる程は物みな燃え立つて富貴に色づくを、ひそかなる黄を、一本の細き末に頂て、住むまじき世に肩身狭く憚かりの呼吸を吹く様である。

「虞美人草」九

京都を逍遥する宗近や甲野の前に小夜子が初めて姿を現す場面でも、東京で再会した小野と会話する場面にも、藤尾の登場場面とも重なり合う視覚的な単語や、絵画的な要素をふんだんに取り入れた表現がなされている。特に九章では、藤尾を表す「紫」に対して、小夜子は「黄」で表され、さらに小野の気づかぬ〈美くしい画〉としての姿を語り手から示唆される。(17)

小夜子は何と答へてい丶か分らない。膝に手を置いた儘、下を向いて居る。小さい耳朶が、行儀よく、鬢の末を潜り抜けて、頬と顋の続目が、暈した様に曲線を陰に曳いて去る。見事な画である。惜しい事に真向に坐つた小野さんには分からない。詩人は感覚美を好む。是程の肉の上げ具合、是程の肉の退き具合、是程の光線に、是程の色の付き具合は滅多に見られない。小野さんが此瞬間に此美くしい画を捕へたなら、編み上げの踵を、地に滅り込む程に回らして、五年の流を逆に過去に向つて飛び付いたかも知れぬ。惜しい事に小野さんは真向に坐つて居る。小野さんは只面白味のない詩趣に乏しい女だと思つた。

「虞美人草」九

この場面で小夜子の〈画〉としての美しさは、その造作的な感覚美に求められているが、これ以後、彼女の外面的な美は〈別嬪〉、〈うつくしい方〉、〈奇麗な人〉と非常に一般的な形容で語られはするものの、藤尾ほど激しく強調されることはなくなっていく。その代わりに、物語が進むほど小夜子の内面は藤尾よりも詳細に掘り下げられていき、むしろ藤尾以上に、二十世紀に生きる生身の近代人としての葛藤を如実に表現しているといえる。[18]

たとえば小夜子は、小野の変化を〈変りたくても変られぬ自分が恨めしい気になる。小野さんは自分と遠ざかる為めに変つたと同然である〉と捉え、自分が東京へ出た理由に気づかぬふりをする小野に〈東京が好いか悪いかは、目の前に、西洋の臭のする烟草を燻らして居る青年の心掛一つで極る問題である〉と感じる。また当意即妙な応対が出来ぬ自分に〈一体小野が来たと云ふのに何をして居たんだ。いくら女だつて、少しは口を利かなくつちやいけない〉と非難がましい言葉をぶつける父・孤堂を〈口を利けぬ様に育てゝ置いて何故口を利かぬと云ふ〉と内心で相対化する彼女は、自分のおかれた状況がどのような要因に依っているかを、かなり分析的に見るとともに、自分をそこに追い込んだ周囲に、内心で非を鳴らすことによって状況を認識している。彼女にとって、自分が〈新らしい人〉である小野の意に叶わぬのは、〈古るい人〉である父が叶わぬような育て方をしたからであり、また小野が〈変りたくても変られぬ〉自分を差し置いて勝手に変化したせいである。

小夜子の表面上の従順さと自我のない態度は、裏返せば自らの無力を逆手にとった形での自我の主張であるともいえる。またその抑圧が他者から強いられたものであるという認識のもとに、自らの弱さと無力さを提示することで、無言のうちに他者の同情を含んだ奉仕や犠牲を要請しているともいえる。きわめて対照的な形で発露しているとはいえ、その意味では彼女もまた〈如何なる犠牲をも相手に逼〉り、〈愛せらるゝ事を専門にするもの〉である藤尾と、本質的には共通しているのである。

彼女の内面が会話の中に現れることはほとんどなく、語り手が〈小夜子の躊躇たのには、もう少し切ない意味が籠つてゐる〉と述べるように、小夜子にとっては沈黙することそのものが意志の表出となる。多くの場合は、語り手が小夜子の内面を代弁するが、語り手がそれをあえて語らなくても、小夜子の沈黙は完全な空白とは成り得ない。

「小野にさう云て呉れ。井上孤堂はいくら娘が可愛くつても、厭だと云ふ人に頭を下げて貰つてもらふ様な卑劣な男ではないつて。――小夜や、おい、居ないか」

襖の向側で、袖らしいものが唐紙の裾に中る音がした。

「さう返事をして差支ないだらうね」

答は更になかつた。やゝあつて、わつと云ふ顔を袖の中に埋めた声がした。

（中略）

「御好意は実に辱ない。然し先方で断はる以上は、娘も参りたくもなからうし、参ると申しても私が遣れん様な始末で……」

小夜子は氷嚢をそつと上げて、額の露を丁寧に手拭でふいた。

「冷やすのは少し休めて見やう。――なあ小夜行かんでも好いな」

小夜子は氷嚢を盆へ載せた。両手を畳の上へ突いて、盆の上へ蔽ひかぶせる様に首を出す。氷嚢へぽたり〳〵と涙が垂れる。孤堂先生は枕に着けた胡麻塩頭を

「好いな」と云ひ乍ら半分程後へ捩じ向けた。ぽたりと氷嚢へ垂れる所が見えた。

「虞美人草」十八

語り手はここで小夜子の内面を描写してはいないが、すでに彼女の近代的な自我の葛藤が九章や十二章で掘り下げられた以上、この場面での沈黙が父・孤堂の自己投影的な主体化に従順に同調するものでないことは、読者にとっても明らかである。小夜子は決して自我のない人物として語られてはおらず、可視的な形で自我を発揮する藤尾に対し

て、不可視的な形で自我を表出する人物として造形されている。藤尾が「新しい女」として読者に受け止められ、小夜子が近代的な自我の葛藤を内包しつつも「過去の女」としての評価を与えられ続けるのは、二人の本質的な差異というよりも、むしろ彼女らの自我の発現が直截的に認識しやすく描かれたか否かに依っている。

だが、この藤尾と小夜子の自我の現れ方の差は、外面的な描写と内面的な描写にそれぞれ割かれたバランスの違いも含め、漱石のとある葛藤を示しているように思われる。藤尾のどこか浮世離れした高慢な単純さは、彼女の外面にあらわれた可視的な「画」的魅力と表裏一体であり、躊躇し沈黙する小夜子の魅力は、不可視的な内面の提示によってしか表現できない。そして可視的な外面の発現が強烈であればあるほど、焦点は外面的なものに当てられ、内面は平板にならざるを得ない。そのため「詩」の中に人物の内面における深く激しい葛藤を丹念に表現しようとすればするほど、「画」のもつ視覚的美を前面に押し出すことは断念せねばならない。

「一夜」では「画」から〈美くしい女〉を、時間の流れる現実界に抜け出させるための苦心が語られていたが、「虞美人草」でついに「画」から抜けだしてきた二人の〈美くしい女〉は、その〈美〉を対照的な形で〈詩人〉にアピールする。そして〈詩人〉もまた、多くの読者が藤尾を支持したように、可視的なインパクトにまず焦点を奪われ、幻惑されざるを得ない。欽吾の〈藤尾が一人出ると昨夕の様な女（引用注…小夜子）を五人殺します〉という評は、そうした意味では非常に的を射たものである。小野が小夜子を〈只面白味のない詩趣に乏しい女〉としか思えないのも、藤尾の〈紫が祟つた〉からであるということになっている。漱石の藤尾に対するえもいわれぬ悪意は、「画」の外面的な強烈さと、「詩」の内面の深さを対等に調和させせつつ共存させられないことへの、漱石の憾みでもあったろう。

三、〈文明の詩人〉小野の選択

前節までの議論を端的に要約するならば、可視的かつ外面的な強烈さを持つ藤尾は視覚的な「画」の性質をもって発現する〈美〉であり、不可視的な内面の葛藤によって特徴づけられる小夜子は継起的な「詩」の性質によってこそ活かされる〈美〉であるということになる。〈詩人〉である小野は、この二つのうち、どちらを自らの詩題として選ぶべきかを迫られているともいえるのである。

最終的に藤尾を断念するという小野の決断は、「画」と「詩」を両立させうるかという漱石の実験における、一つの作業仮説と考えられる。漱石が藤尾を〈仕舞に殺すのが一篇の主意である〉と述べたとき、彼はすでにこの物語の中で、藤尾の「画」的魅力を、彼女の死という破滅的な運命の招来によってしか活かし得ないことを予見していたのではないか。〈うまく殺せなければ助けてやる。然し助かれば猶々藤尾なるものは駄目な人間になる〉という文言には、長い時間を含む世俗の人間ドラマにおいては、藤尾の「画」的魅力はますます失われていかざるを得ないという意味も込められていたように思われる。

また本来「断面的文学」の中でこそ本領を発揮してきた「画」と「詩」の対立を、「筋」を重視する人情劇として描くことの困難もあった。そのため「筋」を〈詩人〉に対して示す役割が宗近に負わされ、その「筋」に整合性をもたせる役割が甲野に負わされる。

「虞美人草」は宗近と甲野が叡山に登る場面から始まる。この叡山をいかに登るかという問答、そして登山中の二人の言動は、物語の「筋」をどのように牽引していくかという問題を象徴的に示している。〈余計な事を云はずに歩行て居れば自然と山の上へ出る〉と述べ、時に無手勝流ともいえるほど行動ありきの宗近は、〈計画ばかりして一向実行しない男〉であり、逡巡の末に諦念へとたどりつく甲野と対照的である。そして先に立って道を急ごうとする宗近に対し、甲野は〈俗界万斛の反吐皆動の一字より来る〉と嘯きながら、何度も立ち止まり、座り込み、また辺りの景色を眺めながら思索にふける。宗近が「筋」にそって時系列的な物語の流れを促がすとすれば、甲野は「低徊趣味」風に、哲学的警句によって部分的な奥行きを広げる役目を担っているともいえよう。

そして三章で彼らが話す〈ゴーヂアン、ノット〉の逸話は、「虞美人草」全体の今後の「筋」の運びを暗示している。〈誰がどうしても解く事が出来ない〉結び目を、〈アレキサンダーが面倒臭いつて、刀を抜いて切つちまつた〉という結果は、結末で宗近がとる強引な行動にそのまま重なるものである。

「い、がね。人間は、それなら斯うする許りだと云ふ了見がなくつちや駄目だと思ふんだね（中略）ゴーヂアン、ノットはいくら考へたつて解けつこ無いんだもの」
「切れば解けるのかい」
「切れば――解けなくても、まあ都合がい、やね」
「都合か。世の中に都合程卑怯なものはない」

「虞美人草」三

理論家としての甲野は強引に「筋」を運ばせることを決して良しとしていない。しかし宗近はこの後も、非常に単純素朴にすぎるとも思えるほどの正義感に従って、実際的な〈行為（アクシヨン）〉を小野や甲野に求めていく。宗近は「虞美人草」において〈道義〉の側に立って〈勧善懲悪〉を行う側としてとらえられてきたが、実際に彼はそれほど一貫した〈道義〉に従って行動を起こすわけではない。小野に〈君も此際一度真面目になれ〉と、行動を起こすことを迫りつつ〈契約があつたの、滑つたの転んだの。嫁があつちやあ博士になれないの、博士にならなくつちや外聞が悪いのつて、丸で小供見た様な事は、どつちがどつちだつて構はない〉と説く彼は、本質的な意味で〈道義〉に基づく判断を小野に下させようとはしていない。彼にとって〈真面目〉とは、ともかくも愚直なまでに〈行動〉を起こし、何らかの結果を招来することをさすものでしかなく、むしろ〈道義〉にかなった理屈などは邪魔なものと考えている節すらある。

〈詩人〉の小野は「筋」の強引な流れに導かれて藤尾を断念し、小夜子を選択する。だが小野の選択は決して円満な結末には結びつかない。それは「画」的なものを〈詩題〉として「筋」の中にうまく取り込みそこねた〈詩人〉の小野にとっても、小夜子の「死」を背負い込まされる業苦から逃れようとして、藤尾の「死」を背負い込んでしまった人間の小野にとっても同様である。彼はその住人となることを夢見た〈美くしき画〉から締め出され〈蒼白い額を抑へて〉痛恨の退場を遂げる。

その後の漱石作品の多くの主人公たちのように、原罪ともいうべき罪悪感を負わされたまま「画」的な美しい楽園から追放された小野に、ひとまずの救済が訪れるとすれば、小夜子の不可視的な内面を掘り下げながら、「詩」の流れに活かし得る〈美〉を見出すほかかない。そしてこの〈文明の詩人〉は、まさに不可視的な内面を掘り下げるように、鉱山の暗い坑道を降りて行き、意識の中をさまよいはじめる。次作である「坑夫」（明治四十一年）の主人公が、あたかも小野が経験したような三角関係を過去に背負っているのは決して偶然とはいえまい。

「坑夫」では、一人称で主人公の内面が掘り下げられ、心理描写に全体の重点が置かれている。そこには意識の連続によって流れゆく「詩」の時間が存在するのみであり、「草枕」や「虞美人草」にみられた鮮やかな「画面」を抽出しうる部分は、まったく存在しない。それゆえに滝田樗蔭の〈先生一流の説明が多過ぎて先生作中で一番見劣りする〉[19]という辛口の批評以来、この作品は「虞美人草」とは対照的な地味さを批判され続けたともいえる。「坑夫」での時間はつねに流れ、漱石は随所に立ち現れる強烈な「画」に惑わされることなく、こころゆくまで不可視の内面を「詩」によって掘り下げ続ける。最後に主人公が唯一見出す〈一幅の画〉も、〈不可思議な魔力で可憐な青年を弄ぶ〉運命に対する寄る辺なさの投影としてのみ現われ、『漾虚集』以来、幾度となく繰り返されてきた「画」のモチーフとは一線を画すものである。

「坑夫」で漱石は、鮮やかな「画」を「詩」へと解凍することや、「詩」を「画」面へと凝縮させることをやめ、「画」にならぬ場面を徹底して追いながら、「詩」から一度、「画」的な要素を極力捨象することによって生じた結果を見極めようとする実験的意識があったように思われる。しかし「坑夫」のような手法も、その後の漱石作品では影をひそめる。〈詩人〉はもういちど〈画から抜けだした女〉を「詩」の中に呼び戻す。もっとも美しい瞬間を「画」に留めつつ、流れうつろう時間を生き続けることを選んだ「三四郎」（明治四十一年）の美禰子は、「詩」の中にともに共存させられた藤尾と小夜子でもある。

四、「筋」を運ぶための〈道義〉

談話「文学雑話」（明治四十一年）の中で、漱石は「虞美人草」について次のように語る。

つまりあれはね、ラヴといふものを唯一のインテレストとして貫ぬいたものぢやないから、恋愛事件の発展として見ると中々不完全です。（中略）つまり二つか三つのインテレストの関係が互に消長して、それが仕舞に一所に出逢つて爆発するといふ所を書いたのです。書いたのぢやない、書いた積なのです。「文学雑話」

当初漱石が構想した「虞美人草」は、登場人物たちをめぐる世俗のドラマとしての複数の〈インテレスト〉に留まらず、そこに表現のドラマというもう一つの〈インテレスト〉が加わって〈互に消長〉しつつ、〈仕舞いに一所に出逢つて爆発〉するものでもあったと思われる。「虞美人草」の主要人物たちは、それぞれに漱石が「文学」の中に位置づけようとする「詩」「画」「筋」「哲学」といったファクターをアレゴリカルに背負わされている。

「虞美人草」における「詩」と「画」をめぐる「筋」が宗近によって牽引され、藤尾の死に向かって収斂したあと、作品中で〈哲学〉を担う甲野はこの「筋」を意味づけるかのような文章を書く。藤尾への悪意をあらわにした例の小宮豊隆宛書簡において、漱石が〈最後に哲学をつける。此哲学は一つのセオリーである。僕は此セオリーなるものを説明する為めに全篇をかいてゐるのである〉(20)とまで熱弁をふるうこの部分は、いわゆる甲野の悲劇論として知られているが、その評価は決して高くない。甲野の議論は結局のところ関肇氏が述べるように〈家父長制にもとづく近代社会のシステムを維持し、再生産を促すことでしかない〉(21)と、短絡的な「勧善懲悪」を正当化するためだけのものとして、その保守的な限界点を指摘され続けているし、妹の死を巡る悲劇を、冷たさすら感じさせる淡々とした筆致で綴る甲野自身を、酒井英行氏のように〈他の作中人物とは次元を異にした特権的な席を与えられている人物〉として、〈現実を引き受けることをしないで、観念的に高所に居座っている甲野の人格に、まず不快感を表明しておきたい〉(22)と否定的に分析する視点も少なくない。

たしかに、この甲野の悲劇論は、作品全体の「筋」を総括するものとして読む限り、どこか後づけされたような据わりの悪さを感じさせる。そもそも、ここに至るまで甲野の口から〈道義〉という言葉が出たことはなく、ことさらに封建的な家父長制倫理を標榜するような態度も、彼は一切見せていない。むしろ家を存続させ、父の遺志を継ぐことに消極的な甲野は、肖像画の中で無言の圧力を送り続ける父の目からたびたび逃れようとしていたのである。また彼が何度か〈澆季の文明の特産物〉と指弾する問題も、ことさら近代にのみ特有の悪徳とも思われない。

だがそれにも関わらず、この甲野の論理は「虞美人草」全編を総括するような強いイデオロギーとして解釈に作用し、読者を幻惑し続けてきた。「筋」によって運ばれた時系列的な事件の推移を、因果関係のもとに意味付けるという、甲野の「哲学」に負わされた役割が、理論自体の破綻を超えてより強力に作用してしまったためである。

当初〈意味がないものを謎だと思つて、一生懸命に考へ〉る〈哲学者〉としての属性を背負った甲野は、宗近が動かそうとする「筋」とは、必ずしも関わり合わない「部分」を作り出すための要素としても設定されていたはずであった。甲野は「筋」から拾い上げた〈謎〉に逡巡し、立ち止まり、「低徊」する。後に漱石が「文学雑話」で語る、物語の流れに於いての〈コーザリティー〉（＝直線的推移）が宗近であるとすれば、甲野は〈エキステンシヨン〉（＝低徊）を担うことになる。漱石は「草枕」において、〈画〉になる視覚的瞬間を抽出しうる「部分」を多数配置することによって「余裕」のある奥行きを作り上げたが、「虞美人草」ではそれとともに、甲野の「哲学」を通して可視的な要素を伴わない形での低徊——すなわち意識の奥行きをも「筋」に加えようとしている。

だが、「草枕」を「全体」と「部分」を同時に味わい得る構造としたように、漱石は甲野にもまた、「部分」的でありつつ、作品「全体」を説明しうる「哲学」としての意味を持たせようとした。甲野は作品から独立させても機能しうる〈文明〉批判者であるとともに、作品全体を貫く「セオリー」の担い手として設定された。おそらく漱石は、甲野の「哲学」が、「虞美人草」において世俗のドラマと表現論のドラマに調和をもたらし、二つの「筋」を統一する

〈理論〉としても、またこれらの「筋」からも独立した〈理論〉としても、作品世界に調和し得ることを期待したのであろう。

だが「文明」と「死の悲劇によって再確認される道義」を、牽強付会なまでに対立させる甲野の論理は、藤尾を断念し、小夜子を取るという小野の選択を、うまく因果関係のなかで説明し得ず、作品全体を貫く「セオリー」としては機能できぬまま破綻して終った。そのうえ甲野に負わされた役割自体が作品中で発揮する影響力は非常に強く、破綻した「哲学」は単なる余談的〈エキステンシヨン〉に留められずに、そのまま〈コーザリティー〉を補強しているかのような印象だけをもたらした。「虞美人草」の破綻は、こうした甲野の「役割」が独り歩きしてしまったことに大きく起因する。「哲学」は〈エキステンシヨン〉としては「文学」に調和しうるが、〈コーザリティー〉と密接に関われば関わるほど、逆にそれまで作られてきた奥行きを損ない、作品全体を単線化してしまう結果となったのである。

これ以後の作品において、甲野のように高次的な場所から、全体を貫く「筋」を因果関係によって意味づけようとするキャラクターは設定されなくなっていく。漱石は「三四郎」にいたって、広田先生のように、〈エキステンシヨン〉としての役割から逸脱しない範囲で意識の奥行きを作品中にもたらすキャラクターを獲得する。「三四郎」で、ふたたび「文学」に〈画から抜けだした女〉を呼び戻そうとしていた漱石は、同時に〈哲学者〉の役割を後景化することで、両者を「文学」の要素としてうまく組み込むことに成功したともいえる。

〔注〕

（1）高浜虚子宛書簡、明治三十八年九月十七日
（2）奥太一郎宛書簡、明治三十八年十月二十日
（3）「虞美人草」連載時に、漱石の元に届いた手紙の文面として、鏡子夫人が述懐している。（夏目鏡子述・松岡譲筆録『漱石の思い出』、岩波書店、昭和四年）
（4）石原千秋氏は、こうした作者の思惑からはずれた形で作品を享受する読者を視野に入れられなかった漱石が、自身や弟子たちに共有された知識人的価値観にもとづいてのみ作品を形成してしまったことを「虞美人草」の失敗の要因に数えている。（石原千秋『漱石と三人の読者』、講談社、二〇〇四）
（5）高原操宛書簡、大正二年十一月二十一日
（6）平岡敏夫「「虞美人草」論」（「日本近代文学」一九六五・五）
（7）北川扶生子「「虞美人草」と〈美文〉の時代」（初出　玉井敬之編『漱石から漱石へ』、翰林書房、二〇〇〇）『漱石の文法』水声社、二〇一二）一二七頁
（8）水村美苗「「男と男」と「男と女」――藤尾の死」（「批評空間」、一九九二・七）
（9）北川扶生子氏前掲書（7）一三九頁
（10）「読売新聞」、明治三十八年九月七日
（11）坂元雪鳥宛書簡、明治四十年三月十一日
（12）鈴木三重吉宛書簡、明治三十九年十月二十六日
（13）小宮豊隆宛書簡、明治四十年七月十九日
（14）堀切直人『日本夢文学志』、冥草舎、一九七九（沖積舎、一九九〇）九四頁
（15）尹相仁『漱石と世紀末芸術』、岩波書店、一九九四

(16) 森田草平『夏目漱石』(初出、昭和十七年)講談社、一九八〇

(17)「薤露行」(明治三十八年)では、シャロットの女が織る〈繪〉の中に、〈温和しき黄と思ひ上がれる紫を交るくに畳めば、魔に誘はれし乙女の、我は顔に高ぶれる態を写す〉という画題があり、紫と黄は一人の女性の両極的な内面を同時に示すものであるという認識が表れている。

(18)〈小夜子は「過渡期」に生きざるを得ない女性の直面した問題を生活の中で捉え、認識し、悩んでいる〉のであり、〈新しい時代にふさわしい〉という意味で小夜子は「新しい女」であるという佐藤裕子氏の指摘がある。(佐藤裕子「『虞美人草』論――〈喜劇〉の果ての〈悲劇〉」(「フェリス女学院大学文学部紀要」、一九九八・三)四二～四三頁)

(19)「中央公論」、明治四十一年三月

(20) 小宮豊隆宛書簡、明治四十年七月十九日

(21) 関肇「メロドラマとしての『虞美人草』」(「漱石研究」、二〇〇三・十)一二一頁

(22) 酒井英行「『虞美人草』論――小野と小夜子――」(「日本文学」、一九八三・九)四一～四二頁

第九章　「画」と「詩」を超えて ――「三四郎」

一、はじめに

前章までに見てきたとおり、漱石の初期作品における「画」的な美と「詩」的な美は、表現方法を模索する上で対比される際にはことさら、対極的な位置関係から捉えられる傾向にあった。「画」的な凝縮された「美」の表現は、継起的な時間の流れに従った事件の生起を表現する「詩」とはたがいに異質なものであり、両者を同時に言語表現に取り込む構想が、全体と部分とを共存させる「断面的文学」の手法であったといえる。

「草枕」では、それ自体が独立した漢詩や俳句、警句の類が文中に織り交ぜられ、また文章を部分的に切り取っても、ある程度の独立した作品世界が立ち上がるような構成が試みられ、最初から最後までという全体の「筋」だけに拘泥しない「非人情」の境地を内容の面からも表現の面からも反映し得た。また作品全体の焦点「F」と部分の焦点「F」を同時に配置することによって、様々な時間の幅を凝縮した「断面（＝画面）」を読者に印象づけることにも成功している。

しかしそうした「断面」に強い印象を付与する表現方法は、作品全体の「筋」や、人物たちの内面の深さを掘り下げようとする「詩」的要素の存在感を相対的に希薄にしてしまうことになる。より複雑な内面をかかえた登場人物たちが、入り組んだ人間関係のなかで葛藤しつづける作品を、より「筋」を明確にしつつ書くことを目指したとき、この問題点はいっそう大きなものとなったはずである。「詩」と「画」双方を、同程度のインパクトを保ったまま両立できないジレンマは、職業作家となった直後の漱石に重くのしかかることになった。

職業作家としての第一作となった「虞美人草」は、様々な種類の文体によって構成される作品でありながら、主に藤尾を描写するために作中で用いられる「絢爛豪華な美文」で書かれた作品という印象を、読者にもっとも強く与えることになった。またこの作品は、可視的かつ外面的に描写される藤尾の「画」的要素と、不可視的かつ内面的に描写される小夜子の「詩」的要素を対立させたアレゴリカルな物語としても読むことができる。しかし藤尾が漱石の意図した以上に「新しい女」として読者の肯定的な支持を得る一方、小夜子は近代的な自我の葛藤を内包しつつも、〈昔風の類型的な女〉(1)といった消極的な評価を与えられがちであり、彼女にそなわった不可視的な内面の奥行きには注目を集められない結果となった。

最終的に小野は、宗近に押されるかたちで藤尾を断念し、小夜子を選ぶという選択をする。表現のドラマにおける〈文明の詩人〉小野にとっては、「筋」の牽引力が、内包しきれない藤尾の「画」的要素を「詩」題にもりこむことを断念させたということになるが、一方で人間関係をめぐるドラマの体裁で書かれた「虞美人草」は、末尾におかれる甲野の「悲劇論」のインパクトもあいまって、主人公がひとたびは「新しい女」にひかれつつも、「道義」的に「過去の女」を選択する保守的な倫理観の物語として批判される傾向を今もって払拭できない。

次作となった「坑夫」の主人公は、小野と同様に二人の女性の間で苦悩する過去をもち、今度は不可視の内面をひたすら掘り下げるように、「画」的要素をふくまない意識の「坑道」へと沈潜していく。漱石は長編小説の中に、「断面的文学」の手法によって「画」と「詩」を共存させることを、ひとたびは保留したかにもみえる。

だが、漱石はふたたび「三四郎」において、この「画」的な要素と「詩」的な要素をもつ美の表現を試みている。作中にはいくつもの部分的な「断面」と、それぞれの焦点「F」となるべき画面が含みこまれ、また全体の焦点「F」

となりうるクライマックスの「画になる瞬間」に、物語の全体と部分が同心円的に凝縮されるという「草枕」の構成がふたたび採用される。そして三四郎は、「草枕」の画工と同様に、「画面」を第三者的に「筋」の中から抽出しながら、最終的に美禰子が「画になる」までを追うことになる。

ただし、ヒロイン格の女性登場人物が最終的に「画になる」というモチーフは、『漾虚集』「草枕」「虞美人草」以来のパターンを踏襲しているといえるが、「三四郎」において、その〈画〉がもつ性質はやや他と異なる。三四郎は、邂逅した当初の美禰子の挙措を何度か〈画〉に当てはめるように見いだしているが、最終的に美禰子を〈画〉として眺めることは、彼にとって理想の「美」を頂点のままに留め、一体化を可能にするものとはなりえなくなる。

また観察者の役割を果たす視点人物ないし語り手が、物語の最終段階に至ったヒロインの姿を、物語全体――あるいはその場面を含む任意の時間の幅――におけるクライマックスを描いた「画」として認識する初期作品群にくらべ、「三四郎」に登場したヒロインの〈画〉は彼女の初登場時の姿を描くものである。すなわち「薤露行」では〈死せるエレーン〉が、「草枕」では〈憐れ〉の表情を浮べた那美が（また、画工が実際に描こうとしていたのは、その表情で〈土左衛門〉として水に浮く那美である）、「虞美人草」では〈虚栄の毒を仰いで倒れ〉た藤尾が、全体を凝縮した「最後の〈画〉（＝イメージ）」として配置されるという構成なのであるが、「三四郎」において原口が完成させた絵画「森の女」は、三四郎にとって「まだ（三四郎自身との関わりの中で生まれる）何の物語をも凝縮し得ない」段階の美禰子の姿をもとにして描かれている。また、エレーン・那美・藤尾の「画」的描写には、常に死とそれに伴う時間の停止が重要な意味を持つのに対し、美禰子の画ではその要素が前提とされてはいない。

三四郎は、自らの意識に〈画〉として立ち現れる美禰子へ憧憬を抱きながらも、最後までその全貌を掴みきることができない。最終的に美禰子が動かぬ〈画〉として現れたときには、すでに実体としての彼女は三四郎の手の届かぬ場所に去ってしまっている。そして〈画〉に留められた美禰子は、三四郎の憧れた「当初」の美禰子の面影を宿しつつも、流れる時間の中で求め続けた美禰子そのものではなくなっていることに、三四郎は気づかされていく。

三四郎の視野の中で、美禰子は一見、藤尾と同様ひたすら可視的な外面によって描写され、内面の直接的な掘り下げが一切されない。それにも関わらず、不可視にして深い内面の存在を、小夜子よりも明確にうかがわせる人物という印象を読者に与えることに成功しているように感じられる。美禰子はしばしば〈画〉面の中から三四郎の前に現れるが、彼女は三四郎にとって〈画の中の女〉ではなく、流れる時間の中を常に動き続ける〈画から抜け出した女〉である。むしろ一方的に「美の頂点」と目した「一瞬」のまま、〈画〉の中に留め置こうとする権力的な視線と意識から、常にすり抜けていく魅力こそが美禰子という人物の中に結実した「画」的な「美」の境地であるといえよう。

「三四郎」に描かれる〈画〉は、これまで描かれてきたような「もっとも美しい」ものの頂点に位置する理想の凝縮ではなくなり、不変の美を留めうる手段としての限界を露呈し続ける。また同時に、頂点に達した美を不変たらしめることを妨げ、それを劣化させるものとしてとらえられてきた〈詩〉は、「もっと美くしい」ものを求めるための肯定的な営為へと変化していく。それは、これまで漱石の初期作品において培われてきた「画」と「詩」の相克を超え、両者の新しい関係を模索するための試みとなっていくのである。

二、「三四郎」における「詩」と「画」

「三四郎」を読み解くにあたって、もう一度「画」の概念を確認しておきたい。漱石の「文学」作品において「画になる」モチーフとは、区切られた二次元平面の中に、視覚的に図像化されることだけを意味してはいない。「断面的文学」の概念に見られた通り、それは作品中における時間の幅を任意に切り取って、ある「断面」に集約することと、概念的に通底する。「画」とは、「凝縮（＝コンデンス）」されたものであり、表現された「断面」から、流れる時間とそれにともなう事件の生起、そしてさらにそれに付随する情緒を、「解凍」することが「詩」の領分とされてきている。

だが凝縮された「画面」から立ち上がる認識は、特に言語化されていく段階においては、ある程度そぎ落とされ、省略され、均されたものとなることは否めない。「草枕」における「非人情」の境地は、「事件」にまつわる生々しい「筋」を出来るかぎり後景化することにより、「断面」を美しい「画面」として強調することに成功している。初期作品における「画」は、このトリミングされているということ、すなわち「不純物」が取り除かれているという側面がより肯定的に取り上げられる傾向にあった。

しかし「三四郎」においては、むしろ〈画〉を〈画〉として成立させるために認識から「そぎ落とされ、省かれた部分」に対して、強い哀惜のまなざしが注がれ始めているように感じられる。〈画〉から取りこぼされつつあるものは、「無駄な不純物」ではなく、むしろ〈画〉に留めておきたくても留められない無限の各瞬間の「美しさ」として受け止められる。三四郎は美禰子が実際の絵画に描かれようとするとき、この「そぎ落とされようとするもの」を〈奥行〉として認識する。もともと三四郎は〈ある掬すべき情景に逢ふと、何遍もこれを頭の中で新たにして喜〉ぶ〈彽徊家〉として設定され、ある〈画〉を記憶のうちに何度も解凍することで〈命に奥行があるような気がする〉と考えているのである。

ある瞬間の美禰子を〈画〉として認識したとき、次の瞬間には彼女はまた別の〈画〉となって認識される。時間の流れに従った物事の生起は常に途切れずに続くが、認識はそれを無数の〈画〉の連続として捉えざるを得ない。〈画〉

と〈画〉の間には認識の空白があり、そこには未知の美禰子像が取りこぼされているかもしれない。また認識し得た〈画〉の連続を、さらに一つの〈画〉として捉えようとすれば、それは無限の〈画〉をそぎ落とし、省略し、均した――ある程度集約させたものとならざるを得ない。しかも、その〈画〉が美の頂点と目したある一つの瞬間を捉え得たとしても、それはその現象の全てを把握することにはなり得ないのである。

美禰子という存在を把握したいという三四郎の想いは、美の頂点を捉えた〈画〉を得ることで、内包されるすべての美を凝縮して我が手に捉えたいという初期作品以来の願望と重なり合う。だが、自分とのかかわりの中で生成されていくあらゆる瞬間の美禰子像を、平面的な「記録」となった「美禰子の画」で置き換えようとする原口の〈画筆〉に、三四郎は失望をおぼえることになる。

*

すでに何度も指摘されているとおり、出会った当初の美禰子は、幾度も三四郎の前に〈画〉から抜けだすようにして登場する[2]。

不図眼を上げると、左手の岡の上に女が二人立つてゐる。女のすぐ下が池で、池の向ふ側が高い崖の木立で、其後ろが派出な赤煉瓦のゴシツク風の建築である。さうして落ちかゝつた日が、凡ての向ふから横に光を透してくる。女は此夕日に向いて立つてゐた。三四郎のしやがんでゐる低い陰から見ると岡の上は大変明るい。女の一人はまぼしいと見えて、団扇を額の所に翳してゐる。顔はよく分らない。けれども着物の色、帯の色は鮮かに分つた。白い足袋の色も眼についた。鼻緒の色はとにかく草履を穿いてゐる事も分つた。（中略）団扇を持つた女は少し前へ出てゐる。

「三四郎」二の四

のちに原口の絵画「森の女」に描かれる美禰子は、まさにこの瞬間の姿である。この場面の描き方には、配置のみがあり、二人の人物の動きはまだ含まれていない。静止画のように描かれたこの場面から、三四郎は〈只奇麗な色彩だ〉という印象のみを受け取る。それは〈口にも云へず、筆にも書けない〉、言語による表現を拒む漠然とした美しさである。

すると白い方が動き出した。用事のある様な動き方ではなかつた。自分の足が何時の間にか動いたといふ風であつた。見ると団扇を持つた女も何時の間にか又動いてゐる。

（中略）

「さう。実は生つてゐないの」と云ひながら、仰向いた顔を元へ戻す、其拍子に三四郎を一目見た。三四郎は慥かに女の黒眼の動く刹那を意識した。其時色彩の感じは悉く消えて、何とも云へぬ或物に出逢つた

「三四郎」二の四

この後に、ふたたび美禰子と病院で再会する場面も同様であるが、三四郎は美禰子をまず瞬間的な「画」として捉え、次に凝縮された時間を「詩」として解凍するかのように、その動きを認識する。(3) しかし動きは絶え間ない連続として補足されるのではなく、〈何時の間にか〉という途切れと認識の空白を含んだ時間の把握によって示される。時間は常に連続するが、認識の幅は任意に切断され、その幅ごとの焦点〈F〉に収斂して連続体の「画」を生成するの

である。

だが一方で、その切断された認識からさらに〈黒眼の動く刹那〉というきわめて僅かな時間の幅を分解し抽出しようとする、細かい時間の把握も同時に示される。ここでは認識すら及ばぬほどの時間を精緻に細分化しようとする、「凝縮」とは逆方向の――方向性こそ逆であっても、それは現象におけるすべての美を手にしたいという志向で通底する――行為が〈美〉を探求するための行動として提示されるのである。そのときに初めて、静止した美しさを超えた、さらに〈何とも云へぬ或物〉が出現し、三四郎に動揺を与える。

三四郎が美禰子に惹かれ、もっとも美しい瞬間の彼女を追い求めようとする姿勢は、「画」の中に美の頂点を求め、永遠のものにしようとする初期作品の志向と、多くの面で通じている。だが、三四郎の心を初めて揺るがすものは静止しているはずのものが含む僅かな、しかし絶え間ない動きであり、「画」が〈美〉を不変のままに保存してくれる、あるいは「画」に保存された瞬間こそが〈美〉の頂点である、という信頼への懐疑である。

言うまでもなく、この静止しているようでいて、実際には絶え間ない動きを孕む状態とは、三四郎自身をとりまく現実世界の様相とも通底しており、未熟な彼自身がその「動き」に気づかされていくという認識のプロセスとも同調している。「三四郎」において、冒頭から目立つのは、「動き」「変化」に関わる言葉である。すでに本書の前半で繰り返したように、「動き」と「変化」は初期の漱石作品において、安定や調和を乱すものとして否定的に描かれてきた。それは何よりも、最も理想的な美の頂点を達成した「瞬間」を劣化させる時間の流れであり、「美」との一体化を疎外する最大の障害であったからにほかならない。

だが、「三四郎」における「動き」「変化」は、あからさまな変質と劣化を伴うものとしても、また登場人物たちをひたすら牽引していく強引なものとしても描かれず、三四郎が認識することによって初めて感得されるものとして描かれる。

此劇烈な活動そのものが取りも直さず現実世界だとすると、自分が今日迄の生活は現実世界に毫も接触してゐない事になる。（中略）自分は今活動の中心に立つてゐる。けれども自分はたゞ自分の左右前後に起る活動を見なければならない地位に置き易へられたと云ふ迄で、学生としての生活は以前と変る訳はない。世界はかやうに動揺する。自分は此動揺を見てゐる。けれどもそれに加はる事は出来ない。自分の世界と、現実の世界は一つ平面に並んで居りながら、どこも接触してゐない。さうして現実の世界は、かやうに動揺して、自分を置き去りにして行って仕舞ふ。

「三四郎」二の一

むろん三四郎は現実世界の当事者であり、彼の認識を待つまでもなく現実世界は常に変化しているのだが、自らが認識する「自分の世界」と未だ認識されざる「現実の世界」は三四郎の中で区分されている。そして「現実の世界」における「動き」と「変化」は常に「自分の世界」との相対化のすえに、意識の中に位置づけられていくことになるのである。

さらに「三四郎」において「動き」「変化」とは、必ずしも肉眼がもつ一般的な視力によって視認できるもののみを指してはいない。冒頭で与えられる〈囚はれちや駄目だ〉という広田の警告を裏付けるかのように、静止し、不変であるかに見えているものが――もしくは外から動きを直接視認できないものが――実は激しく動き、絶えず変化していることが何度も示唆される。それは「不変」なるものの存在を所与のものとする「〈画〉へのあこがれ」にゆらぎをもたらし、個々の認識を作り上げている「時間」が輻輳的かつ、個人的なものであることを、三四郎の認識を通して読者に提示する。

理学士である野々宮は、〈近頃の学問は非常な勢で動いてゐるので、少し油断すると、すぐ取り残されて仕舞ふ。人が見ると穴倉のなかで冗談をしてゐる様だが、是でも遣つてゐる当人の頭の中は劇烈に働いてゐる〉と、「頭の中」すなわち認識・意識の「動き」をその一例として述べながら、空に浮かぶ雲をさして言う。

あれは、みんな雪の粉ですよ。かうやつて下から見ると、些とも動いて居ない。然し、あれで地上に起る颶風以上の速力で動いてゐるんですよ。——君ラスキンを読みましたか

「三四郎」二の五

ここで野々宮の言うラスキンとは、十九世紀イギリスの美術評論家ジョン・ラスキンの“Modern Painters”を指しているとされる。(4) 熊坂敦子氏は、「三四郎」における雲の描写に第一巻第二部“Of Trurh”の第三章第一～四節“Of Truth of Clouds”が参考として用いられていることを指摘している。(5) ラスキンは同書中で風景画を中心としながら、画家の表現に見られる特質を論じているが、この「雲の真実」を含む第一巻で、空や雲は例として多く取り上げられる。野々宮の言葉に直訳されうる箇所は管見のかぎり発見できず、また漱石手沢本の同書に「雲の真実」とその前後部分における書き入れは見当たらなかったが、ここでラスキンが空や雲の諸相を弾き合いに強調するのは、実景が絶えず見せる微妙な変化の様相であり、またそれを認識し得るのは画家自身の〈Power of Eye（眼識能力）〉に基づくということである。また、絶え間ない変化であるがゆえに、それは筆で捉え難いものであることをラスキンは述べ、変化を認識しない様式的な描写を〈false（虚偽）〉と批判する。

雲の変化は次から次へと鉛筆で描くたびに移り変わるので、異なる瞬間にスケッチした輪郭はうまく調和せず、自然はそれらの輪郭を適合させようとしないので、自然から雲の形態をつぶさに観察研究することは不可能だからである。でも、画家が、いわゆる「印象効果」を絵筆で塗りたくらないで、輪郭をできるだけ精確に敏速に雲を自然からスケッチする習慣があれば、創意があるが行き当たりばったりの巧妙さによっては、到達できない美しさが生じる。

第三節第二章「雲の真実」（その二）(6)

ラスキンは様式的に一般化された描写法を批判し、精密な観察によって実景の「真実」を出来る限り写しとることを評価するが、それでも絶え間ない「変化」を前提とするのであれば、絵画の中にある一瞬だけを切り取ることは自然の「真実」を写しとることにはならない。ラスキンは変化を描くことの困難を認めつつも、ターナーの画にあらわれた、変化を含み、動きを示唆する描き方を肯定する。

また野々宮は、光線の圧力を装置の度盛りの動きから三四郎に提示して見せる。これらは彼の専門である物理学の時間によって認識される現象であり、科学にもとづく合理性を重んじてきた近代以降の価値観の中では、非常に客観性の高いものであるということになる。しかし三四郎はこの物理学の時間とそれに伴う「動き」を、必ずしも自分が「現実の時間」と認識するものとも、自身の内なる認識の時間とも、有機的に関連させていくことができない。だが、三四郎にとって〈生涯現実世界と接触する気がない〉ものであり、〈活きた世の中と関係のない生涯〉の時間となるものこそが、野々宮にとっては科学者である自分を〈世の中〉とつなぐ時間にほかならない。そして、これらの時間もまた認識しようとする志向と能力があってこそ感得できるものとして描かれる。科学の時間にともなう〈動き〉もまた〈人巧的に、水晶の糸だの、真空だの、雲母だのと云ふ装置をして、其圧力が物理学者の眼に見えるやうに仕掛け〉なければ見えてこないのである。
このような個々の認識に拠って把握される時間と〈動き〉〈変化〉のあり方を提示されることと前後し、三四郎は池のそばで美禰子と出会うことになる。二度目に彼女と出会ったときも、三四郎は病院の廊下に立つ美禰子を、四角く切り取られた画面の中に捉える。

長い廊下の果が四角に切れて、ぱつと明るく、表の緑が映る上り口に、池の女が立つてゐる。はつと驚いた三四郎の足は、早速の歩調に狂が出来た。其時透明な空気の画布の中に暗く描かれた女の影は一歩前へ動いた。三四郎も誘はれた様に前へ動いた。二人は一筋道の廊下の何所かで擦れ違はねばならぬ運命を以て互ひに近付いて来た。すると女が振り返つた。明るい表の空気のなかには、初秋の緑が浮いてゐる許である。振り返つた女の眼に応じて、四角のなかに、現はれたものもなければ、これを待ち受けてゐたものもない。三四郎は其間に女の姿勢と服装を頭のなかへ入れた。

「三四郎」三の十三

ここで、美禰子は明確に〈画布〉から抜け出るように描写されており、自分が抜け出た画面を〈振り返〉りすらする。〈振り返つた女の眼に応じて、四角のなかに、現はれたものもなければ、これを待ち受けてゐたものもない〉というのは、むろん現実のレベルでは美禰子に随伴する者がないことを指すが、〈画〉の女としての美禰子を考えるとき、この動作は非常に象徴的である。三四郎はこの隙に美禰子の視覚的な様相を把握するが、すでに当初の美禰子の画は〈初秋の緑〉という背景を残して、空になっている。〈画〉から抜け出した美禰子は、三四郎に〈リボン〉という野々宮との関係を暗示する手掛かりを残し、去っていく。

三度目に三四郎が美禰子と会うのは、広田の引越しを手伝う時である。美禰子が現れる前の庭は、さながら西洋画の背景のように、百日紅や桜、菊といった花木の配置がこと細かに描かれる。そしてその空間に美禰子が現れたとき、場面はまた一瞬の〈画面〉を呈するのである。

二方は生垣で仕切つてある。四角な庭は十坪に足りない。三四郎は此狭い囲の中に立つた池の女を見るや否や、忽ち悟つた。――花は必ず剪つて瓶裏に眺むべきものである。

「三四郎」四の十

美禰子はここで、画面に一瞬はまり込むような挙措を見せる。〈折戸からあらはれた瞬間の女〉は、その〈オアプチユアスな表情〉を伝える眼とともに、三四郎の意識に刻み込まれ、後の場面でも想起される。一瞬の画面は、すぐに二人の動きによって崩れてしまうが、三四郎の〈剪つて瓶裏に眺む〉とは、その一瞬を不変のまま保持し、美禰子を一瞬の〈画〉に捉えておくことと同義であろう。最も美しい瞬間を不変に保ちたいという願望は、ここではある一瞬の美禰子を把握することによって、美禰子という人物の全体を捉えたいという三四郎の内なる願望に重ね合わせて描かれる。だが、当然それは叶わぬ願望であり、瞬間が移り変わるたびに、三四郎が美禰子のイメージとして捉えたものは揺らいでいくのである。

この場面から美禰子と三四郎の交流が始まり、また同時に野々宮と美禰子の関係に三四郎は気を揉むことになる。だがよし子や広田、与次郎らの言動によって二人の関係を推測する三四郎は、まだ美禰子が置かれている現実的な状況をそこに勘案するには至らず、自らそれを探り当てることもできない。菊人形を見物するとき、三四郎は初めて美禰子の眼に〈霊の疲れがある。肉の弛みがある。苦痛に近き訴えがある〉ことに気づく。沈黙する彼女に〈どうかしましたか〉と問いかけたはずの三四郎は、美禰子が答える前にそれを見ることで〈美禰子の答へを予期しつ、ある今の場合を忘れて、此眸と此瞼の間に凡てを遺却〉してしまう。美禰子の口から彼女の置かれた状況についてまとまった言葉での説明を受け取ることは、この先もまた幾度となく回避される。団子坂から谷中の小川へと抜けたとき、三四郎はふたたび美禰子に憂いの理由を尋ねるが、美禰子はやはり答えない。だがその〈眼付〉によって三四郎は〈半ば安心〉してしまうのである。

三四郎が美禰子を知つてから、美禰子はかつて、長い言葉を使つた事がない。大抵の応対は一句か二句で済ましてゐる。しかも甚だ単簡なものに過ぎない。それでゐて、三四郎の耳には、一種の深い響を与へる。殆んど他の人からは、聞き得る事の出来ない色が出る。三四郎はそれに敬服した。それを不思議がつた。

「三四郎」十の七

かくして最後まで、彼女が三四郎に与える情報は、非常に断片的ながらも複数の解釈を可能にする凝縮されたものとなり、いわば美禰子を読み解こうとすることは絵画の暗示的な画題や象徴からその含意を読みとることと相似をなすのである。同時に、美禰子の言動は、作品の中で断面的文学による表現として描かれているともいえる。(7)「虞美人草」においては、語り手が内面を〈我の女〉として断定的に言語化していったために、藤尾はかえって人物としての〈奥行〉を失い、視覚的な印象の強烈さのみをその「画」的な要素とするに留まった。対して「三四郎」では決して美禰子に即した内面描写が行われず、三四郎が美禰子の具体的な状況を言語化しうるだけの推察力を持たないために、読者も三四郎の認識を通して単線的な事実を得ることはできない。それゆえに美禰子の言葉は、短いながらも凝縮された〈一種の深い響〉を与えることに成功し、人物としての奥行を内包するとともに、「詩」の中にあって「画」的な凝縮を果たし得ている。

しかし凝縮する頂点となるべき一瞬をとらえることが、決して全体像を捉えることと等価ではないという予感は、常に零れ落ちてしまうものがあり、それを追い求めようとする願望を無限に産みつづけるがゆえに深い〈奥行〉を作り上げていく、という新たなジレンマを作りだす。三四郎がいつまでも美禰子の真実にたどり着けない未熟さを与えられたのは、永遠の到達不可能性こそが、「画」的な美を描くことで喚起できる情緒の本質であることを示すためともいえる。

美禰子は常に一瞬の〈画〉から抜け出し続け、藤尾やエレーンのように死によって強引に停止させられることも、那美のように〈画になる〉「頂点の一瞬」を画工によって一方的に決定されることも拒むかのように、絶えず動き続けることによって三四郎を魅惑する。彼女を一瞬に留めようとすることは、その魅力を損なうことにしかならない。それを示すがごとく、本来であればその美を頂点のまま不変に留める手段であったはずの絵画は、美禰子がそこに描かれようとするとき、明らかな限界を露呈していく、という書き方がされるのである。

対象をどのような媒体で表現するかという問題を大きなテーマとする「草枕」の画工も、物語のクライマックスにおける那美を実際の絵画にはせず、〈胸中の画〉として意識の像に留めるままであったが、ここで初めて「画」の女は現実の絵画に置き換えられることになる。それは、これまで意識の中で行われてきた「画」と「詩」の互換を、言語化された小説の中という前提のもとではありつつも、実際の〈絵画〉と対峙させる試みでもある。そして「草枕」のように観念の〈画〉しか描かない画工ではなく、現実の絵画を描く原口の口から〈画〉の性質を語らせることによって、「三四郎」の中に兆し始めていた「画」への懐疑は決定的なものになるのである。

三、「画」への失望

原口が「三四郎」に登場し、美禰子の肖像画を描き上げるまでの時間は、三四郎が美禰子への想いを自覚し、そして美禰子の結婚によって彼女が手の届かぬところへ去ったことを知るまでの時間と重なっている。

原口が描くのは、美禰子が〈団扇を翳して、木立を後に、明るい方を向いてゐる所〉であった。〈当人の希望〉によって選ばれたこの構図は、原口に〈頗る妙〉〈わるい図どりではない〉という画家としての観点から評価を与えられる一方、広田には〈さう面白い事もない〉と不評であるが、三四郎には〈非常な感動〉を与える。三四郎にとってそれは、一番最初に美禰子と出会った記念すべき瞬間にほかならない。それを美禰子自身が選んだとあれば、三四郎が〈不思議な因縁〉の裏に、美禰子に特別視されている自分を夢想しても無理からぬことではある。

ここで美禰子がこの構図を選んだ理由は、美禰子の愛情が三四郎と野々宮のどちらに向いているかを判断する要素としても、先行研究によってさまざまに忖度されてきた(8)。だが三四郎に初めて出会ったことを記念するにも、当時はまだ未来への希望を持てた野々宮との関係を愛惜するにしても、美禰子自身の具体的な状況にこの場面を無理なく意味づけるのは困難である。また、原口の絵画がいつから描き始められたのかということにも、決定的な結論は出ない(9)。だがここで登場する〈画〉の構図は三四郎にとって、様々な〈奥行〉を生む前のもっとも原初的な美禰子像であり、そのことが現実的な状況との整合性よりも優先されたのではないか。

〈本当に取り掛つたのは、つい此間ですけれども、其前から少し宛描いて頂だいてゐたんです〉〈あの服装で分るでせう〉という美禰子の言葉に仮に従うならば、原口は、描きはじめた時点の〈あるいは構図として決めた時点の〉団扇を持つ夏の美禰子の上に、〈単衣を着て呉れな〉くなった晩秋にいたるまでの美禰子を、少しずつ塗り重ねていったことになる。そして、それだけの時の経過を蓄積したはずの美禰子は、三四郎と出会った瞬間と同じ姿勢・服装を取ることによって、長い時間をひとつの〈画〉の中に凝縮し得ているかに見える。だが、三四郎が画布の中に見出すものは、その長い時間がつくる〈奥行〉を内包しえない美禰子の姿に過ぎないのである。

静かなものに封じ込められた美禰子は全く動かない。団扇を翳して立つた姿その儘が既に画である。三四郎から見ると、原口さんは、美禰子を写してゐるのではない。不可思議に奥行のある画から、精出して、其奥行丈を落して、普通の画に美禰子を描き直してゐるのである。にも拘はらず第二の美禰子は、この静さのうちに、次第と第一に近づいて来る。三四郎には、此二人の美禰子の間に、時計の音に触れない、静かな長い時間が含まれてゐる様に思はれた。其時間が画家の意識にさへ上らない程音無しく経つに従つて、第二の美禰子が漸やく追ひ付いて来る。もう少しで双方がぴたりと出合つて一つに収まると云ふ所で、時の流れが急に向を換へて永久の中に注いで仕舞ふ。原口さんの画筆は夫より先には進めない。三四郎は其所迄跟いて行つて、気が付いて、不図美禰子を見た。美禰子は依然として動かずに居る。三四郎の頭は此静かな空気のうちで覚えず動いてゐた。

「三四郎」十の三

ここでは物理的な二次元平面に描かれる〈普通の画〉と、おそらくは現在まさに目の前にいる実物の美禰子を投影しつつ、三四郎の「頭の中」に浮かぶ映像としての〈不可思議に奥行のある画〉が対比されている。〈普通の画（第二の美禰子）〉は、三四郎が今目の当たりにする美禰子像（第一の美禰子）から、彼の意識に内包される〈奥行〉をそぎ落とすことによって成立する。第一の美禰子に〈奥行〉をもたらしていたのは、三四郎が彼女と現実の中で共有した断片的な各瞬間であり、そこには三四郎の認識が及ばなかった部分までも含めて、いくつもの解凍されるべき「詩」が、まだ凝縮されている可能性があった。

だが絵画が、ある一瞬の姿に美禰子を凝縮し、固定しようとするとき、その〈奥行〉は失われてしまう。そして〈奥行〉を失い、〈普通の画〉に記録されようとする美禰子の姿は、三四郎の意識に結ばれた美禰子像に次第に近づき、取って替わろうとする。だが、それでも完全に平面化し、静止することのない何かを三四郎の意識は捉える。それは形ある現実の〈画〉には表現できず、また意識の〈画〉としても永遠に留めおくことはできない。

実際のところ、〈画筆〉によって描かれた平面の絵画は、モデルを臨写したとしても、必ずしも実物そのままの姿を保存するものにはなり得ない。〈僕の描いた眼が、実物の表情通り出来てゐるかね〉と三四郎に問うた原口は、〈一体斯うやつて、毎日毎日描いてゐるのに、描かれる人の眼の表情が何時も変らずにゐるものでせうか〉と問い返されて、こう答える。

それは変るだらう。本人が変るばかりぢやない、画工の方の気分も毎日変るんだから、本当を云ふと、肖像画が何枚でも出来上がらなくつちやならない訳だが、さうは行かない。又たつた一枚で可なり纏つたものが出来るから不思議だ。何故と云つて見給へ……（中略）かう遣つて毎日描いてゐると、毎日の量が積り積つて、しばらくする内に、描いている画に一定の気分が出来てくる。だから、たとひ外の気分で戸外から帰つて来ても、画室へ這入つて、画に向ひさへすれば、ぢきに一種一定の気分になれる。つまり画の中の気分が、此方へ乗り移るのだね。里見さんだつて同じ事だ。自然の儘に放つて置けば色々の刺激で色々の表情になるに極つてゐるんだが、それが実際画の上に大した影響を及ぼさないのは、あゝ云ふ姿勢や、斯う云ふ乱雑な鼓だとか、鎧だとか、虎の皮だとかいふ周囲のものが、自然に一種一定の表情を引き起す様になつて来て、其習慣が次第に他の表情を圧迫する程強くなるから、まあ大抵なら、此眼付を此儘で仕上げて行けば好いんだね。それに表情と云つたつて……（中略）画工はね、心を描くんぢやない。心が外へ見世を出してゐる所を描くんだから、見世さへ手落なく観察すれば、身代は自から分るものと、まあ、さうして置くんだね。見世で窺へない身代は画工の担任区域以外と諦めべきものだよ。だから我々は肉ばかり描いてゐる。どんな肉を描いたつて、霊が籠らなければ、死肉だから、画として通有しない丈だ。そこで此里見さんの眼もね。里見さんの心を写す積で描いてゐるんぢやない。たゞ眼として描いてゐる。此眼が気に入つたから描いてゐる。此眼の恰好だの、二重瞼の影だの、眸の深さだの、何でも僕に見える所丈を残りなく描いて行く。すると偶然の結果として、一種の表情が出て来る。もし出て来なければ、僕の色の出し具合が悪かつたか、恰好の取り方が間違がつてゐたか、何方かになる。現にあの色あの形そのものが一種の表情なんだから仕方がない。

「三四郎」十の五・六

原口によれば〈画〉に描かれた像は、複数の異なる〈断面〉の最大公約数とでもいうものであり、それも対象そのものよりも〈乱雑な鼓だとか、鎧だとか、虎の皮だとかいふ周囲のもの〉が、〈一種一定の表情〉を作り上げるというう。それは唯一の瞬間の美禰子を捉えるものではなく、異なる一瞬ごとの美禰子を平面に塗り重ねていった末に生まれた美禰子の集合体であり、かつその均された標準値でもある。とはいえ、それは決して含まれた全ての時間をそこから解凍し、再生しうる凝縮ともなりえない。ここではたとえば広田の夢に登場する少女が〈此顔の年、此服装の月、此髪の日が一番好きだから、かうして居る〉と述べるような、理想的な唯一絶対の一瞬を永遠に普遍とするような〈画〉のあり方は否定される。

また描かれた絵画そのものも、〈見世さへ手落なく観察〉し〈見える所丈を残りなく描い〉たとしても、〈心を描く〉ものとはなり得ない。もちろん〈霊が籠らなければ、死肉〉であると原口は述べるが、〈あの色あの形そのものが一種の表情〉と彼が続けるように、それはあくまで視覚的に喚起される範囲においての精神性を表現するという意味である。

彼の眼に映じた女の姿勢は、自然の経過を、尤も美しい刹那に、捕虜にして動けなくした様である。変らない所に、永い慰藉がある。然るに原口さんが突然首を振つて、女に何うかしましたかと聞いた。其時三四郎は、少し恐ろしくなつた位である。移り易い美さを、移さずに据ゑて置く手段が、もう尽きたと画家から注意された様に聞こえたからである。

「三四郎」十の七

〈尤も美しい刹那〉を〈移さずに据ゑて置く手段〉は、意識の中に立ちあらわれる儚い一瞬の頂点を通して、その〈美くしきもの〉の全体をわが手につかむために、初期作品の多くの登場人物・語り手を通して切望されてきたものであった。「草枕」の画工は、那美の刹那の〈憐れ〉に、彼女の全体を凝縮しうる頂点を見い出し、〈胸中の画〉を実らせる。だが、画工がその後実際の画布にそれを写す作業にとりかかったかどうかも、画布の中に出現した那美の姿と〈胸中の画〉を一致させ得たかも、ともに作品の中で語られることはない。だが「三四郎」において、実現したはずの〈胸中の画〉は、かたちある絵画として復元できない可能性を示唆される。

〈画になる〉モチーフの中で追い求められてきた最も美しい〈唯一の瞬間〉は、皮肉にも画布の上に固定されることでその本質を失ってしまう。現実の絵画として〈コンデンス〉されることは、一瞬のうちに無数の美しい瞬間を味わうことではなく、結局のところ「集約された平面としての一瞬」にその大部分が置き換えられていくのを容認することに過ぎなかったのである。

原口の描く絵画の美禰子から失望を味わった三四郎は、その後、彼女の〈あの服装で分るでせう〉という言葉から〈突然として〉〈始めて池の周囲で美禰子に逢つた暑い昔〉を思い出す。〈「そら、あなた、椎の木の下に踞がんでゐらしつたぢやありませんか」「あなたは団扇を翳して、高い所に立つてゐた」〉と、互いの言葉で当時の〈画面〉を再現することによって、二人は同じ瞬間を共有したことを確かめあい、〈顔を見合は〉せる。この会話の直前に三四郎はようやく美禰子への思慕をほのめかす発言をしており、また直後に美禰子は婚約者である〈若い紳士〉に連れ去られてしまう。彼の儚い慕情がある意味でのクライマックスを迎えたこの瞬間に、池における出会い以来の時間の幅が凝縮されていたかのように、ここでそれが「詩」として解凍されることは示唆的である。実際の画面が与えた失望を補うように、言葉による画面の再生は、失われる無数の瞬間をまだわが手に捉えうる可能性を垣間見せる。

かくして三四郎は、自らの意識を紡ぐ〈言葉〉によって、永久に漸近線を描く二つの美禰子像を追い続けていくほかはない。〈第二の美禰子〉がいかにしても内包しえない〈奥行〉は、常に三四郎の意識の内にしかさぐりあてられなくなったのである。

四、〈森の女〉と〈迷羊〉

三四郎はこの後、美禰子が結婚することを知らされ、長らく借りていた三十円を返しにいくことになる。これによって二人の遣り取りは途切れ、十三章で原口の絵画が完成したとき、それを見る夫連れの美禰子と、広田や野々宮と訪れる三四郎の空間は、語り手によって厳然と隔てられてしまうのである。

原口の描く美禰子の肖像画が「森の女」と題されていることについては、当初から広田が三四郎に語って聞かせる夢の話との関連が何度も指摘されてきた。(10)

突然其女に逢つた。行き逢つたのではない。向は凝と立つてゐた。見ると、昔の通りの顔をしてゐる。昔の通りの服装をしてゐる。髪も昔しの髪である。黒子も無論あつた。つまり二十年前見た時と少しも変らない十二三の女である。僕が其女に、あなたは少しも変らないといふと、其女は僕に大変年を御取りなすつたと云ふ。次に僕が、あなたは何うして、さう変らずに居るのかと聞くと、此顔の年、此服装の月、此髪の日が一番好きだから、かうして居ると云ふ。それは何時の事かと聞くと、二十年前、あなたに御目にかゝつた時だといふ。それなら僕は何故斯う年を取つたんだらうと、自分で不思議がると、女が、あなたは、其時よりも、もつと美くしい方へ方へと御移りなさりたがるからだと教へて呉れた。其時僕が女に、あなたは画だと云ふと、女が僕に、あなたは詩だと云つた。

「三四郎」十一の七

この夢の中で、〈二十年前見た時と少しも変らない十二三の女〉であり、〈此顔の年、此服装の月、此髪の日が一番好きだから、かうして居る〉と述べる彼女は〈画〉であり、〈美くしい方へ方へと御移りなさりたがる〉がゆえに〈年を取つ〉て変化した広田は〈詩〉であると位置づけられる。

二十年前に一瞥した少女に対し、〈今、其時の模様を思ひ出さうとしても、ぼうとして迚も明瞭に浮んで来ない。

たゞこの女丈は覚えてゐる。（中略）其当時は頭の中へ焼き付けられた様に、熱い印象を持つてゐた〉、〈其女が来たら〉〈貰つたらう〉と思い返すほどに惹かれていながら、だが広田は実体としての彼女が誰であるかも知らず、また〈尋ねて見〉ることもしなかった。そしてその直後に広田は、臨終間際の母から自らの出自に関する事情を聞かされることによって〈結婚に信仰を置かなくなる〉ような、男女関係への幻滅を感じている。(11)

広田にとって〈森の女〉とは、現実を突きつけられる前の、観念的かつ感傷的な憧憬と慕情の象徴として存在する。そして、以後現実の彼女と関わりを持たなかったがゆえに、文字通り一瞥しただけの〈森の女〉は現実の時間の流れに従った変質を伴わない不変の美であり、唯一の瞬間であり続ける。本来であれば、見られる側が変化していないとしても、見る側が変化を遂げていれば受け取る印象も自ずと変わってくるはずだが、ここではそのようには描かれない。現実に存在した少女を〈画〉として意識の中に保存するには、死による永遠の停止か、またはこうした「草枕」で言うところの「非人情」の距離と、それに伴う非当事者としての「余裕」を保つことが不可欠である。(12)

広田は「虞美人草」の甲野の系譜を引く「哲学」の要素を担う登場人物だが、作品を統括するような主張を示す人物としては描かれない。〈実際を遠くから眺めた地位に自からを置〉くことのできる広田は、〈苦悶を除る為めに一歩傍へ退く事は夢にも案じ得ない〉若い三四郎を相対化しつつ、三四郎の目に寄り添って描かれる作品世界に低徊趣味的な意識の〈奥行〉を加える役割だけを引き継いでいる。〈森の女〉はすでに広田の認識の中で変化せず、未来の広田に関わりを持つ可能性は全く消えている。彼女が象徴する〈画〉とは、美しい唯一の瞬間を永遠とするために、死による絶対的な停止を伴った「三四郎」以前の〈画〉志向と方向性を同じくする。

だが美禰子に惹かれ、次の瞬間の彼女を希求してしまう三四郎にとって、このような唯一の瞬間を〈画〉として眺めることは不可能となる。いまや「画」的な表現が志向する「情緒」は、死や断絶によって永遠に停止した一瞬に沈潜しようとすることではなく、〈もつと美くしい方へ方へ〉と動き続け、変化し続けるものをいつまでも追いつづけることへと変わりつつある。それゆえに「三四郎」末尾で、三四郎はこの〈森の女〉を、美禰子の画のタイトルとして冠することを拒否するのである。(13)


「どうだ森の女は」

「森の女と云ふ題が悪い」

「ぢや、何とすれば好いんだ」

三四郎は何とも答へなかつた。たゞ口の内で迷羊、迷羊と繰り返した。

「三四郎」十三

〈奥行〉をそぎ落とされた美禰子の〈画〉には、まだ完全に平面に置き換えられない何かを求める余地が残されている。絵画には収めることのできなかった無数の瞬間が存在することが示唆されたとき、記憶と意識をたどる「言葉」によって、そこから無数の「詩」を解凍しうる可能性が生まれる。

とはいえ、このとき三四郎がつぶやく「迷羊」という言葉が「森の女」に代わるべき絵画の題名であったとも思えない。「三四郎」において〈迷羊〉の語は非常に象徴的であり、その解釈をめぐって多くの議論を呼んでいる。また美禰子が自らを指して〈迷子＝ストレイ・シープ〉と表現する心境を、三四郎が理解し共有し得ているかという点についても未だ解釈は分かれる。(14)ただ、美禰子がそこに込めた意味はどうあれ、三四郎にとって「迷羊」「stray sheep」の語は、美禰子の掴みがたさを象徴する語でもあり、またその言葉を受け取った時の身体的接近と戸惑いも含め、どこまでも到達不可能な美禰子に対する慕情を凝縮した語として作中で作用している。また最後に三四郎が美禰子の通う会堂を訪れた折も、語り手は美禰子と三四郎のやり取りを断片的な言葉によって思い返しつつ、三四郎の心情に寄り添って〈迷羊。迷羊。〉と二度つぶやく。「迷羊」という断片的な言葉は、画布の平面に固定された美禰子の姿よりも、より深い〈奥行〉を三四郎に感じさせ、美禰子との短くも忘れがたい交流を凝縮しうる語となり得ていた可能性すらある。

「画」が「もっとも美くしきもの」を永遠に静止させ、不変のまま保存してくれるという願望は、「三四郎」に至って打ち壊されてしまう。だが「もつと美くしい方」が存在するという新たな可能性を獲得したとき、永遠に到達不可能なそれをどこまでも追い求めようとするための「時間」と「動き」までを含めて、「画」的なるものが喚起する「情緒」は広がりを見せることになった。ある美しい瞬間を凝縮した「画」は、次のさらに美しい瞬間を希求させ、「詩」は無数の美しい「画」を追いながら時間の流れを作り続ける。「三四郎」以降の漱石作品において、「画になる」モチーフは影を潜めていくが、印象的な画面は幾度も「詩」の中に織り込まれ、作品の〈奥行〉を生み出していくことになる。

〔注〕

（1）森田草平『夏目漱石』（初出　昭和十七年）講談社、一九八〇

（2）たとえば川崎寿彦氏は美禰子が常に〈絵画的に、あるいは絵画に関連づけて描かれている〉ことを指摘し、〈ある距離を置いて、絵として眺められる存在と、近寄って来て黒目を走らせ、彼をこわがらせる存在〉の二つの側面を持って書かれた彼女が〈「森の女」として、ふたたびカンバスのなかに還ってしまう〉というモチーフを抽出している。（「夏目漱石『三

四郎』〈絵に還った美禰子〉」（『分析批評入門――新版』（初出一九六七）明治図書出版、一九八九）四九二～五〇一頁）、また村瀬士朗氏は美禰子のみならず、よし子や名古屋の女もまた〈「四角」い枠《フレーム》〉に囲い込まれる形で三四郎の視線に捕らわれていると指摘している。（「「三」と「四」の図像学――『三四郎』、切断される少女たち――」（『漱石研究』一九九四・五））〉

（3）八章において、里見家の応接間にある鏡の中から美禰子を見出す場面も同様である。川崎寿彦氏はこの場面を〈西洋婦人の肖像画をおもわせる描きかたがしてある〉と指摘している（川崎氏前掲論文（1）四九三頁）

（4）漱石手沢本はJ. Ruskin *Modern Painters* London: G.Alle&Sonsで、全六巻組のものを所有しており、本文中には多少の書き込みが見られる。本章では東北大学付属図書館所蔵「漱石文庫マイクロ版集成」218-283を参照した。

（5）熊坂敦子「『三四郎』と英国絵画」（「日本女子大学紀要」一九八五・三）

（6）日本語訳は内藤史朗による『芸術の真実と教育【近代画家論・原理編Ⅰ】』（法藏館、二〇〇三）二二〇頁からの引用である。また〈眼識能力〉〈虚偽〉といったラスキンの用語の日本語訳についても、同書に従った。

（7）たとえば五の八において美禰子は、空が変化する様子を〈空の色が濁りました〉と、「一夜」の女を思わせる口調で言語的に凝縮して見せる。

（8）越智治雄氏は、美禰子もまた三四郎との間に〈起こりうる劇の予兆〉を感じさせる〈青春のさなかにいる〉ことを前提として、〈疑いもなく、美禰子は、詩から画に移ることで、自己の青春をいわば画像の中に封じ込めようとする〉とし（「『三四郎』の青春」『漱石私論』角川書店一九七一、一五二～一五三頁）、また三好行雄氏も〈三四郎への愛は美禰子のなかに確実にあった〉として、〈美禰子もまた三四郎と邂逅した、いちばん好きな日の服装を青春の記念に選んだ〉とする（「『三四郎』――迷羊の群れ」『作品論の試み』至文堂一九六七、三八～五〇頁）。一方、酒井英行氏は〈美禰子が愛していたのは野々宮であって、三四郎ではない〉とした上で、〈野々宮への愛を断念し、その愛の記念として原口に肖像画を依頼していたのだと思われる〉とする（広田先生の夢――『三四郎』から『それから』へ――」（「文芸と批評」一九七八・七）十二～十五頁）。また助川徳是氏は、「三四郎」の時系列を詳細に整理した上で、絵は〈野々宮との交際の日を記念するため〉のものでありつつも、自分に思いを寄せる〈三四郎を傷つけないため〉に、とっさに三四郎との出会いを描いたようにほのめかしたとし、〈対野々宮用と対三四郎用の二重の意味〉をそこに指摘している（「『三四郎』の時間」（重松泰雄編『原景と写像　近代日本文学論攷』一九八六・一）八七頁）。その後の研究でも、三四郎か野々宮かという美禰子の愛情の方向は、未だ未決の争点となっているように思われる。

（9）たとえば海老井英次氏は、美禰子が描き始めた時点を三四郎と会った直後であるようにほのめかす点を〈不自然であり、美禰子の虚構としか考えられない〉とした上で、〈必ずしも事実としての時期を言っているのではなく、この絵の中に封じ込められる美禰子の女としてのドラマの開始時期を暗示したものとも採れる〉と指摘する（「美禰子・その絵画的造形について――「三四郎」論ノート」（「叙説」、一九九〇・一）三八頁）

（10）たとえば三好行雄氏は〈これ（広田の夢）が美禰子の肖像画にとって、きわめて適切なインデクスであるのは見やすい〉と指摘しており（三好行雄氏前掲書（8）三八頁）、また奥野政元氏は、「森の女」を画像に閉じ込め、現実との接触を避けようとする広田は〈三四郎の先行者〉であり、〈女と広田のかかわりは、美禰子と三四郎のそれのやはりインデックスでもあり得る〉としている。（「「三四郎」ノート――青木繁「わだつみのいろこの宮」との関連をめぐって――」（「活水日文」、一九八六・十）五〇頁）

（11）石井和夫氏は、広田の母の死が〈憲法発布の翌年〉に設定されている点について、〈明治二十二年の初恋体験を広田先生の青春の明るい部分とすれば、その翌年の母の死にまつわる体験は、青春の暗い部分と言えよう。この二つの青春の屈折によって、広田先生の女性への認識は、一変せざるをえなかったのではないか〉と分析している（「「三四郎」の断面」（「立教大学日本文学」、一九六九・六、四八頁）。またジェイ・ルービン氏は母に幻滅する体験から〈彼の「森の女」は取りもなおさず彼の最後の理想的な女〉となったとする。（「『三四郎』――幻滅への序曲――」（「季刊芸術」、一九七四・七）七四頁）また他の論者によっても同様の指摘は何度もされている。

（12）広田から借りた『ハイドリオタフヒア』の末節を読み、子供の葬列とすれ違う三四郎は、二つの死をめぐる出来事に対して、〈情緒の影〉のみを味わい、美を感じる。

〈三四郎は他の文章と、他の葬式を余所から見た。もし誰か来て、序に美禰子を余所から見ろと注意したら、三四郎は驚ろいたに違ない。三四郎は美禰子を余所から見る事が出来ない様な眼になつてゐる。第一余所も余所でないもそんな区別は丸で意識してゐない。たゞ事実として、他の死に対しては、美しい穏やかな味があると共に、生きてゐる美禰子に対しては、美しい享楽の底に、一種の苦悶がある。三四郎は此苦悶を払はうとして、真直に進んで行く。進んで行けば苦悶が除れる様に思ふ。苦悶を除る為めに一歩傍へ退く事は夢にも案じ得ない。〉「三四郎」十の二

『ハイドリオタフヒア』の引用と子供の葬式は、「草枕」と同様の独立した「断面」をなす場面であり、三四郎にとって〈古い御寺を見る様な心持〉〈美しい葬〉〈寂滅の会〉〈夭折の憐れ〉といったフレーズに凝縮され、断片的に味わわれる。

（13）この「森の女」を画題として拒否する三四郎については、川崎寿彦氏に〈彼は彼女が、いつまでも「池の女」であってほしかったのだ――なにしろ、その絵姿の彼女は、夏衣にうちわをかざして木の下に立った、まったくあの日あの時の彼女の姿だったのだから〉という指摘（川崎氏前掲論文（1）四九〇頁）がある。小倉脩三氏は、〈広田先生の夢の「森の中」の女が、一途に変わらぬ愛で待ちつづける女であるとすれば、「迷羊」は、ただ待つのではなく、むしろつねに変化する、働きかけてやまない女〉であるとし、〈「森の女」に対する「迷羊」という否定は、「変わらぬ愛」という画の意味の否定であろう〉としている（小倉脩三「「森の女」と「迷羊」――『三四郎』論その二」（初出一九八七・三）『夏目漱石　ウィリアム・ジェームズ受容の周辺』有精堂、一九八九、一一五頁）。また飛ケ谷美穂子氏は〈三四郎が「森の女」という画題を退けた理由の一つは、自分にとって美禰子は夢でも画でもなく生身の女性であるという思いであったとも考えられる〉としている。（『漱石の源泉　創造への階梯』慶應義塾大学出版会、二〇〇二、一八九頁）

（14）たとえば飛ヶ谷美穂子氏は〈自分は迷羊なのだという美禰子の痛切な内語を、三四郎だけは共有していた〉がゆえに、三四郎が〈美禰子を一方的な視点で「森の女」と名づけ、外から鑑賞し賛美しあるいは批評すること〉ができないとする（飛ケ谷美穂子氏前掲書（12）一六一頁）、一方で千種キムラ・スティーブン氏は、〈羊飼い〉である野々宮を愛する美禰子が自分を〈迷羊〉と表現し、三四郎の好意を牽制していることが、三四郎自身に理解されていないとしている。（『『三四郎』の世界　漱石を読む』翰林書房、一九九五）

あとがき

本書は平成二十二年に、東京大学より学位を授与された博士論文『夏目漱石研究　――初期「文学」の可能性――』をもとに加筆修正を行い、その後学術雑誌に発表した論文に加筆修正したものと、新たな書き下ろしを追加したものである。各章の初出および原題を以下に示す。

序章
　博士学位論文「夏目漱石研究――初期「文学」概念の可能性――」（二〇一〇年十月）
第一章　「文学」という救済――「倫敦塔」
　「国語と国文学」第八十五巻第六号（二〇〇八年六月、東京大学国語国文学会）
　原題「「文学」による救済――夏目漱石「倫敦塔」論」
第二章　「歴史」という記録――「カーライル博物館」
　松村昌家編『大手前大学比較文化研究叢書４　夏目漱石における東と西』（二〇〇七年三月、思文閣出版）
　原題「「カーライル博物館」論――明治期のカーライル受容を視座として――」
第三章　「科学」という信仰――「琴のそら音」
　「東京大学国文学論集」第五号（二〇一〇年三月、東京大学国文学研究室）

原題「「科学」という信仰――夏目漱石「琴のそら音」を視座として――」
第四章　「画」と「詩」をめぐって――「一夜」
「国語と国文学」第八十三巻三号（二〇〇六年三月、東京大学国語国文学会）
原題「夏目漱石初期作品における〈詩〉と〈画〉――「一夜」を中心に」
第五章　「画」の中への憧れ――「幻影の盾」「薤露行」
博士学位論文「夏目漱石研究――初期「文学」概念の可能性――」（二〇一〇年十月）
第六章　「画」を「詩」で描くために――「草枕」
「国語と国文学」第八十七巻特集号（二〇一〇年五月、東京大学国語国文学会）
原題「「草枕」と典拠――レッシング『ラオコーン』との関わりを軸に――」
第七章　趣味は遺伝するか――「趣味の遺伝」
「日本近代文学」第七十六集（二〇〇七年五月、日本近代文学会）
原題「趣味は遺伝するか――夏目漱石「趣味の遺伝」論」
第八章　「画」から抜けだした女――「虞美人草」
「東京大学国文学論集」第七号（二〇一二年三月、東京大学国文学研究室）
原題「「画」から抜けだした女――夏目漱石「虞美人草」論」
第九章　「画」と「詩」を超えて――「三四郎」
書き下ろし

また、本書に含まれる論考は、日本学術振興会より科学研究費（特別研究員奨励費（課題番号11J04017）および若手研究（B）（課題番号25770076））の助成を受けて行った研究成果の一部である。

＊

本書を上梓するにあたっては、多くの方々からのご厚意と学恩を賜った。指導教員である東京大学の安藤宏先生には、「作品を読む」ことの基礎から、研究者としての心構えまで、様々な面にわたって懇切なご指導をいただいた。自分が「教える側」の末席を汚すようになった現在では、不肖の弟子である私をいかに先生が忍耐強く見守って下さったかが身にしみる。学部生時代から今にいたるまで、人一倍あゆみの遅い私を、あたたかく、そして厳しく導き続けて下さる先生に心より感謝を申し上げたい。学位審査に加わって下さり、日本学術振興会特別研究員時代に受入研究者を引き受けて下さった慶應義塾大学の松村友視先生は、時に構想を先走らせて恣意的な解釈に陥りがちな私に、「作品の本文に戻る」ことを常に諭し続けて下さった。本書を執筆するにあたって、その重要さと難しさを改めて痛感している。先生に心より感謝を申し上げるとともに、今後も精進を続けていきたい。また、多くの機会にご指導とご助言をいただいた東京大学国文学研究室の先生方にお礼申し上げる。

漱石の初期作品を研究するにあたって、英文学関連の資料分析は避けて通れない道となった。英文資料の引用方法も覚束ない初心者の私にとって、比較文学の分野から諸先生方にご指導をいただけたことは、非常に幸福であった。門外漢の私に貴重な機会を与えてくださった松村昌家先生、無名の学生が書いた初めての論文に過分な励ましのお言葉を下さった塚本利明先生をはじめ、懇切なご教示を下さった多くの皆様に心よりお礼申し上げる。また、漱石手沢本関連資料の閲覧に際しては東北大学附属図書館の皆様に大変お世話になった。心より感謝申し上げる。

また一人一人お名前を挙げることはできないが、多くの方から、幾度も貴重なご教示とご意見をいただいた。曲がりなりにも研究を続けていけるのは、皆様からの支えあってのことと痛感している。本書を仕上げるまでの日々は、その幸福をかみしめる時間でもあった。心より感謝を申し上げたい。

出版に際しては、青簡舎の大貫祥子氏に大変お世話になった。本書が無事に刊行の日を迎えられるのは、なかなか原稿を揃えられない私を、ひとえに大貫さんが「同名の誼」で忍耐強く見守って下さったお蔭である。心よりお礼申し上げる。

最後に、長年にわたった学生生活を支えてくれ、研究者の先達としても多くの助言を与えてくれた両親と、研究を続ける私に最大限の理解を示してくれる夫に、あらためて感謝の意を示したい。

平成二十六年十二月九日

神田祥子

索　引

人名

あ行

か行

さ行

た行

な行

書名・作品名

さ行

た行

な行

は行

事項

あ行

た行

な行

は行

ま行

ら行

アルファベット

神 田 祥 子（かんだ しょうこ）

一九七九年、東京都生まれ。

東京大学文学部卒業。同大学院人文社会系研究科博士課程修了。博士（文学）。

現在、東京大学大学院人文社会系研究科助教。

主な論文に「趣味は遺伝するか――夏目漱石「趣味の遺伝」論」（「日本近代文学」、二〇〇七年）、「『草枕』と典拠――レッシング『ラオコーン』との関わりを軸に――」（「国語と国文学」、二〇一〇年）ほか。

漱石「文学」の黎明
二〇一五年一月一五日 初版第一刷発行
著 者 神田祥子
発行者 大貫祥子
発行所 株式会社青簡舎
〒一〇一-〇〇五一
東京都千代田区神田神保町二-一四
電話 〇三-五二一三-四八八一
振替 〇〇一七〇-九-四六五四五二
装 幀 水橋真奈美（ヒロ工房）
印刷・製本 藤原印刷株式会社

ISBN978-4-903996-80-6 C3093